SANDA YINGXIONG ZHUGUOHUN

英雄筑国魂

香菊 著

西北大学出版社

武术作为优秀的民族文化遗产，已成为人们喜闻乐见的体育项目，并成为中国传统文化对外交流的重要桥梁。了解武术的发展史是我们继承和弘扬优秀传统文化的基础。

在原始社会"物竞天择，适者生存"的严酷斗争中，人们自然产生了拳打脚踢、跳跃翻滚等一系列初级攻防手段，从现在的考古发现中可以看到大量的石铲、石刀和骨制的鱼叉甚至铜斧等，这些大部分可以算是武术器械的前身。一些徒手的和使用器械的搏斗捕杀技能，便是武术的萌芽。文献中有"执干戚"的记载，是种持兵器进行的表演性质的操练，为后来武术套路的形式演变奠定基础。再如传说中的"蚩尤戏"，包含了踢、打、摔、抵等多种方法，是一种徒手搏斗的形式，对后来对抗性武术项目的发展产生一定影响。至春秋战国时代，无论是武器的制造与使用还是搏斗的方法与种类，都有了较大地发展。加之"百家争鸣"的思想影响，形成了我国传统武术重视内外合一、形神兼备的理论基础，这也是后世武术追求"武德"的理论渊薮。至汉代，政府机构通过"试弁"（拳技的考试）选拔人员，并出现了如"六禽戏""五禽戏"等与医学相融合的、与人民群众日常生活密切相关的武术样式。至唐代，政策上推行"武举制"，为后世沿袭不改，这从政策上激发了民间和官方的习武热情。在文学艺术方面，李白的诗歌、张旭的书法，无不从武术特别是从剑术方面寻找灵感，在武术成为当时文人观照对象的同时，也说明剑术套路已有较高的水平。至两宋，民间发展起有规模的习武组织，街头巷尾有以武术表演为生的艺人，多表演角抵、踢腿、舞刀等，"十八般武艺"一词也出现在了宋代的典籍中。至元代，蒙古族尚武的传统和异于中原的武术风格，使传统武术在融合的过程中继续发展，形成了有明一代不同风格、不同武种的众多流派。这一时期，随着战争的频发，武术与军事格斗相互渗透，在军事训练中以武术套路的形式训练士卒。由于生产力的发展，原先口耳相传的武术技法得到了较好地整理，各派著书立说之风盛行，且图文并茂，为我国传统武术留下了宝贵的遗产。至清代，传统武术有了更清晰的门派之分，如少林派、太极门、形意门等，亦有拳类和击打类，象征着武术事业发展的兴盛，但相互之间缺乏交流。民国时期，经历了西方船坚炮利的洗礼，武术的强身健体、陶冶情操的功能更加明确，加之对新生活、新文化的倡导，武术更多地以体育活动的形式出现在日常生活中。

简而言之，在漫漫历史长河中，武术以其强身健体的功能、修身养性的意蕴成为人们喜闻乐见的活动形式，形成了独特的民族风格。

中国传统武术有两种表现形式，一种是套路演练形式，一种是格斗对抗形式。散打就是格斗对抗的一种。散打以中国武术的踢、打、摔、拿四大技法为主要攻击手段，另外还有防守、步法等技术。自 20 世纪 80 年代末散打被国家批准为正式的比赛项目，并确定"团体锦标赛"和"个人锦标赛"的赛制，到 2001 年中国武术散打王争霸赛在国家奥林匹克体育中心中国武术协会散打馆拉开战幕，中国散打坚持竞技体育和商业比赛的模式，在继承中国武术优秀传统的同时，增强对抗性与市场性。2008 年散打入选北京奥运会比赛项目；2012 年 2 月，中国国家武术散打队在陕西西安成立。中国散打发展的历程，表明我国散打运动在与世界各国相互交流切磋的同时，正日益正规化、职业化的特点。

以张根学为总教练的中国国家武术散打队，自成立以来，征战国际赛事数百场，鲜尝败绩。一方面，我国散打运动以科学的训练方法、规范的管理体系，在国内外赛场取得了辉煌的战绩。另一方面，中华传统武术中蕴含的自强不息的精神、坚韧不拔的品质以及对厚德载物思想境界的追求，激励着运动健儿为国争光、提升自身的习武境界；在促进国际交流的同时，诠释奥林匹克精神，弘扬中国优秀传统文化。

为了中国武术精神的传承，为了中国散打屹立世界武林之巅，中国国家武术散打队"青出于蓝而胜于蓝""长江后浪推前浪，世上新人超旧人"，这是时代赋予他们的使命，也是广大武术爱好者对他们的殷切希望。《散打英雄筑国魂》一书记述了运动员的夺冠之路、夺冠之事、夺冠之绩的真实故事，其心路历程又是那样令人折服与感动，他们的奋斗经历反映了中国体育健儿为国争光的雄心壮志与赛场浴血奋战的拼搏精神，一个个鲜活的形象在艺术的描述中光彩照人。故事里的主人公，他们都是为国争光、夺取冠军的最杰出代表，有着不同的光辉形象、优秀品质及令人唏嘘与感动的成长历程和传奇经历。为了梦想，他们经历了常人无法忍受的艰苦训练和伤痛，面对任何困难和挫折永不放弃，永不言败，为中国散打运动的发展做出了重要贡献。这无疑是一部激励年轻一代勇于进取的好作品，是年轻一代思考人生、激励斗志的一面镜子。

习近平总书记说："重大赛事最令人感动的未必是夺金牌，而是体现奥运精神。这正是中国人讲的自强不息。"如今，国家重视武术的学习与推广，这对广大青少年的思想道德建设、身心健康发展、民族素质提高、民族精神培育具有重大意义。同样，武术运动的特点决定了武术在强身健体方面具有其他运动项目所不具备的优势。竞技武术以其独特的魅力吸引人、感染人，更以强烈的人文精神催人奋进。我们组织编写这本书的目的，正是通过对中国国家武术散打队队员的成长经历和奋斗历程的记述，在弘扬中国优秀传统文化和加强国际交流的同时，体现中华民族坚韧不拔、自强不息的奋斗精神。通过中国散打和中国传统武术，将体育强国纳入到建设中国梦的体系中，以更好地提高民族素质，提振国民精神，为实现中华民族的伟大复兴做出应有得贡献。

我们祝愿中国武术散打运动蓬勃发展、再创辉煌！

陈国荣

2016 年 8 月于陕西西安

CONTENTS 目录

CONTENTS 目录

序曲

序曲

　　从漫漫的历史长河中跋涉而来的中华武术，历经几千年岁月而不衰。中华武术是人类文化宝库中的一朵"奇葩"，自从武术产生至今，数千年来，深受中华传统文化的影响，饱蘸东方文明之精华。因此，武术中蕴含着丰富的中华传统文化基因，渗透着中华传统文化的精髓，体现着中华民族的基本精神，在当今人类非物质文化遗产中极为罕见。

　　早在 20 世纪 70 年代，中华武术的风采已展示于世界，中国功夫成为其代名词。特别是中国功夫凭借电影产业的发展而一路走红，并受到世界各国的关注。可是，外国武术爱好者对于中国功夫的实战性却提出了疑问：中国武术能不能实战，可不可以比试切磋一下？为了彰显中国武术的实战威力，武术技击性问题被摆在桌面，也使散打兴起并成为与套路并存的项目。一些有名望的武术家开始思索和探讨中国武术如何与国际接轨，如何与世界流行的搏击术进行实战对决并战而胜之，以扬我中华武术实战技击的威名。

　　正因为武术承载着优秀的民族传统文化和民族精神，因此，以武术为载体，传承和弘扬中华民族优秀的传统文化，就显得尤为重要。中华民族的伟大复兴需要有民族精神做后盾，而中华武术所蕴含的民

族精神正是中华民族伟大复兴的重要催化剂。当代武术，不仅肩负着传承中华民族优秀传统文化的历史使命，从更深层次的意义上讲，它还肩负有中华民族伟大复兴的历史使命。

于是，中国国家武术散打队于 2012 年 2 月在陕西省西安市正式宣告成立，建立这一支专业性的队伍在中国武术发展史上尚属首次。散打国家队是精英中的精英，是我国散打大军中的"特种部队"。国家武术散打队总教练张根学同样肩负着重任和使命，为捍卫国家荣誉，他带领着散打精英，南征北战，走出国门，走向世界，扬我国威！

……

故事还得从国家武术散打队总教练张根学说起。

张根学，中国国家武术散打队总教练、中国武术协会常委、教练委员会副主任、陕西省体育训练中心主任、武术运动管理中心主任、陕西省武术协会主席、陕西省武术院院长。

张根学，1965 年 5 月出生于西安郊区。童年时期的他，聪明伶俐，活泼可爱，是村里有名的小顽皮。由于父母中年时才有了他，所以全家人对他特别宠爱。张根学特别喜欢体育运动，当看到村里的一个工人师傅在练习摔跤时，他身体就产生了动感，觉得摔跤比家族中一个爷爷练的武术要刺激得多。于是，他就跟着工人师傅练摔跤，那时他才 7 岁。除了摔跤，在学校里，他更是足球和乒乓球方面的佼佼者，他速度快，反应敏捷，悟性较高，每次比赛中都是最抢眼的焦点人物。赛场上他以出类拔萃的表现，常常成为同学们的喝彩对象，同时，也引起了体育老师杨兴运的注意，觉得张根学在体育方面很有天赋，便收他为徒弟，教他练习正规的摔跤基本功。

如此一来，便开启了张根学摔跤的短暂历程。

虽然白天上学，晚上练习，很是辛苦，但杨兴运老师的悉心指导让张根学收获颇多。经过几年的基本功练习，杨兴运老师觉得这小家

伙训练刻苦努力，进步很快，打心眼里高兴，心想，这个徒弟真的没有收错。为了让徒弟在武术道路上能有更好的发展，杨兴运老师决定将张根学推荐给摔跤名师赵安利（现任西安市公安局治安局副局长、陕西省武术协会副主席）。

初次见面，赵安利老师就让张根学进行对抗练习。张根学不怯场，他光着膀子，穿着大人的摔跤服，和其他小伙伴对抗摔打。张根学的表现着实令赵安利老师感到惊讶，他没想到张根学不仅反应敏捷，身体协调性好，而且毅力和韧劲也超乎寻常。惊讶之余，赵安利老师感到由衷地欣慰，毕竟，这样优秀的摔跤人实在难得，便决定尽心教授张根学。于是，赵安利老师对张根学进行速度和力量以及技巧的强化训练，使张根学从中学到了更多东西，且基本功越来越扎实。接着，赵安利老师教张根学国际摔跤法。经过接触，张根学觉得国内摔跤法与国际摔跤法完全不一样，前者直接抱摔，后者可以抓力，两种摔跤方法给他以后的武术生涯带来很大帮助。

通过几年的强化训练，赵安利老师觉得张根学不仅为人正直诚恳，乐于助人，而且聪明伶俐、悟性甚高、不怕苦不怕累，是个好苗子，便决定将张根学推荐给了闻名陕西的摔跤教练陈建虎（其人是赵安利的教练、摔跤专家、国际运动健将、国家摔跤队教练）。

陈建虎老师的训练体系不仅仅是基本功和对抗性的训练，还包含了技击战术的运用以及综合素质的训练等。年幼的张根学非常珍惜这次机会，勤奋好学，勤于训练，使他慢慢懂得了训练方法，适应了训练方式以及如何提高基础代谢的方法。在不知不觉中，张根学的技能不断提高，综合素质也有了质的飞跃，在同龄伙伴中，他的成绩非常突出。

少年好学，将成大器！就这样，年幼的张根学整天沉浸在练习摔跤的氛围里，他对摔跤的那份热爱，是一般人无法理解的。也许，正是源自心中那份喜爱，才使他对武术技击有着自己独到的见解。

就在张根学沉浸在摔跤带给他的快乐中时，全国的征兵工作开始了。

张根学从小就崇拜军人和英雄，特别是看到战争影片中牺牲的英雄王成、黄继光、董存瑞等，这些英雄人物形象和事迹让他感动得流泪，并由衷地敬佩他们。他常常暗自思量，长大了要当一名武艺高强的军人！就连《英雄儿女》《上甘岭》等电影插曲他也非常喜欢，很快就学会了唱这些歌曲，并且一唱就是几十年，仿佛自己就是一位战场上的英雄。当他一听到征兵消息，不顾一切地去报名。虽然体检合格，但年龄太小，又是家里的独子，不符合当兵条件。赵安利老师了解情况后就去向征兵领导竭力推荐，说张根学从小能吃苦，并且是摔跤好手，别看他年龄小，但他有着惊人的能量。张根学也在一旁苦苦哀求道："你就批准我去当兵吧，我就是要当兵，打仗我不怕！哪怕死在战场上，我也愿意！"这些话把张根学内心的爱国激情和英雄情结表露得淋漓尽致，征兵部队领导被赵老师和张根学的话语感动了。

就这样，16岁的张根学踏上了军人之旅。

寒风瑟瑟地吹着，光秃秃的树枝发出簌簌的声响。

一辆解放军大卡车装载着几十个新兵在寒冷的夜里向前行驶。大卡车经过天安门前时，新兵们兴奋地伸出脑袋，想看看雄伟壮丽的画面，但大卡车飞驰而过，很快驶向了前方，新兵们你看看我，我看看你，不知要去何方？

大卡车在颠簸中晃晃悠悠，新兵们裹着军大衣相互交流着难以平静的心情，而此时的张根学却一声不吭地看着天上的星星，两眼里饱含着泪水，入伍前的欢送场景一直浮现眼前，难以忘怀。

那天，数九寒冬，公社武装部的墙上写着"欢送新战士入伍！""一人参军，全家光荣！""提高警惕，保卫祖国！"等大红标语，道路

序曲

两旁锣鼓喧天，一派热闹景象。公社武装部的门前挤满了人，大多是来送子女参军的，只见有的亲属不住地叮嘱自己的孩子，有的父母在不断地擦着眼泪。张根学班级的老师和全班同学都来欢送他，整个班级他是第一个当兵的，确实是件很光荣和骄傲的大喜事。这时，张根学转眼看见父亲在锣鼓队里一边使劲敲着鼓，一边流着泪看着他，瞬间，张根学的眼泪止不住流了下来。突然，他意识到，怎么没有看到母亲？他四处张望，四处寻找，发现母亲站在远处看着他，他含着泪不顾一切地向母亲跑过去，母子俩紧紧拥抱，母亲的泣声让他泪如雨下。母亲边为他擦眼泪边语重心长地说："儿啊，离开了家，一切全靠自己了，到了部队要好好干，要向英雄黄继光、董存瑞学习，别老牵挂着家里。"

青年张根学

张根学拉着母亲的手说："妈，我知道了，我会好好干的，我会照顾好自己的，你和爸爸千万要保重身体。"母亲微笑地点点头，然后抚摸着儿子的脸庞依依不舍地看了又看。张根学含着泪说："妈，我走了。"

母亲望着儿子离去的背影，泪水模糊了双眼。

大卡车越开越远，越开越远……

突然一个急刹车，大卡车终于停下了。天依然很黑。

新兵们从卡车上下来，这时的广场上已有好几百个人，探照灯将场地照得通亮。张根学四周看看，发现所有人的个头都盖过自己。

新兵们列队等待着分配。

首先是特务连开始挑兵，要求身高 1.75 米，形象帅气。只听到"特务连的，带走。""四连的，带走。"接着一连、二连、三连的新兵一个个都被带走了。

这时，广场上只剩下一个新兵站在原地等待着，在探照灯的照射下，是那么的显眼。

"这是咋回事？难道没连队要我了？还是自己会被带到特殊的连队？"张根学正想着，就听到领导说："就剩一个了，这样吧，去五连吧。"

这时，他才知道自己已成为中国人民解放军北京卫戍区 51117 部队的一名战士。

张根学本以为到了部队是学本事的，结果到了五连，才知是步兵。虽然每天"一，二，一""向左转，向右转"的最常规的基本训练，他都非常认真，不怕苦不怕累，但每当看到特务连战士训练时，除了个个长得帅气，那拳来脚往的训练模式和激情高涨的训练气氛，都会让他产生一种羡慕之心。有一次，训练时经过一个大沙坑，看到一些战士在进行训练，顿时，引起他很大兴趣。于是，他就跟同公社一起入伍的一个新兵战友去大沙坑观看，这才明白，大沙坑是特务连的格斗训练的场地。

 序曲

不看也罢，一看简直难以抚平他那颗热血沸腾的心！他认为特务连所训练的科目才是自己想要的。逐渐，他的心开始偏离五连。

一天，张根学与同公社来的一个新兵战友说："走，我们去看看特务连训练。"战友立刻显出兴奋神态，说："好，去看看，咱们跟他们练练。"这个新战友当兵前在家练过武术。当时他俩商量，如果是摔跤，张根学就上！如果是打斗，战友就上！

他俩跑到一个大沙坑前，往地上一坐，一边看特务连战士训练，一边发表着议论，说这不咋样，说那不行。就在这时，他俩的议论却被特务连的一个班长听到了。

"嘿，小家伙，你俩在说什么呢？"

他俩立刻把刚要说出的话咽了回去。

"新兵战士，你们要不要练练，摔一个看看？"

听到这话，张根学和战友互相对视，微微点了点头，摔就摔，有啥不敢的。

"动真格的了，一定要胜过他们，加油！"战友悄悄地跟张根学说。

"没问题，看我的。"张根学边说边跳进沙坑里。

"我们选一位战士与这位新兵练练。"班长高声说。

张根学已经迫不及待了，他浑身充满着力量，一下子就把那个战士撂倒了。紧接着，班长上来与他摔练，很快，他又把班长给撂倒了。这下，站在一旁的排长急了："嗨，小兔崽子，来，跟我练练，我让你一只腿。"说完，一个踢腿攻击，张根学灵活躲开，然后一个滚翻动作，又快速站起，突然一个转身，以快制胜的战术，干净利落地将侦察排长掀翻在地。全场士兵目瞪口呆，对眼前矮小的张根学那难以置信的力气赞叹不已。

"嘿，臭小子，还真有两下子，哪个连队的？"排长问。

"五连的。"张根学高声回答。

"哦，五连的。"排长认真打量起眼前这位个小力大、具有摔跤

功底的新兵蛋子。

"啊，你太牛了，简直让那些战士都目瞪口呆呀。"同公社来的新兵战友兴奋地说。

"他们也不想想，俺是摔跤专业队出来的。"张根学显得洋洋得意。

没想到，这件事传到了作战股股长的耳朵里，他就想看看这小子是啥样的，竟能把侦察班的班长、排长给赢了。其貌不扬的张根学站在股长面前，听股长的口音是陕西人，便与股长说，自己想去特务连，于是，股长就向特务连指导员推荐，说他是个好苗子。再说，他平时在五连也经常与战友们摔跤格斗，五连班长和战友们都很喜欢他。所以，第二天他就被调到了特务连。

勇敢和必胜的信念常使战斗得以胜利结束——恩格斯。

张根学心里美滋滋的，他现在是一名警卫三师十一团特务连的战士，激动的心情无法形容。他从心里要感谢三位老师，是他们让自己学到了武术摔跤技术，没有他们就没有自己今天的"牛气"。

由于有着扎实的武术和摔跤功底，张根学在军中格斗比武时大显身手，一时名声大噪。三个月后他被调到了特务连侦察排。在这期间，团长经常与战士们进行擒拿格斗交流，在一次的交流中，他一下就把团长从背上翻了过去，团长连连称赞，好小子，果然名不虚传呐！没多久，他又被调到了警卫连一排。一听到警卫一排，张根学激动的心情就甭提了，他以为警卫员腰里挎着小手枪，打开枪套，拔出手枪的姿势简直太帅了。可是，他高兴得太早了，他被分到警卫班当公务员，每天给首长打扫卫生、倒开水等等。虽然不是自己想象的那种警卫工作，但他在警卫班期间工作非常认真，几次在单独执行特殊任务时表现优秀，尤其是不到十七岁的他，经常一个人代表特务连单独完成接待外国元首、外国军事观察团的任务。那个时候经常有很多外国人观看训练表演，虽然他不会说英语，但一个接一个的"Please"倒让他越说越标准了。

序曲

一眨眼，一年时间很快就过去了。有一天，师部侦察科长发现张根学是块好苗子，就向上推荐，张根学便从团部特务连调到了师部侦察连。在以后的时间里，张根学在师部侦察连完成了擒拿格斗、射击、军事地形学等侦察兵各项课程的学习任务，成为一名合格的侦察兵，为他以后的人生路打下了坚固的基础。

1983年武警部队正式组建，当年冬季，上级领导决定从三师侦察连抽调一批技术骨干到武警部队，张根学就这样随他的几名战友一起到了武警北京总队十一支队，成为武警擒敌班的战士。进入擒敌班后，除了枪械训练外，主要是擒敌技术和格斗训练，这对他来说是如鱼得水，一段时间后担任支队擒敌技术教员。通过部队大熔炉的锻炼和造就，张根学不仅思想上逐渐成熟，也让他的实战经验与日俱增，武艺日益精湛。现在武警部队中使用的技术教材《警棍盾牌术》便是由他参与编著的。

青年张根学

1985年张根学退伍了。他想家了。

回到西安后，他担任过西安市公安局特警教官、保安公司总教练、西安市特警队擒拿技术教官等职务。几次配合公安部门在侦破工作中表现突出，成功破获了几桩抢劫、杀人等重大案件。在参加地方公安派出所治安联防队期间侦破一起特大盗窃案时，他只身擒获6名盗贼，空手夺刀制服歹徒。第二天他就上了报纸头版新闻，并

获得"西安市公安局十大治安标兵"称号……

张根学一时风光无限，很多单位纷纷聘请他做教练。公安局副局长也希望张根学能够再回到特警队当教官，认为这样的人才浪费了太可惜了。启蒙老师赵安利希望他到陕西散打队做教练（那时陕西还没有散打队）。张根学处于矛盾之中。母亲看出他的心事，语重心长地说："我希望能够看到你为国家做一件大事，做一件好事！我相信，农民也能够出状元。"母亲的一句话为他点亮了心灯，他立刻写了一张招生简章，贴在了醒目处：

原中国人民解放军 51117 部队特务连侦察兵张根学，响应党的号召，回家务农，现在改革开放时期，愿意把擒拿格斗技术教给学员们。

没想到，招生启示一贴出，来了一百多个孩子，张根学心里有着说不出的高兴和激动，对自己充满了信心。张根学是一个认真干事且具有强烈成就感的人，具有开拓者和跋涉者的远大志向和抱负。试想谁能在八十年代党中央提出民族振兴而中国武术处于低迷阶段，散打尚在朦胧之中的时候，就奋勇出头营造雷鸣之势？站在时代浪尖上的张根学，为实现自己的人生理想，勇于开拓，不屈不挠的奋斗着。

……

虽然早年的经历有苦有甜，有乐趣也有烦恼，但是，正是这些经历让他接触到了武术、摔跤和拳击，以至于后来走上职业教练的道路，为革新散打打下了坚实的基础。没有早年的经历和锻炼，就不会有后来的一切。

1991 年，张根学自己组建了业余散打队，并在赵安利老师的支持下组建了陕西省第一支专业武术散打队。这支队伍最初可以说是一支"三无"队伍，无编制，无经费，无训练条件。在条件非常艰苦的情况下，张根学凭着惊人的毅力，克服种种困难，一步一个脚印，把这支队伍扶植成为陕西省的重点运动队，全运会的重要夺金点。功夫不负有心人，

经过不懈的努力和训练，1995 年经国家武管中心抽调，张根学和武汉体院李建平教练合作，在西安组成国家集训队备战第三届世界武术锦标赛。在比赛中一举拿下武术散打 52 公斤级、60 公斤级、65 公斤级三个级别的冠军。此后打遍国际顶尖赛事，似若"飞流直下三千尺"，大有不可阻挡之势。

在他的争取下，2001 年全队有了编制，有了经费。但他们得到的训练经费仍然有限，因此，张根学白天带队训练，晚上找朋友拉赞助。这些年来，张根学一笔笔算，竟然已拉了近 6000 万元赞助费。当然有了钱也就有底气，"从此以后，再有什么比赛，我们就可以派出国家队最好的选手出战"。这些最好的弟子，按张根学的说法，完全可以和泰拳、美国拳王抗衡。

最令人鼓舞的是 2006 年第三届世界杯武术散打比赛，张根学带领的中国武术散打队荣获 11 枚金牌，一天时间 11 次升起五星红旗，11 次唱响国歌，创造了散打发展史上的新辉煌！此等壮举已载入中国武术史册！

从此，以张根学为总教练的中国武术散打队在亚锦赛、亚运会、世界杯、世锦赛、北京奥运会武术比赛中大显身手，战绩卓著，红极一时！

2007 年，张根学就任中国国家武术散打队总教练，中国武术协会、国家武管中心把国家武术散打训练基地放在了陕西，使陕西成为第一个国家武术散打队训练基地，与三秦大地崇德尚武之风有效组合，重新奏响了秦韵武魂。面貌一新的陕西省武术运动管理中心，令全国武术界乃至体育界刮目相看。作为中国武术散打和陕西武术的领头人，他聚集贤才，分级管理，勇猛冲锋在武术散打的最前线。

执教中，张根学始终把目标定在世界第一流水平上，为了这个目标的实现，为了能在国际舞台上为国争光，他既要亲自抓好训练，又要管好全队的日常生活。他通过自己的亲身体会，借鉴国外竞技体育的训练方法，根据中国竞技训练的特点，摸索出自己独特的训练方法，

以及心理素质培训方法。在训练时，他不仅重视运动员在技能、战术、身体素质和体能等方面的训练，还加强了对运动员心理素质的训练。将心理素质训练融汇到技能和战术的训练之中，使选手在掌握娴熟的搏击技巧的同时，能根据临场情况机智地采取正确的技能和战术，在激烈的竞赛中保持良好的心理素质和积极乐观的心态。他的这种训练方式成功地帮助队员们打下了良好的竞技技能的基本功，在实际竞赛中收到了很好的效果。他和他的教练组把中国国家武术散打队煅造成一支铁军，召之即来，来之能战，战之必胜。

他治的是武术，平的是散打的天下。自 1997 年至 2015 年连续十八年，在陕西省体育局年度考核中他被评为"优秀"；2001 年被评为高级教练；2003 年被评为"陕西省有突出贡献中青年专家"；2005 年被中共陕西省委、省政府授予"有突出贡献专家"；2006 年被评为国家级教练、陕西省武术散打套路总教练；2007 年荣享国务院"有突出贡献专家"特殊津贴；2008 年被国家体育总局评为"北京奥运会突出贡献个人"，当之无愧地成为 2008 年奥运圣火陕西传递手；2009 年获得第十一届、十二届全国运动会金牌教练，记个人一等功两次；2010 年荣获国家体育局颁发的体育运动荣誉奖章；2012 年国家体育总局武术运动管理中心授予张根学"武术工作特殊贡献奖"；2013 年被评为"国家武术散打队优秀教练员称号"；2014 年被国家武术运动会评为"全国十佳武术教练员"……多年来张根学共获得中华人民共和国体育荣誉奖章 8 枚。

无论从振奋民族精神层面，还是在丰富的技法表现层面，武术散打都称得上是武术的主打项目。如果武术散打可以进奥运会，人们会首先想起这支队伍的先驱者——张根学。

2012 年 2 月 25 日，中国国家武术散打队正式成立并落户于西安。这是该项目首次常设国家队，张根学担任国家队总教练，是散打项目

中国国家武术散打队合影

的国师。

　　当武术作为奥运会八个预选项目之首已经有望进入奥运会之时，武术散打国际间的竞争也显得愈来愈激烈。由于人种方面的差异，一些优秀的欧洲选手一旦掌握了中国武术散打的运动奥秘，他们凭着自身较好的先天优势，极有可能对中国武术散打的霸主地位形成冲击，特别是在大级别的比赛中威胁更大。作为国家队总教练，张根学远虑近忧，以永不懈怠的使命感和危机感，充分认识到实战是散打的命根子，创新发展才是硬道理。

　　有人说，散打无非就是"拳击加腿"，他认为这种说法是片面的，也是偏激的。散打是在与民间传统武术交流、与各类体育竞技形式的交流之后，显示出鲜明的技击实战性。虽然说散打是西方体育文化的集中体现，但是，散打却是中国的武术形式，是中国人研究出来的。近几年来，中国武术散打队以"搂抱变摔"，灵活、多变、奇诡的招数，以我为主，控制过程，实现积极性攻防，达到化打合一，凭借坚强意志，强化技艺，提升中国散打的实力，冲破欧美大级别垄断。张根学积极

2012 年 2 月中国国家武术散打队在西安成立

响应国家体育总局要把中国武术散打队建成"钢铁之师、威武之师、勇猛之师、文明之师"的号召，提出"永不言弃"的铁军信念，提出以无坚不摧、雄不可挡的士气、志气、霸气来压倒对手，打造出世界散打品牌。

张根学认为，七分训练、三分管理。管理对运动队来说是非常重要的环节。因此国家武术散打队成立之初，完全按军事化管理，就是要把国家队锻造成一支纪律严明、精神过硬的队伍。在每一次集训中，教练组始终把运动员的管理摆在相当重要的位置，绝不掉以轻心，就是要杜绝一切不良事件的发生。队伍一切从"严"出发——严格要求、严格管理、严格训练。虽然进行封闭训练，实行军事化管理，但队伍也努力做到严而不死、活而不乱，教练员、运动员不断加强团队精神，以队为家，从而全力以赴投入到备战训练中。

展望现代散打前景，前途一片光明！

2012 年 6 月，在全国男子武术散打锦标赛上，46 支代表全国各省市自治区、直辖市和行业体协的 495 名运动员和教练员参加了比赛，所有金牌全部由国家队选手获得，显示出新组建的武术散打国家队的强劲实力和高水准的训练效果。

8 月，在越南胡志明市举行的"第八届亚洲武术锦标赛"上，以年轻选手为主的中国武术散打队 11 名运动员获得了 10 枚金牌、1 枚银牌。本次亚锦赛是国家武术散打队成立后在国际赛场上的首次亮相，再次证明国家武术散打队的训练水平在大幅度提升。

接着 10 月在"第六届世界杯武术散打赛"上，中国队狂揽 9 枚金牌，再一次超越了自我，捍卫了中国散打在世界武坛的地位，尤其在大级别项目上，从 10 年前打不了 20 秒就被欧美选手 KO，实现了今天以绝对的优势战胜欧美选手。

12 月"中俄武术散打对抗赛"在湖南长沙打响，中国散打队以 6:0 完胜对方并加冕"功夫之王"，意味着中国散打从此打破了俄罗斯在欧洲散打大级别上的不败记录。

2013 年起，由张根学带领的"中国真功夫"团队倾力打造中国武术散打百强争霸赛，这个具有世界水平的大型武术散打竞技赛事节目，受到了习近平主席的关注和赞扬。2015 年 10 月，以"宏兴乳业杯"冠名，由中国武术散打"国字号"队伍打造的"真功夫"赛事登陆陕西卫视，创造了规格之高、队伍之强、平台之广，收视率连创新高的奇迹。

一代史圣司马迁说得好："嗟乎！燕雀安知鸿鹄之志哉！"忧散打武术之危，定散打发展之变，非英武之才不可为矣！凭借着对武术散打的执着追求，张根学充分展示了武术管理之智慧、武术功底之厚实，并且不断地为中国武术的发展做出贡献。

他是中国唯一一个从作战部队走出来的武术散打教练，唯一一个以教练员身份担任的武术高管，唯一一个入住奥运村的中国散打教练，唯一一个带队打满各大散打赛事的教练。他培养的世界冠军最多，他使中国国旗在国际赛场一天升起的次数最多，他组织中外对抗赛最多……

没有在困难面前勇往直前的胆量和毅力，又怎能在强手如林的武术散打界里播洒热血和情怀，获得属于自己的一席之地！

"天行健，君子以自强不息；地势坤，君子以厚德载物。"在当今"弘扬民族精神"和"构建社会主义和谐社会"的大环境下，以武术为载体的尚武精神正是对这种精神的具体实践。

对团队凝聚力与协作能力的打造和训练，张根学始终能以身作则，身正示范，言传身教。在训练的时候他是一位严师，严格要求，绝不含糊。他非常注意观察每一个队员的特点和优势，并根据每个队员的特点制定科学的训练措施，保证每位队员在水平提高的基础上，能更加突显出自身的独特优势。训练之余，他又是一位和蔼可亲的父亲和朋友，把每一位弟子都看成自己的亲人，与每一个同行、教练员都能和睦相处。他用自己的真诚作为管理的法则，赢得了所有教练员、队员以及同事、朋友们的尊敬和爱戴。他对运动员的身体和训练过程了如指掌，呵护有加。他用自己的积蓄奖励优秀运动员，经常与运动员谈心，嘘寒问暖，用爱打造出一支战无不胜的"特种部队"！俗话说：路遥知马力，日久见人心。一位德艺双馨的武术大师，并不仅仅是在徒弟心中有威望，在武术散打界里，张根学的人格魅力得到的评价同样令人动容。

光阴似箭，岁月如梭。

2014 年，中国散打在多项大赛中战功显赫，在仁川亚运会上取得历史性的 5 金 1 铜，在武术世界杯上取得 7 金 1 铜的优异成绩，圆满完成各项训练比赛任务，为国家争得了荣誉。在谈到这一佳绩时，总教练张根学表示，这些荣誉的获得是与国家、省局的关心和支持分不开的。有些教练员连续 6 个月不回家，一心扑在工作上，这种精神令人敬佩。他说：国家武术散打队代表着中国武术散打的最高水平，运动员不仅要身披国家战袍，为国争光，而且也肩负着中国武术向世界

2015 年中国国家武术散打队冬训合影

推广和宣传的重要使命。

　　看到散打队员在世界搏击赛场上一次次不负众望，赢得一个又一个胜利时，当一个个世界冠军从中国散打队员中产生时，张根学都会由衷地感到欣慰。我们庆幸中国有张根学这样的武术大师，庆幸中国散打搏击运动在他的积极推动下取得的成就，他的精神和武德影响着他的弟子，并在弟子身上发扬光大。当一个个冠军呈现在世人面前，我们相信，张根学所倡导的武术精神得到了继承和发扬，他不愧是当代中国武术的"散打教父"和"一代宗师"！

　　作为后来居上的新一代，在前人铺就的散打道路上一路驰骋时，应学习前辈们为捍卫国家荣誉而不屈不饶、英勇顽强的拼搏精神。努力在教练的严格训练下脱颖而出，成为中国武坛乃至世界搏击赛场的英雄！

他们是一个更值得敬重的战斗群体，一个更值得礼赞的英雄群像。

无论是"王者归来夺巅峰"的胜利者带回的荣耀，还是"江湖垂怜英雄泪"的失意者带回来的遗憾，我们可以从后面的故事中看到他们的美丽和中华民族的精神。他们用坚持绽放着运动的魅力，用拼搏诠释着奥林匹克的真谛。在五星红旗下，他们写下了一段段感天动地的传奇，谱写出一曲曲千回百转的壮歌！

SANDA
ZHIWANG

散打之王

九曲黄河万里沙，自古英雄战天涯。
而今且说郎普庆，掀起惊涛夺冠花！

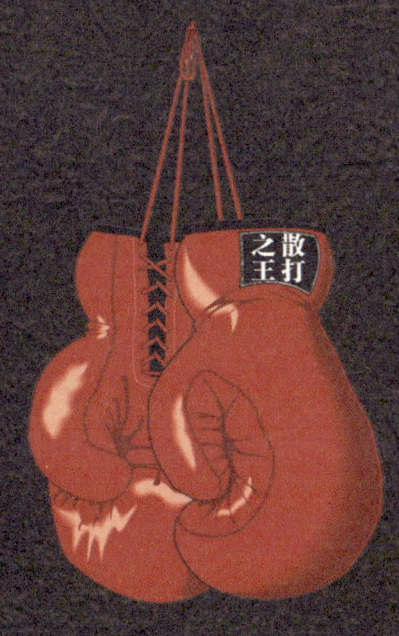

散打之王

壹

　　亲爱的读者朋友，我想把你们引进武术冠军的精彩世界，见证他们的成长经历并了解现实中的武术英雄与电视荧幕上、武侠小说中的武术英雄有什么区别，他们是如何将自己的梦想变成了辉煌的现实的，过关斩将，血战狂争，拿下省级、国家级、世界级冠军之路是怎么走过来的？

　　武术散打是中国武术重要的表现形式之一，习练散打的过程是一个提高身体素质和心理素质的过程，也是一个培养民族精神的过程。武术散打既融合了儒家中庸、和谐的人生理念，也包含着道家阴阳辩证、对立统一的哲学文化，是我们祖先留下来的中国传统文化的精髓，不仅是强身健体的真经奥旨，更是中华民族自立自强、不屈不饶的精神与国魂。对武术运动员来说，就是用肌体语言与意志对话，用时间和汗水来承受毅力与极限的考验。现在我要告诉你的是一个被称为"散打之王"的让众多竞争对手感到敬畏的人物：邰普庆。

　　夜是迷人的，很多美丽的东西，都在这里消失，又在这里诞生。
　　体育总局的办公室里亮着白色灯光，有关领导和几个教练正在开会商讨赛事，其中包括讨论全国锦标赛男子 70 公斤级到底由谁来打？是徐延飞还是邰普庆？经过全面的综合考虑，一致认为邰普庆的特点是灵活而沉稳，反应灵敏且悟性高，拳脚迅速有力，往往能出其不意地给对手以打击，70 公斤级别非他莫属！

邰普庆得知此消息后，非常高兴，白天劳累的身体，此刻也伸展开来，舒服地躺在松软的床上，内心充满了希冀，他的前途看似一片光明。当然，徐延飞的身影也时不时地出现在眼前，他不由地摸摸眼睛上的那道伤痕，回忆起自己与徐延飞交锋的场面。

邰普庆夺冠时刻

那是 2002 年广东南海散打冠军争霸赛，邰普庆再次与徐延飞狭路相逢。他们两人相貌和经历都很相似，也有着共同的梦想。第一次交锋是在北京朝阳体育馆的擂主争夺战中，他俩打得非常激烈，双方四次欲用摔法得分，却都双双倒地。之后，双方多次改变战术，努力而积极地拼抢，他俩打了五个回合，最终徐延飞登顶 70 公斤级年终总擂主。这一刻，让他俩彼此都记住了对方。

习武人都知道，功夫是打出来的。打得越多，改进越多。不管是在国际还是国内的擂台，搏击技术几乎不断在改变。因为对手在熟悉你的打法，会针对你的打法拿出他的新招式，因此你也得不断针对他的招式，改进你的打法。

那么，邰普庆这次与徐延飞交锋，是一场复仇之战！

赛前，教练跟邰普庆说："徐延飞与江南散打领军人物郑裕篙师

出同门，同是散打界风云人物尤邦孟的得意门生。徐延飞在比赛中敢打敢拼，顽强的作风使众多对手都心存忌惮，实力不容小觑。"邰普庆微微点头，他知道对手的实力，但无所畏惧。看来这场比赛是一场实力相当的搏斗，一定会有精彩呈现，赛前的氛围极具诱惑力！

比赛开始，邰普庆展示出精湛的拳腿技术和融入了具有散打味道的强悍摔法。而对手徐延飞面对邰普庆变化多端、层出不穷的技法显得有些手足无措，在躲闪防守的情况下伺机反击。徐延飞绝非泛泛之辈，以中远距离组合进攻进行还击，一记猛拳打在了邰普庆的眼睛上，上眼皮处被打裂开，鲜血直流。队医要求包扎一下，邰普庆顾不上那么多了，心里只有一个念头，打败他！随即，他一个漂亮的飞膝引起现场阵阵惊呼，再以快速的组合拳和腿摔赢得了第一局。

虽然简单处理了一下伤口，但血还在流，教练问他能否坚持，邰普庆立刻回答，我不能停下，必须坚持！一定要打败对手！

再说，此时的徐延飞不曾想到邰普庆的组合拳腿竟发挥得如此完美，心里在赞叹之余，也不忘记为自己鼓劲。虽然输了第一局，但他仍然充满自信，要打好这场比赛。

"狭路相逢勇者胜"的气势与"永不言败，勇于挑战"的精神意志，在胜与败之间表现出中华武者的尊严和勇气，证明着中国武术的实战威力。

比赛进行第二局，双方的扫腿开始竞相发威，邰普庆的一记后手直拳重重击中对方的头部，令对方跟跄后退。接着，双方互相缠斗，邰普庆很快突围出来，不失时机，重拳重腿，高举对方，将徐延飞重重地摔在拳台上，赢得了第二局。

邰普庆受伤了，但他获胜了！鲜血染红了面容，重创几乎伤及他的眼睛。

从医院缝合出来，邰普庆眼睛上贴上一块胶布，从此脸上多了一道伤痕。

有队友跟他开玩笑说："嗨，哥们儿，这下你找对象难咯！"

"我这是英雄的烙印呢，你知道啥子。"

"还英雄烙印呢，别人还以为是你打架留下的伤疤呢。"

"散打哪有不受伤的？哥们儿，你身上不也有伤吗？"

"俺那是在暗处，你那是在明处呀。"

"啥暗处明处，你就是巴不得我找不到对象是不？"

"俺不是那个意思，俺是为你受伤而心疼呢。"

"哎哟哟，你的话让我汗毛直竖。我找不到对象，你就把你妹子嫁给我算了。"

"哈哈……"

寝室里的队友哄堂大笑起来。

……

回忆到这里，邰普庆做了个深呼吸，心里想，面临的对手会越来越强，自己必须努力奋进才能实现新的目标。

邰普庆以执着信念，勤学苦练，掌握了武术散打的基本技术特点，并把自己阳刚坚毅，不服输的性格融合在了武艺中。他在一场接一场比赛中，战绩显赫。在沱牌散打王争霸赛70公斤级的比赛中，施展"胡笳十八拍"与对手缠身游斗，接着，他连着3个抱摔，加上他的飞腿，将对手踢得七荤八素，不敢近身。终于打败了号称"腿法天下无敌"的对手。在大连的一场比赛，邰普庆很轻松地拿到了冠军，这是他没想到的，这也使他更加坚信，教练的精心指导与自己的信心和拼搏精神是获胜的关键。一次次取胜，大涨了他的志气。

邰普庆的战绩，让他成为了各项赛事70公斤级别夺冠的热门人物。这颗武林中闪烁的明星要在全国武术散打锦标赛上再次证明自己。

全国武术散打锦标赛开战前，邰普庆的一个对手找到他，跟他说："兄弟，我有个事儿想与你商量一下。"

"什么事？"

"我女朋友要上大学了，我想让她带着胜利的喜悦去读大学。所以比赛时，你放我一马，让我赢好吗？"

邰普庆先是一愣，然后平静地说："兄弟，你说的我能理解，我也可以让，但是你必须去跟教练说一下。"

"兄弟啊，帮帮忙好吧？我不想让女朋友看见我惨败倒地，这样，她会很难过，甚至会有心理阴影。"

"你让我很为难，从内心来讲，我是不想让，也不应该让，为了世界锦标赛，这场比赛关系着不仅仅是我个人的命运，更是我们整个集体的荣誉。"

"兄弟，帮帮忙，帮帮忙，好吧？"

"这样吧，你还是跟教练说一下比较好。只要教练说赢，我就必须赢。如果教练说让，我就放弃。"

看到队员哀求的语气和眼神，邰普庆心里真的很纠结。可是为了集体荣誉，为了能早日实现进入国家队，冲进世界擂台的愿望，邰普庆非常珍惜这次比赛，不管是武技还是心态他都做好了充分的准备，怎能说让就让呢？

教练知道这件事后非常生气，他严厉地批评说："我要说难听一点，这是不光明磊落的行为,但我该骂一句,没有出息的人永远出不了彩!"并毫不犹豫的要求邰普庆不能让!因为你是代表江苏队打这场比赛的,你不仅仅是为自己,更是为集体荣誉而战!

教练的话语,是邰普庆预料之中的。他看着那位队员不知该说些什么,那位队员也就没再说什么,一切尽在无言中。

作为一个运动员来说,在比赛中,情绪波动对比赛有着重要的影响。如果比赛过程中,情绪低落,那么就不能充分地调动全身的机能以触发大脑中的兴奋点。果然是这样,在比赛过程中,邰普庆明显感到对手带有情绪,并有放弃的念头。对抗时,对手很放不开,邰普庆一踢他就摔倒,一打他就闪,邰普庆心想,兄弟,你拿点勇气出来呀,无论成功与失败,赢要赢得霸气,输要输得大气,这才是习武之人应有的气概。虽然邰普庆毫不费劲的以2:0赢了对手,但他心里感到特别不爽,不仅打得不爽,看到对手情绪低落,自己心情也不爽。

比赛一结束,邰普庆下场就跟对手说:"大哥,因为教练这样要求的,我没有办法。你跟我说的事情,我没有如大哥的愿望去办,我心里很难受,希望大哥能理解。"

对手拍拍邰普庆的肩膀笑着说:"咱们是兄弟,什么话都别说了。其实,这次我非常感谢你,更要感谢教练的批评,使我懂得了不仅是武术精神,更重要的是如何做人。"说完,对手一扫沮丧和无奈的心情,神清气爽地离开了。

看着队友离开的背影,邰普庆有些欣慰,但也深深叹了口气,心里还是有说不出的滋味,至今想起依然觉得无奈和歉意。

太阳像一把金梭,月亮像一把银梭,不知不觉,又一年过去了。邰普庆变得成熟起来。他认为武术散打不仅是一项散发激情的搏击运动,也是孤独的运动。当你独自上场,你就开始了一个人的战斗,你需要独自面对所有的问题,独自化解所有的困难。同时,不仅仅要面

对你的对手、观众、外界影响，更主要的是你要随时挑战自己。不管输赢你都不可以找任何埋怨的理由，你必须自己一个人去承担。所以，邰普庆把每一次的喝彩和掌声都作为无限的动力，把每一次失败都当作前进的阶梯。

2003年，邰普庆跟随教练以及其他队员来到陕西省武术散打队进行交流切磋，认识了一些新面孔，包括年轻的内蒙古队员巴特尔。邰普庆和巴特尔是同等级别，在摔跤上都有自己的实力。但是巴特尔毕竟是新手，在技术上还不够过硬，所以在交流切磋时，邰普庆很轻松地将巴特尔打倒在地。

这一切都被张根学总教练看在眼里，觉得眼前这位运动员不仅骨子里有股正气，而且从他身上看到了自己年轻时的影子，傲气凌然，不服输，反应敏捷且悟性高，加上综合素质较好，是一块散打运动员的好材料。经过交流，得知邰普庆与自己年轻时有着同样的理想和抱负，张根学总教练打心眼里喜欢上了他。

没过多久，邰普庆被调入了国家队，并参加澳门世界锦标赛赛前集训。这是他梦寐以求的愿望，今天终于实现了！喜悦之情难以言表，生活即将展开新的一页，未来将会是怎样的风景呢？他浮想联翩……

邰普庆进入国家队后，不仅感到训练正规化和系统化，管理制度军事化，而且技能要求很高，训练强度增大。张根学总教练对运动员们说："要想拿世界冠军，技术必须过硬和全面，要有武德精神，磨练出老虎的霸气和超人的意志，才能成为一名真正的中国武术散打健儿。"很多次张根学总教练亲临现场指导："二人对阵气沉聚，胆大心细神智清。善圆走化抢角占风，拳置肘下护裆护胸。步法灵活亦防亦攻，战胜对手成竹在胸。若不招架一次成功，犯了招架紧逼不松。弧线击打切莫放松，下打双肋上打脖颈。敌拳直打肋必露空，看准空当点脚踢中。敌连攻击后踹反攻，转身后摆败中取胜。光会击打不能

取胜，能防能攻才算英雄。敌从上打我从下攻，敌攻中盘阻挡护胸……"在张根学总教练的语言与动作之间，不仅蕴含着深厚的中华武术文化，更是饱蘸武术前辈对新学员的殷切希望。邰普庆深受感动，受益匪浅，庆幸自己遇上了这位伯乐，决心使自己成为一匹骏马，飞驰世界擂台。正如一句名言：不断的奋斗就是走上成功之路。

紧张强训中，运动员们个个精神抖擞，英姿勃发。张根学总教练声若洪钟的口令在散打馆里回响"仰卧起坐，深蹲每组至少四十个，马步三分钟。"紧接着又是一声口令"开始身法训练。前进步，后撤步，左滑步，右滑步，交换步，下潜……开始技巧训练。原地出拳 100 次，先练习单拳，再练习双拳。配合步法练习进攻……"接着，就是组合拳和腿法训练。运动员们按口令动作，不得有任何马虎和怠慢，如果发现有人动作不到位或松懈，就会被教练严厉训斥或者罚练。所以每个运动员不仅思想高度集中，且每个动作必须到位。这样的连贯性动作训练，是锻炼运动员的体能，也是培养运动员的顽强意志。只见邰普庆时刻听令，动作快速转换并认真到位，没有丝毫的松懈和怠慢。他的每一个出拳动作中都含有内在的热血和激情以及不畏强敌的精神力量。然而，就在持续击打沙包时，他的大拇指处骨折，他没有被这点伤痛所吓倒，用了促进愈合的特效药，短时间内恢复后，继续训练。

接着，在实战练习中，邰普庆的右耳受伤了，淤血红肿。他不由自主地摸摸曾经受伤的左耳，这不得不使他回想起小时候练摔跤时左耳受伤的情景。当时左耳充血淤青，然后肿了很大，他以为没几天就会好的，也就没有告诉教练。疼痛时，他就捂着耳朵轻轻地揉揉，晚上睡觉时，他只能侧着身睡，翻身时碰到那只受伤的耳朵就会让他从疼痛中惊醒。几天后，耳朵发炎了，耳廓向内收缩，邰普庆仍然不知道它的严重性，随它去吧。又过了几天，由于忽略处理，耳朵形状发生了变化，耳软骨坏死导致耳部畸形。可是，现在右耳又受伤了，伤

情与左耳一样，怎么办？去医院吧，训练和比赛肯定会受到影响，加上世界锦标赛的时间越来越近，自己怎么能放弃这大好时机呢？不去医院吧，两只耳朵都变形了怎么办？他前思后想，还是决定先搁一边吧，能忍则忍，能熬则熬，等比赛结束了再处理耳朵的事吧。结果，没有得到及时治疗的右耳朵开始发炎，血肿并向外突起，使耳廓变厚。这时，被教练发现了，建议他去医院进行治疗，他嘴上答应，却始终没去看医生。他心里只想着如何打好世锦赛，其他的事情都不重要。就这样，两只好端端的耳朵变成了"葵花耳"。邰普庆并未对两只"葵花耳"感到焦虑和懊悔，他对着镜子照了照两只耳朵，心想，这下恐怕是真的找不到老婆了。不过这也好，两只耳朵谁也不嫉妒谁了，都一样了，

2014年仁川亚运会，张根学教练组与队员们合影

对称了。然后，他对着镜子里的自己说，普庆啊，如果有一天有女生追求你的话，你首先要自豪地告诉她，这两只耳朵是光荣的耳朵！说完，对着镜子做个鬼脸，然后大步向训练场走去。

夏天，每个身影都有意识地躲避着炎炎的烈日，热闹纷繁的大地一片寂静，连一些最爱叫唤的虫子也都悄没声息了。

训练场内场外一片安静，运动员们正在午休。

突然，一阵集合哨声打破了午休时的寂静。

"称体重了，开始称体重了。"教练的叫喊声让人心里感到一阵阵发慌。

邰普庆伸展着疲惫的四肢，打了个哈欠，然后起身活动了一下筋骨，随后走到磅秤前。他没有立刻站到磅秤上，而是看了看磅秤，心里却默默祈祷着"最好别往上升，别往上升。"可是，磅秤的指针好像故意跟他过意不去似的，走到七十公斤时，却很快的上升到七十五公斤上。邰普庆耷拉着脑袋，他开始讨厌磅秤咒骂磅秤，一切都是你说了算！唉，降吧，降吧，无论如何，一定要降到七十公斤！

降体重的过程非常辛苦，既不能多吃，又不能喝水，还要坚持训练，这几乎成了每个运动员一个必过的坎儿，也是让每个运动员感到痛苦的一件事。邰普庆不得不远离美食的"诱惑"，只能吃些巧克力和压缩饼干。可是，经过努力，体重并没有明显下降，于是，他穿上厚厚的棉衣，上上下下裹得严严实实，只露出个脸部，开始跑步。不断出汗，继续跑，汗流浃背，不断地跑，汗水从身体流入脚底，再从脚底渗透鞋底，一步一个水印，结果，体重还是没有降到要求的标准。

好饿，好渴呀！邰普庆大口喘着气，有队友看着心疼，拿着雪碧问他是否喝一点？他点点头，接过雪碧喝了一口，啊，好舒服，透心凉呀！他真想一口气喝光。可是，不行呀，比赛前必须降到要求的标准，

否则会被拒绝上场，这是每个运动员不能接受的。

这段时间里，不能提到吃喝，也不能见到食物，更不能闻到食物香味，免得心烦和暴躁。几个晚上，他做了同样的梦，说了同样的梦话。

"妈妈，我好饿。"

"儿子，你想吃什么，妈妈给你买。"

"我好想吃妈妈做的红烧肉。"

"乖儿子，你等着，妈妈这就给你去做。"

"好香啊，太好吃了！"

"儿子，慢慢吃，别吃噎着。"

"妈妈，你知道吗，我已经将近十个月没吃肉了。"

"可怜的儿子，妈妈好心疼啊。"

一阵哭声让他从梦中惊醒。是梦里妈妈的哭声惊醒了他。他一下坐了起来，肚子咕咕叫得很厉害，嗓子里好干，心肺烧得直冒烟。他摸了摸枕头，湿了，他不知道是自己哭湿了，还是口水流湿了。梦里妈妈做的香喷喷的红烧肉的味道一直在脑海里，这种感觉真的好难受，简直让他受不了！所以说，赛前降体重绝对是"魔鬼级"煎熬。

世界锦标赛还剩几天了，邰普庆的体重仍然超标，必须快速降！

他穿上全身封闭式的衣裤，一头钻进了桑拿房。蒸桑拿是短时间内减体重非常有效的方式。不能湿蒸，必须干蒸。

开始干蒸。邰普庆进去十五分钟再出来，躺一会儿再进去，进进出出折腾了十多趟，到后来，他气喘不已，汗如雨下，感到严重缺氧。他趴在地上，脸贴在桑拿房的门缝边，呼吸一点透进来的凉风，或倒倚在长椅上，将头尽量的接近地面，因为地面的温度稍微低一些，这样感觉要好一些。邰普庆身上溢出滚烫的汗珠，他微微闭上眼睛，大口喘着气，自言自语地说："我一定要咬牙挺住，为了国家荣誉，为了家乡人民，再苦再难必须坚持下去！"熬吧，挺吧！经过三个小时左右的高温桑拿"洗礼"，他的体重终于达标了。但是，蒸出来的邰普庆，双脚像灌了铅一样沉重，人几乎虚脱，眼睛发红眼眶发黑，整个脸部好像换了一个人似的。尽管这样受尽折磨，筋疲力尽，邰普庆却没有半点怨言。

世界锦标赛是捍卫国家的荣誉之战，这对邰普庆来说非常重要！因为，世界武术锦标赛，每两年一次，由世界武术联合会会员国抽签举办。全运会，每四年举办一次，预赛相当于上半年的锦标赛，决赛相当于下半年的冠军赛。亚运会，每四年举办一次，也是武术项目参加的最高级别的综合性运动会。参加选手一般是全国冠军或亚锦赛冠军。含金量最高的是全运会冠军，全运会冠军除了有各种保障之外，奖励程度也是令人羡慕的。世界武术锦标赛，是世界级的比赛，是最正统的世界冠军，官方给予一定的奖励，地方也给予一定的奖励，工资和待遇也会相应提升。

这次赛事是对邰普庆的一次严峻考验，他不惜牺牲一切，珍惜这次机会。

现在，邰普庆离世界"皇冠"只有一步之遥了，这艰难的一步，他是否能顺利迈过？且看"皇冠"归于谁之手，就让我们拭目以待吧！

出发前，张根学总教练说："国家武术散打队代表着中国武术散打的最高水平，运动员不仅要身披国家战袍，为国争光，而且也肩负着中国武术散打向世界推广和宣传的重要使命。武德高尚、武艺精湛是中国武术推广和宣传的法宝，也是国外运动员模仿和学习的榜样，尤其是运动员的一言一行、一举一动，不仅代表中国武术形象，更是代表国家形象。因此，你们迎来的是一场严峻的考验，也是你们人生中又一次成长的历程。不论成功与否，你们都是英雄！"张总教练的一番话，让每个队员志气高涨，激情满怀。邰普庆更是知道这次使命的重要性，只能成功，不能失败！

出征前，上海市市长、体育局领导，还有邰普庆的恩师罗军教练

接见了运动员。当时，罗军教练语重心长地对邰普庆说："普庆啊，你是代表国家去比赛，你一定要为国争光啊！再说，常州已经有八九年没有出冠军了，你这次一定要争取夺冠啊！"邰普庆对恩师和领导抱拳行礼，然后向恩师和各位领导许下承诺："你们放心，只要我普庆不倒下，我一定会把金牌给你们捧回来！"

　　飞机离开轨道，穿越云间，邰普庆带着梦想，肩负着重托飞向了蓝天……

　　就在第七届世界锦标赛开幕之际，邰普庆的母亲在家中一直看着相框中的照片，那是邰普庆小时候第一次参加了吉林长春全国青少年武术比赛时的留影。母亲时不时的抚摸着照片上儿子因受伤导致畸形的一只耳朵，眼前浮现出邰普庆儿时追梦的执着和艰辛。

　　邰普庆出生在美丽富饶的常熟武进，他从小就喜欢体育运动。有一天，电视里实况直播北京亚运会，邰普庆坐在电视机前目不转睛地盯着电视里的比赛场面，特别是看到武术项目比赛时，他很兴奋，满脸喜色，嘴里还学着运动员发出的"哈哈呵呵"的声音。当看到摔跤比赛时，邰普庆便从椅子上跳起来，幼小的脸庞上出现激动、紧张，还发出呐喊声"太刺激了，太有激情了！"坐在一旁的母亲看到儿子如此的兴奋和激动，也没敢去打扰，因为知道儿子喜欢体育运动。每当看武打片时，邰普庆更是情绪激昂，特别是电影《精武门》里李小龙扛了一块"东亚病夫"的招牌到日本人的武道馆，并在日本人面前

将其踢破砸烂的画面，他深深地被感染了，立刻为李小龙的英勇壮举叫好，为日本人说中国人是"东亚病夫"而感到气愤。邰普庆突然跟母亲说："妈妈，我要当一名运动员！我还想当一名军人！"父母听后都笑了起来，以为这是儿子被电视里的场面所引起的激情，不以为然。谁知，说来也巧，常州体校创办了摔跤项目，正在招收学员，邰普庆知道消息后，毫不犹豫地报了名。父母看到儿子如此的坚定和执着，也就顺着他的意愿。那年邰普庆十三岁，是摔跤队第一批学员。

少年时期的邰普庆很努力，不怕苦，两个月内就参加了比赛，获得了第二名。这时，各省队的教练都在比赛场挑选运动员，邰普庆被江苏省队武术教练一眼看上，认为他就是为武术而生，立刻把他调到江苏省队。邰普庆非常高兴，为自己的正确选择而感到庆幸。父母得知消息后也很高兴，要求儿子必须刻苦努力，争取做一名优秀的运动员。

当母亲发现儿子受伤的耳朵时，很心疼地流下了泪水，自言自语道："这孩子，耳朵受伤了怎么就不去医院看医生呢？"邰普庆听到母亲轻声自语，便安慰母亲："妈妈，你不用担心，我的听力没有受影响。"母亲深深叹了口气："唉！妈妈心疼儿呀。"邰普庆抚摸着母亲的双手说："妈妈，跟英雄和江湖的侠士相比，我这点小伤又算得了什么？"母亲接着说："长大后，找媳妇难喽。"邰普庆呵呵笑了起来："妈妈，你放心，我一定给你找一个既漂亮又贤惠的儿媳回来。"母亲爱惜地看着儿子抿着嘴笑了。可是，母亲又怎能知道，儿子的另一只耳朵后来也同样受伤了。

短短的两年中，邰普庆就获得了全国青少年武术摔跤比赛 65 公斤级别冠军，不仅得到了奖杯，还得到了教练的肯定和赏识，全家人都为儿子高兴。从此，邰普庆更加信心百倍，勤学苦练，并且熟悉各种摔跤动作的技法运用，很快掌握了各种摔跤动作的技术特点，并具备了较强的战术意识、丰富的实战经验和手疾眼快的应变能力。

可是，就在参加了西安全运会武术摔跤比赛 69 公斤级别，拿了第

三名时，他心有不甘。他开始钻研技术，查阅资料，看国内外比赛录像，再结合自己学到的技术和几次的比赛经验，觉得中国的摔跤与国外的摔跤在技术上有着差距，尤其与俄罗斯、伊朗等国有着较大的区别，甚至教练员的水平也有着很大差距。邰普庆开始寻思，既然自己选择了武术摔跤这条路，那么这条路应该怎样走得更好更远呢？眼看自己很难在摔跤项目上有所突破，是否应该转向去尝试新的东西？当邰普庆看到散打录像时，突然感到自己体内有股力量喷薄而出，不由自主地伸出左右臂，打出一个直拳，然后模仿了几个散打动作，觉得好潇洒好痛快！顷刻，一团火焰在体内蠢蠢欲动。经过反复思索，他认为散打是中国武术的走向，是中国武术的精髓，他决定向散打运动这条路上迈进。

于是，1999年邰普庆开始改学散打，在连云港市主管的江苏省队师从于万岭教练学习武术散打。教练看到邰普庆有着较高的悟性和灵敏反应，经常动脑筋钻研散打技法，从心里喜欢这位学员，便悉心指导纠正他的动作。事实证明，邰普庆选择武术散打运动是明智的。由于有摔跤基础，又具备了良好的身体素质，再加上刻苦训练，他练就了出色的拳法和摔法，并且向综合性全面性方向发展……

澳门体育馆内人山人海，座无虚席。

这是2003年11月举行的第七届世界武术锦标赛，来自五大洲80多个国家和地区的近千名武术运动员和裁判员聚集澳门，这是世界级的高水平比赛。

邰普庆在后台热身，英俊的脸庞上丝毫看不出紧张的情绪，微笑充满着自信。宽宽的肩膀和健壮的身躯犹如磐石坚毅挺立，展现着运动健儿的飒爽英姿！

紧张时刻到了，比赛开始了。

邰普庆第一场比赛是与香港选手交锋，香港选手被 KO。第二场是与澳门选手交锋，澳门选手被 KO。第三场是与韩国选手交锋，韩国选手被 KO。第四场是与蒙古选手交锋，蒙古选手的拳法不错，张根学总教练让邰普庆使用腿、摔、拳组合法，掌握好距离，不给对手有喘气的机会，最后蒙古选手被 KO。

比赛异常激烈，最后决赛时，邰普庆的对手是一位俄罗斯选手，论身高和体重都占据优势，加上俄罗斯是世界自由搏击强国，有在国际大赛中染指冠军的实力，选手们的拳法和腿法都很好。张根学总教练鼓励邰普庆不要被这些所吓倒，要赛出自己全部的实力和真实水平。邰普庆跟教练说，放心吧，师傅，我已经做好一切准备迎接最严峻的挑战。邰普庆无所畏惧，他天生有着鹰一般的战斗力，豹一般的爆发力以及雄狮一样的威慑力，他内心深处只有"勇往直前"和"英雄无畏"。可以预计这场比赛，他和俄罗斯选手相互间的厮杀将会十分激烈。

邰普庆看过俄罗斯选手的视频，了解对手的资料，然后，张根学总教练与他共同针对俄罗斯选手的软肋研究实战计划。张根学总教练以口传心授让弟子邰普庆从中感悟到武术的精神并很好地运用到实践中去。邰普庆豁然贯通，大大增强了自己的信心和勇气。

擂台上，俄罗斯选手虎视眈眈，咄咄逼人；邰普庆目光炯炯，洞察一切。就在俄罗斯选手要出手前，邰普庆先以直拳快速出击，先发制人。俄罗斯选手发觉中国选手来势凶猛，便开始拳腿并用，邰普庆闪避后连连出击，双方互不相让，对视中充满战意的眼神如同一道道电流，在空气中激起嗞嗞作响的火花。第一局眼看就要结束，就在千

　　钧一发之际，邰普庆抓住了对手的弱点，猛然出拳将对手击倒在地。

　　全场一片呼唤，所有中国人都呐喊着"中国加油！邰普庆加油！"

　　这是一场严峻的考验，这是一场生死较量！

邰普庆奋战擂台

　　张根学总教练对郐普庆的表现非常满意，认为俄罗斯选手身高力壮，拳法好，打法凶悍；郐普庆反应灵敏，出手快捷，判断准确。如不出意外，郐普庆将以较大的优势获胜。

　　局间休息片刻，张总教练对郐普庆进行了实战指导，也正是因为教练灌输的战术，郐普庆在对抗中打得十分硬朗。俄罗斯选手比赛经验十分丰富，技术水平发挥也相对稳定。双方拳腿组合，近身互攻。郐普庆在进攻中准确地用重拳击打着俄罗斯选手的头部，幸亏有护具保护，要不然对手必然眩晕倒地。此时，能明显地看出俄罗斯选手有一些反应迟钝，踉踉跄跄，虽然再次提起精神，努力拼抢，但还是被郐普庆抓住了机会，以低鞭腿频频重击对手，再配合摔法，遏制了对手的高鞭腿，完全控制了局面。

　　虽然第一回合打得有些艰难，毕竟与俄罗斯选手是第一次交锋，边打边摸索对手的招数，经过较量，郐普庆以他聪明的头脑很快就抓住了对手的破绽和软肋，并以迅雷不及掩耳之势让对手防不胜防，郐普庆发挥出他最大的技能战胜了对手，以2比0取胜！

　　郐普庆激动地与张根学总教练紧紧拥抱，此刻的辉煌包含着千辛万苦。

　　组委会给郐普庆起了个"普天刀客"的外号。

　　郐普庆站在高高的领奖台上，他用拳头再次证明了中国人的力量和中国人的骄傲！当庄严的国歌在耳畔响起，鲜艳的国旗冉冉升起的时候，他感到自己所付出的一切都是值得的。他默默地说，对家乡领导和恩师的承诺，我郐普庆做到了！我没有辜负张根学老师和父母的期望！我对得起家乡的父老乡亲！

　　郐普庆情不自禁地流下了激动的热泪，这些泪水就像一串串珍珠，每一颗都在闪光，每一颗都在告诉人们：世界上哪一顶诱人的桂冠不是用荆棘编成，哪一次伟大的成功没有凝结超越人生极限的磨难？

深秋的江南,绿意依然浮动。青山隐隐水迢迢,秋尽江南草未凋。邰普庆承载着相聚和离别的心绪,带有胜利的喜悦,怀着思乡的柔情,回到阔别已久的家乡。

熊肝虎胆尚铄今,捷报纷飞传佳讯。锣鼓震天,鞭炮齐鸣,一派热闹景象。有关领导、恩师、镇长等都到邰普庆家去祝贺,他们握着邰普庆父母的手,连声称赞"大叔大妈,你们的儿子不仅为祖国争光,也为我们连云港和常州争了光,祝贺啊!"

邰普庆的父母含着激动的泪水说道:"谢谢领导,谢谢罗教练,没有你们的教育和鼓励,也没我儿子的今天呐!"

连云港市长对邰普庆说:"普庆啊,你是祖国的骄傲,也是我们的骄傲,常州的骄傲啊!"

"谢谢各位领导,谢谢恩师!这是我普庆应该做到的。这场比赛是我习武以来最为满足和最完美的。我相信付出总有回报,我要不断进取,勤奋努力,争做一名优秀的武术人才!"

伍

第七届世界武术锦标赛之后,一场比赛接着一场比赛,邰普庆是连战皆捷,旗开得胜。武迷们甚至来不及回顾和品评,他又出现在擂台上。

就在邰普庆满怀信心向"大满贯"目标进军时,比赛却发生了异常的变化。

2004年上半年,全国武术散打锦标赛在福建体育馆举行,邰普庆代表江苏队与福建选手较量。邰普庆发挥正常，表现出强劲有力的攻防动作，拳法迅速勇猛。他以精湛的技术，钢铁般的意志，积极进取的精神赢得一致欢呼。可是就在关键时刻，裁判的判罚出现了异常变化，邰普庆输了。瞬间，诧异、惊愕和不知所措写在了他的脸上。场下教练和队友以及他的粉丝们一时都感到不可思议。比赛就是如此的残酷，让人惊呼，让人疯狂，让人沮丧，让人无奈。

邰普庆虽然被判输了，但他不认为自己输了。下了擂台后，他很气愤，很不情愿，觉得突变的裁判结果，包括误判和错判都是对运动员的不公平。就在亚军奖杯发给他时，他说了声"谢谢"，然后，就把奖杯扔给了他的兄弟，气愤地走下了擂台。他向教练和队友们发誓，下一场比赛我一定要拿下，战胜对方！

从心理学角度来讲，在不公平面前，会有两种态度：胸怀狭窄英雄气短，无法释怀地消沉下去；而胸怀宽阔，只会激励起更顽强的斗志。在下半年全国武术散打冠军赛比赛中，邰普庆爆发力惊人，组合拳凶狠迅疾，用他擅长的重摔法将对方狠狠摔倒在地。邰普庆以 2 比 0 获得冠军！

2005 年第十届全国运动会散打赛上，邰普庆一次次抓住对手破绽，采取近身战术，用自己擅长的抱摔法将对手撂倒。三局比赛里，将对手摔倒达 15 次之多。观众在观看邰普庆比赛的时候，都在大声数数。对手完全被邰普庆摔蒙了，都不知道该如何组织进攻。夺冠后，全场人都笑称，邰普庆这枚金牌是"摔"出来的！

观众们为他欢呼，为他呐喊：邰普庆——英雄！邰普庆——英雄！

武道艰辛似海深，轮番血战似沙沉，千锤百炼磨砺苦，吹尽狂沙始得金。

正是在一次次巅峰对决中，他的实力、他的意志、他的拼搏精神，武迷们和粉丝们都看得清清楚楚，他那极具魅力的笑容和英俊的脸庞早已成为武迷们心中的夺冠之神！

　　早晨，一片通红的阳光，把平静的江水照得像玻璃一样发亮。

　　集合哨声再次响起，又要出发了。邰普庆迈着中华武士稳健有力的步伐，向人们宣示着武术散打健儿勇往直前，自强不息的英雄本色！

邰普庆个人战绩：

1998 年
江苏省第 14 届运动会 68 公斤级自由式摔跤冠军
全国少年摔跤比赛 63 公斤级自由式摔跤冠军
1999 年
全国第四届城运会摔跤比赛季军
2002 年
全国武术散打冠军赛 70 公斤级冠军
全国武术锦标赛 70 公斤级冠军
2003 年
全国武术散打冠军赛 70 公斤级冠军
第七届世界武术锦标赛 70 公斤级冠军
2004 年
全国武术散打冠军赛 70 公斤级冠军
第二届武术散打世界杯 70 公斤级冠军
西安中日对抗赛 70 公斤级冠军
2005 年
第 10 届全国运动会散打赛 67.5 公斤级冠军

荣获荣誉：江苏省新长征突击手标兵
　　　　　江苏省五一劳动奖章

ZHENGZHENG
TIEGU

铮铮铁骨

英雄不绝图强志，泪别恩师再举旗。
转身自有龙将在，弘扬武德战熊黑。

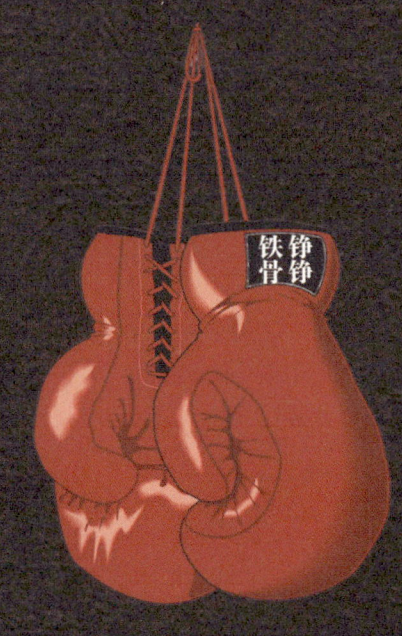

铮铮铁骨

有一个美丽的地方，它有个特别吉祥的名字——安康。但吉祥的名字并未带来富裕，贫穷落后的状况使安康人渴望摆脱贫困。对老百姓来说，摆脱贫困的唯一出路就是走出大山……

有两个从少林寺回来的人，在安康山村里办了一个家庭式的武术班，招了10个孩子，陈龙就是其中一个。父亲让陈龙学武术，是因为孩子从小体弱多病，想让他强身健体。陈龙每天晚上都要下一个沟，翻一座山才能到达武术班。练着练着，其他几个孩子都陆陆续续放弃了，嫌路远，天太黑，狗猫乱串，加上村里人喜欢说神闹鬼，吓得孩子们胆战心惊，也就不敢再去练武了。就在陈龙犹豫不决时，家里出事了。父亲被人打伤，断了几根肋骨，瘦弱矮小的陈龙站在床边看着父亲强忍疼痛的表情，幼小的心像被针扎一样，他双手紧握愤恨，闭起双眼，默默许愿：快快让我长大，快快让我强壮！

夜幕沉沉的大山，到处都是一片奇形怪状的黑色，山道上一束束火光在游动。父亲问儿子怕不怕，陈龙说不怕。父亲非常了解儿子的脾性，是个机智灵巧，不急不躁，且有胆气的孩子。陈龙不管刮风下雨，都会翻山下沟坚持着练武，一练就是一年多。

1995年8月的一天，在西安上大学的姑姑问陈龙是否愿意跟大师学武艺？陈龙当然愿意了。没过多久，陈龙看见姑姑带领着一个身材魁梧，体格健壮的和尚来到家里，他觉得很奇怪，姑姑说明缘由，他才明白姑姑之前的问话。这位壮而结实的和尚原来是陕西专业足球

的守门员，也练过一段时间的散打，后来出家当了和尚。当时，陈龙听到和尚跟父亲说，在体校学习吃住不要钱，然后见父亲微微点了点头，和尚转过身来对陈龙说，要带他去见一个人，陈龙不知要见何人，心里琢磨着，莫非就是姑姑所说的那个大师？散打是不是就是大家在操场上相互对打？散打是不是电视里看到的武打片里的那些功夫？想那么多干嘛，反正练三年就回来，那时候就不会有人再敢欺负我们家了。

村口的山坡路上，陈龙的家人为他送行，父亲不断地叮嘱儿子，在外一定要听师傅的话，好好练武。陈龙不断地点着头说，放心吧，我一定会努力的。站在一旁的母亲含着泪水默默地看着儿子瘦小的身躯，心里万分不舍，但为了孩子能够摆脱贫穷，再不舍也得割舍。就这样，年仅13岁的陈龙带着父母的嘱托，跟着和尚渐渐消失在群峦峭壁的云雾之中。

深秋的西安，凉风习习。陈龙虽说是陕西人，但从没来过西安城。今天进城了，他心里特别高兴，若不是大和尚在身边，兴许他早就高兴得蹦跳起来了。

和尚带着陈龙走进了陕西省体育运动技术学院的一间办公室，然后就听和尚说，张老师，我推荐一个武童给你。陈龙看到那个张老师，个头不高，面容和蔼而威严。

这个人就是陕西省体育运动技术学院散打主教练张根学（现任中国国家武术散打队总教练）。张教练看了看瘦小的陈龙，并未引起兴趣，

顺便问了一句："为啥要学武？"

陈龙立即回答："我要强壮起来，不受人欺负！"

张根学教练看着陈龙的双眼里充满着怒火，心想，这孩子心里肯定装着事儿，正憋屈着呢。便又问："有人欺负你了？"

"我家四个女娃和一个男娃，总是被别人欺负。再说，我爸爸被人打伤了，所以我想学武，保护家人！"陈龙睁大眼睛说。

张根学教练觉得这孩子看似瘦小，却蕴藏着强大的能量，便说："踢个腿给我看看。"

陈龙立即两臂平伸，手掌直立，迅速来了个正踢腿。张教练感觉这孩子挺机灵，基本功还可以，留着先观察观察。陈龙很开心，觉得眼前这位大师肯定是个了不起的人物。

学院中心场内场外的环境，让陈龙感到新奇，那些海绵垫、沙袋等训练用具都是一个山里娃从未见过的，他摸摸这个又摸摸那个，也不知这些是干啥用的？除了听说散打运动员会参加全国比赛和世界比赛，他还听到很多与散打有关的精彩内容。他看傻了，听傻了，这散打到底是个什么运动呢？陈龙觉得自己来到了一个既陌生又喜欢的地方。

正当他高兴的时候，训练馆负责人要陈龙先交 500 元学费，陈龙傻傻地站在那里，不知如何是好。来这里前，和尚说好不要交钱的，现在他哪里有钱交学费呢？他心里犯着嘀咕，是不是不交钱就会让我走人呢？看到别人都交学费了，他连 500 元都付不起，心里说不出的难受。后来，张根学教练了解情况后，用自己的钱为陈龙解决了难题。陈龙心里很感激师傅，可是，500 元解决了，吃饭钱每月 300 元还是要自己出。尽管父亲给陈龙寄了两个月的伙食费，但是陈龙心里知道并很心疼父母为了他而省吃俭用。如何才能省下伙食费呢？他前思后想，灵机一动，讨巧并主动地为比他年龄大的师兄们洗衣服、扫地拖地，给他们跑跑腿什么的。师兄们看到陈龙讨人喜欢并且乐于助人，也就主动给他带饭。时间长了，他们之间的关系也处得很好，就这样，陈龙省下了一些伙食费。

虽说训练很辛苦很单调，但陈龙却乐在其中，非常着迷，每天都认真刻苦地学习和训练，进步也非常快。在一次实战中，陈龙打败了其他学员。张教练看到后，打心眼里喜欢上这个瘦小的硬汉，问寒问暖，交流谈心，同时，也开始对陈龙器重起来。张教练为了鼓励学员们训练，对他们说，你们谁练得好，就免饭票。陈龙听到这话，立刻产生一种念头，只要给我一口饭吃，让我练，死都愿意！

由于受到器重，陈龙开始滋生得意和骄傲的情绪，出现了不遵守纪律，贪玩等违纪行为。张教练知道后，非常生气，严厉批评了陈龙。

"你以为进来很容易是吗？那么你出去也很容易！"

"不，师傅，我不要回去！"陈龙听到师傅的话后，心里一下着急起来。

"你从农村出来，不好好练武术，对得起父母吗"教练很生气。

"师傅，我错了。"陈龙赶紧承认错误。

"不好好练，就没有出路，永远待在山里。"教练语气仍然严厉。

"师傅，你不能不要我呀，师傅原谅我吧，我给你跪下了。"陈龙话音刚落，扑通跪地，哭着求师傅的原谅，求师傅给口饭吃，求师傅留下他。

"你以为一跪就没事了是吧？"陈龙跪地举动让张教练心里一惊。

"师傅，只要你不赶我走，罚我啥都可以。"陈龙边说边哭。

"罚？怎么个罚？"

"只要不让我回去，哪怕打我，罚我做任何事情，我都愿意。"陈龙哭着说。

"做错了，还哭啥？"

"师傅，罚我吧，这样我才能永远记住。"陈龙用手臂擦掉眼泪说。

　　"那好，也让你长点记性。"教练说完，拿起一根竹子，又是心疼又是心急地在陈龙的屁股上打了几下，便说："记住，这个世界上永远没有随随便便的成功，也不会有偶然的失败，成功永远是留给那些有准备的人，而失败注定留给偷懒的人。"说完打完，紧接着就让陈龙跑步。

　　陈龙一边哭一边忍着疼痛，跑了一圈又一圈。站在一旁的张教练看着瘦小的陈龙，心里有些不忍。由于陈龙家境很困难，为了能让他走出山区，张根学教练收下了性格刚毅并未经过正规武术训练的陈龙，他觉得这个孩子这么喜欢武术，希望通过文化教育和武术散打专业指导，能够使陈龙学习上进，运动进步，茁壮成长。可是一想到，如果对陈龙忘乎所以的表现和违纪行为不加以阻止，不批评教育，这些不良行为就会滋长下去，将来就会影响他的一生。想到这里，张教练的气就不打一处来，恨铁不成钢。

　　此刻，疼痛是教训，疼痛是警钟，疼痛能催人奋进。

　　1998 年，18 岁的陈龙听到让他参加全国锦标赛时，特别兴奋，总算可以真正上擂台了，何况，还发衣服和鞋子呢。按道理，陈龙应该打 48 公斤级别，可是，那时最小级别只有 52 公斤。别人都在为降体重而感到痛苦，陈龙却为增体重而感到郁闷，无论他怎么吃喝，也吃不到 52 公斤。那次比赛输给了曾获过全国第二名的广东选手康永刚，他的情绪很低落。张教练看到他情绪不振，鼓励说："不要紧，继续好好练，这次比赛也是你锻炼的机会，同时也可以学习别人的经验。你的目标是要成为中国乃至世界级别的最好选手，你必须努力！"陈龙看着眼前的大师，使劲地点点头，眼中充满着坚定和自信。他仿佛看到远在秦巴山区的父老乡亲殷切期盼的面容，父母的嘱托仿佛在耳边响起。他每天咬紧牙关，坚持训练。功夫不负有心人，陈龙习武仅两年便已小有成绩。

在与其他各省武术散打运动员进行切磋交流时，张教练孜孜不倦的教诲和手把手的悉心指导，让陈龙越发充满信心。在比赛进入前八名时，他高兴地认为自己可以喝到酸奶了。在进入前四名时，对手看陈龙又矮又小，弱不禁风似的像个女娃，便冲着陈龙冷笑且露出看不起人的神情。陈龙心想，对手用这样的神态来刺激我，那他就轻敌了，别小看我瘦小的身躯，今天我就让你看看"身小力大"的厉害。

第一局，陈龙胜了，第二局，对方胜了。当时陈龙感觉对手的技术确实比较好，看来第三局要靠拼了。陈龙使出全部的力量去拼，到最后 10 秒钟时，陈龙体内热流涌动，久蓄的能量在极短的一瞬间爆发了，他将击打和勇猛的摔法相结合，一下把对手推下了擂台，陈龙获胜！

全场一片赞叹声。陈龙获得全国锦标赛 48 公斤级金牌，此战使他一举成名！他不仅拿到了金牌，还转为正式的编制，在武术界站稳了脚跟！这是命运的转折，陈龙怎能不高兴？他含着眼泪说，如果没有师傅的严格要求和悉心指导，就没有自己的今天！

一个运动员的成功是与教练的严格要求和自己的努力分不开的。一个卓越的教练员对运动员施以"爱的教育和铁的纪律"，这样，队员们才能奋勇拼搏，敢打和善打恶仗！

在陈龙成功的背后，除了很多羡慕和鼓励的眼光，也引来一股冷嘲热讽，说他之所以夺冠，完全是靠运气得来的，以后"运气"会不会眷顾他还是个问号……种种言语并未让陈龙放在心里，他认为，命

运就是指一个人的"命"和"运气"，只要自己珍惜机会，努力奋进，加上好的运气，人生就会有好的转折。如果心中装满了阴霾，你的正能量就会大大削弱，就会失去拼搏精神和武术人的坚毅。陈龙把别人的冷嘲热讽当成一种积极向上的动力，他觉得，有时候自己要像一棵小草，风愈是肆虐，小草愈是迎风飞舞。陈龙要用自己的努力和实力证明给大家看。

第五届世界武术锦标赛中，他代表国家队又成功获得48公斤级的冠军！习武四年便获得世界冠军，共拿到三块金牌，使得整个中华武林对陈龙刮目相看，而陈龙就此迈入国内超一流选手的行列。

奇迹！这绝对是国内武术界的一个奇迹！

张根学教练感到非常欣慰，他知道这个徒弟没有选错，陈龙用成绩证明了自己的努力没有白费。真是大师手下无弱徒呀！

陈龙也为自己一个山里娃能够取得这样的成绩而感到骄傲，他要感谢师傅对自己的苦心教导。同时也逐步认识到，中华武术真正的精髓是武德。除了体现在搏击技术上面，更注重的是要提高精神层面的修养。

新年开始，又一个新的起点。

2001年的九运会，南海体育馆内人声鼎沸，观者如潮。当惊心动魄的九运会散打决战揭开帷幕时，所有人的目光都聚焦在十强赛，在广东小城南海，一场没有硝烟但异常残酷的"武林大战"将在这里上

演。当时陕西省散打队九运会夺金的重点寄希望于陈军奇和高磊的90公斤级和85公斤级小团体，以及陈龙和广东协议选手康永刚的48公斤级和52公斤级小团体上。陈军奇已是2000年冠军赛冠军，高磊则是2000年散打王、争霸赛冠军。陈龙实力不必多言，而康永刚是国内52公斤级的一流好手，按理说陕西省布置的夺金重点并没有错。

然而九运会决赛刚一开幕，陕西省队的希望差点化为乌有。虽然大家对比赛都作好艰苦决战的思想准备，但糟糕的开局让人始料未及。

上午的比赛中，陕西队有几名选手相继落马，仅有康永刚闯进52公斤级八强。下午的比赛更加艰苦，在85公斤级争夺中，高磊很快以2比0的比分晋级。然而在90公斤级的比赛中，陈军奇却意外败北。这样的结果使陕西队在85公斤级和90公斤级小团体项目上的夺冠希望直接破灭，陕西队的所有人目瞪口呆。谁能料到，多年的全国冠军首轮就这样被淘汰了！当时教练和队里所有运动员心里都非常着急和紧张。这下，九运会夺金的希望只有寄托在陈龙和康永刚的身上。如果陈龙在当晚比赛中失利，那么陕西队将无缘金牌。

陈龙出战前，省体育局领导人反复强调要给陈龙减压，那时，谁也不敢确保陈龙能正常发挥水平。此时的陈龙压力非常大，看到队内的气氛异常紧张，他心里很清楚，自己的胜负对于陕西队意味着什么。为了陕西体育，为了散打队，为了没有进入复赛的队友，为了重压之下几乎抬不起头的恩师，他决心豁出去拼了！

正式出场了，陈龙神情自若，发挥正常，从容地战胜安徽选手，闯进48公斤级四强。特殊的赛制把陈龙和康永刚的命运拴在一起，谁掉队都不行。陈龙在第二天率先闯入48公斤级的决赛。但康永刚却在52公斤级比赛遇到麻烦，被河南选手拿下一局。由于河南选手已晋级48公斤级决赛，倘若康永刚再丢一局，陕西队在48公斤级和52公斤级小团体的夺金主动权就掌握在河南队手中。康永刚在第二局中背水一战，把比分扳为平局。关键的决胜局，孤注一掷的对手发动了疯狂

般的攻势。

此时，场上每一声嘶吼，每一个拼杀动作，都引起了全场一片沸腾和呐喊声。

就在比赛即将结束时，对手的一记后鞭腿踢中康永刚，河南队教练高兴得举起了双手，而陕西队教练和队员以及支持的观众们被这一致命动作则感到有些沮丧。就在终场锣声响起的一刹那，康永刚犹如一匹受惊的马，突然一声嘶吼，凌空跃起，两击旋风般的高鞭腿向对手胸口踢去，一举奠定胜局。这样的场面，让观众惊呼和心跳。另一场比赛，士气大振的陈龙整个身躯仿佛一把熊熊燃烧的火炬，他不顾一切提足十成功力挥击而出，最终顶住了巨大的压力，一路过关斩将，气势如虹，显示出他强劲的实力，实现了散打队夺金的愿望。

全场沸腾，陕西队狂欢！对酒当歌，笑看风云变幻！

这场艰难的比赛谱写出"将军百战，壮心不已"的豪迈！

当陈龙紧紧抱住金牌时，激动的泪水洒在了擂台上。恩师张根学教练跑上前去紧紧地抱住了陈龙，泪水止不住地流了下来，威严中渗透出深切的爱。

"我就知道你这孩子骨子里有股狠劲。"

"师傅，我做到了！"

"是的，孩子，你没有辜负我的希望！"

顷刻，两个铁打的汉子泪洒拳台，这是一块分量很重的金牌，这是陕西省武术史上散打第一次拿到全运会的金牌。陕西武术已经整整八年没有品尝过全运会金牌的滋味了。历经了八运会的低迷，陕西体育为此苦励心志达四载光阴，憋着一口气要在九运会上夺回失去的荣耀。八年磨一剑，陕西散打终于用一枚分量最重的金牌捍卫了自己的强者地位！有句话说得好：如果你坚定，谁都阻挡不了你，就算对手再强大，就算所有人认定你输了，只要自己相信，最后所有人都会为你呐喊！

赛后，张教练激动地说："我早就知道这孩子值得信赖，他心理素质好，发挥异常稳定，在全国比赛中从未跌过前三名。"是的，这块金牌对张根学教练来说，意味着无尽的艰辛、苦心和付出，今天总算带来了回报。张根学教练把散打事业看成自己的生命，他为散打事业付出了全部的心血。这一刻，他心中的喜悦和兴奋绝非常人能够体会到的。

比赛中的陈龙

陈龙感慨地说："我虽然已夺了世界冠军、全运会冠军，但我毕竟才二十岁，我还要继续努力，迎接十运会。如果武术散打能成为2008年奥运会的竞赛项目，我想代表中国参加奥运会。"显而易见，陈龙不仅热爱他的事业，还怀有奥运梦想。

省体育局领导也高度评价了散打队："省散打队在九运会上取得开门红，关键是为陕西体育九运会翻身仗打下了良好的开局。散打队打出了陕西人的品质、打出了士气，成为随后参赛队伍的楷模。"

铮铮铁骨

经过九运会的比赛，陈龙一下变得成熟起来，他时常想起恩师张根学说的一句话"当你的拳头举在仇人的头顶上，对方就已经吓破了胆"。是的，陈龙拿着奖杯回到老家时，那些曾经欺负过他家人的"仇人"都用惊讶的目光看着神奇的武术散打冠军。陈龙的为人品德也受到家人和村里人的称赞。生活中的陈龙喜欢打抱不平，最讨厌仗势欺人的行为，有时会上演路见不平，拔刀相助的英雄之举。比如：有一次，周末的下午，陈龙与几个朋友在饭店聚餐时，看到一位乞丐挨着餐桌进行乞讨，这时，有一个三十来岁的男人不仅没有帮助乞丐，反而把手伸进了那只乞讨碗里，拿走了乞丐所有讨来的钱。只见乞丐苦苦哀求，那个男人拿着乞丐的钱，发出奸笑声，大摇大摆地走出门外。这时，路见不平的陈龙猛然站起身向那个男人走去，要求男人把钱放回乞讨碗里，那个男人看看陈龙，叫他不要多管闲事，陈龙说这闲事今天就管定了！没想到，那个男人举拳就朝陈龙的脸上打去，陈龙一闪，立刻将男人的手臂一掰，那个男人"哎呦"一声，一下瘫软地坐在了餐椅上。当听说陈龙是散打冠军时，更是吓得魂飞魄散，赶紧把钱放回了乞讨碗里……周围的人都为陈龙"英雄侠义"的精神拍手叫好！

2001年，陈龙开始了他在武汉大学的学习生活。

伍

冬去春来，山花烂漫，馨香四溢，景色美丽动人，古城格外妖娆。

第十届全运会在春光明媚的季节里拉开了帷幕。武术散打预赛在西安体育馆举行，作为东道主，陕西队由著名教练张根学带领世界冠

军陈龙、散打王冠军那顺格日勒和宋子豪等优秀选手参赛。

在 50 公斤级首轮较量中，陈龙对阵西藏选手。首局比赛中，技术全面的陈龙占据上风。眼看胜利在望，孰料对手却使出犯规狠招，用膝部突袭陈龙面部下鄂，疼痛难忍的陈龙晕倒在地。现场裁判赶紧叫停，陈龙被抬下了擂台。经过队医的紧急治疗，陈龙苏醒过来，短暂的失忆让他脑子一片空白，不知刚才发生了什么，他看到师傅在身旁，就问自己是否进入了下半年决赛？

在搏击比赛中，往往会出现运动员被击昏而摔倒导致失败的场面，这是运动员受了重击后，在 10 秒钟或更多的时间内不能起立重新比赛时，就称为"被击昏"（也就是被 KO）即休克现象。休克时，主要是大脑受重力导致大脑意识丧失，导致血压降低，脉搏弱而急，呼吸浅，其特点是定向力丧失，面色苍白，神智完全或部分丧失。当运动员倒地时，不可去拉或立即叫醒他，应叫他安静地仰躺着，观察一二分钟，如不能恢复神志，必须在防震保暖的情况下速送医院急诊。但大多数被击昏的运动员，不需要特殊处理即可恢复。当然，击昏本身不仅仅是身体上的创伤，而且也是精神创伤，因此运动员此时非常需要安静和医生、教练员及队友们言语的安慰。

陈龙逐渐恢复知觉，但已无法继续比赛，经过裁委会的研究，当场宣布陈龙获胜，赢得了观众的掌声和尊重。张根学教练让他安心养伤，好好练，争取下半年决赛拿到好成绩。

陈龙非常珍惜下半年决赛的机会，他刻苦的练，拼命的练，为了挽回预赛时的不测，陈龙只有面临降体重了。

一说到降体重，几乎每个散打运动员都有过这种非常煎熬的经历。散打运动是按照体重分级进行的比赛项目。赛前，运动员会尽可能地达到较理想的体重和比赛级别，如果达不到标准，就要采取降体重，其目的是为了减少体内水分和体内多余的脂肪，参加低于其本人正常

体重级别的比赛。运动生理学研究的指标是，运动员体内排出适量的2～3公斤水，一般不会产生明显的生理机能反应。但是如果超过这一限制，并且不能迅速得到有效补充就会影响身体健康。这也是为什么在赛前称完体重后，运动员要及时补充电解质饮料，否则有可能因缺水导致抽筋。降体重常用的方式有控制饮食、饥饿、节水、蒸桑拿，任何一种降体重方式都会让运动员感到恐惧。如果这期间有人提到吃，降体重的运动员就会很暴躁的说"别和我谈吃，一点都别提，我饿的眼睛都发绿了"。甚至有运动员说"降体重是我们运动员的一部血泪史，让人活不下去的心都有，或是有放弃的念头，感觉自己就像死过一样，简直让人无法想象"。降体重的时间段一般在大赛称体重之前几天的时间内，如有运动员减体重较慢，就要在更长时间里进行。

金秋时节，天气依然很热，气温总在30度以上。陈龙全副武装着在操场上奔跑，黄豆大的汗水顺着陈龙的脸庞滚落，浸透衣衫，整个人如同从游泳池里刚出来似的。陈龙不停地跑，不顾一切地向前跑，眼前的景色几乎模糊，汗水几乎流干。可是，此时的陈龙并不知道自己体内排出的水分已经超过了限制，他一直坚持着奔跑，始终没有停下自己的脚步。

然而，就在陈龙结束奔跑时，他感觉双脚仿佛带上沉重的镣铐，似乎自己的身体被抽离。他迅速脱下衣裤，赶紧喝水。可是，陈龙身上淋漓的汗水就好像没有挤紧的水龙头一样不断的流出来，再喝水也无济于事，他出现了严重脱水现象。顷刻，陈龙意识到由于自己的活动量超限引起了缺氧现象。他想说什么，可是他的身体不能动弹了，浑身开始痉挛，处于休克状态。队友们见状立即背起他准备送医院，但是，此时陈龙的身躯已经不能有任何颠簸，稍微一动，全身就不由自主地抽搐，心脏也开始抽搐，体重剧降的不良反应在撕扯着他，队友们立刻打了120急救中心。

也不知过了多久，陈龙醒过来了，稍稍动了动自己的身躯，之前

令人窒息的痛苦也随之而退。然后，他看了看挂在头顶上的吊瓶，笑了笑，原来自己顽强的毅力加上液体的流淌，度过了一次生与死的考验。张根学教练看到徒弟的伤痛，疼在心里，爱护并鼓励着陈龙不仅要有顽强拼搏的精神，还要用科学态度对待训练。

两天的输液结束，陈龙又开始了紧张训练。可是，他的体重又上升了，又要面临降体重，之前所经历的痛苦让他不堪回首，他感到无比的恐惧和害怕。他边哭边跑，边跑边哭，一直哭着跑完了全程。张教练对他说："你看你，哭完了也跑完了。"一句话让陈龙破涕为笑。过后，陈龙想想，不锻炼人的意志，哪来力量搏击。

第十届全运会武术散打决赛开战了，陈龙的精神状态显得非常好，他信心百倍，胜券在握。男子 50 公斤级别中，陈龙与广东队的康永刚是最具有实力的。老将康永刚曾是亚运会、世界杯、中泰争霸赛、中美争霸赛的冠军得主；九运会冠军陈龙更是决赛之前被人们视为最有力的金牌冲击者。在男子散打 50 公斤级争夺四强赛中，陈龙很轻松的战胜了山东选手。在进入四分之一决赛时，陈龙与广东选手康永刚狭路相逢，这两名九运会中曾捆绑作战夺得 48 公斤级和 52 公斤级小团体金牌的昔日合作伙伴，如今却对决擂台。

第一、二回合，陈龙发挥得非常出色，打得轻松灵活。施展拳、腿，摔相结合的战术将老将康永刚左摔右摔，得分领先，以绝对优势获得胜利。这样的局面，这样的形势，任何人都认为胜利非陈龙莫属。

未料，就在最后关键时刻，令陕西武术人心碎的一幕出现了。

就在陈龙一路领先的情况下，康永刚以一个飞膝动作击中了陈龙的下颚，陈龙当场晕倒在拳台上。这时，距离比赛结束仅仅只有 20 秒钟的时间，突然出现的意外，让现场的所有人心跳加速。此刻，不得不让人联想起上半年的预赛，陈龙的遭遇竟是如此的相似。同一个地方，

同一个时间，同一个部位让陈龙"受冤"倒下。

这是命运的安排？还是老天故意安排戏剧性的一幕？

当陈龙从休克中醒来时想爬起来继续战斗，他坚毅的表情似乎在向身旁的教练和队友极力证明，我还可以！然而，一切都已经无法挽回。

这种高台跳水般的失落让陈龙黯然泪下。

为了保证比赛的公正、公平，十运会散打组委会有关人员连夜观看比赛录像。经过当场裁判和仲裁委员会反复研究，充分听取多方意见，最终达成统一。康永刚比赛中侵人犯规，陈龙获胜。虽然陈龙获胜，虽然陈龙伤势无大碍，但不管裁判怎么判，陈龙都没有拿金牌的资格了。因为按照十运会散打比赛的规则，无论什么原因，一旦有选手在比赛中受到重伤，即使他是获胜者也不能继续参加下面的比赛。

陕西省体育局督导组的官员激动地说："这枚金牌原本是咱们的啊，怎么就这样不明不白地丢了？"

而在随后进行的比赛中，男子 87.5 公斤级的一场半决赛中，陕西另一位名将那顺格日勒，由于场外因素，不敌代表前卫出战的青格勒。至此，陕西省散打队彻底失去了十运会夺金的希望。

真是老天在捉弄人呐！面对始料不及的结局，对陕西队来说，将是一场颜面无存的尴尬，尤其是精神上的折磨，更让人难以接受。

这时，有一个人望着天空默默地流着泪，自言自语"这就是命啊！真是没脸回去见三秦父老了。陈龙太冤枉了，判对方犯规又能怎么样？我们四年的心血就这样打了水漂"。此人就是陈龙的恩师张根学总教练，一个当过侦察兵、当过武警的钢铁男儿却在这时泪洒心中，这无声的泪水很酸，很酸……

就在陈龙被"黑"意外丢金，陕西散打扼腕痛惜时，还有一个人从陈龙晕倒拳台时，就一直泣不成声，她，就是陈龙的女朋友。自从她认识陈龙的那天起，她就爱上了他。虽然散打队有规定，不允许运

动员谈恋爱，但她愿意等。虽然她因去过散打队找心爱的恋人而被教练狠狠训斥一通，但她不怪他，她理解他。她不知散打是怎样的打法，她不知散打训练是怎样的艰苦，她更不知擂台上的奋战是如何的残酷，但随着一场场比赛，她的心时时刻刻都悬着，唯恐她的爱人被打倒或受到伤害。她不在乎陈龙是否会拿到冠军，在她心里他早就是冠军了。正当她要为陈龙站起欢呼时，突然，陈龙的倒下让她目瞪口呆，她不相信自己的眼睛，就问身边的观众，肯定的答案让她原本一颗紧张兴奋的心，一霎那变得惊愕和窒息。当看到陈龙被抬下拳台时，她的心撕裂般的疼痛，她不断地在心里呼唤着陈龙的名字"我的爱人，你是个勇士，快站起来吧！"

陈龙醒来后，看到女朋友以泪洗面便微笑着跟她说："我没事儿，刚才就是晕了一下，看把你紧张的。"女朋友的眼泪还是止不住地往外流，"你一定要好好的，不许死！"短短一句话，道出一个女人全部的爱。真是泪珠血滴，柔肠寸断啊！

陈龙安慰并幽默地说："你傻气的泪水，快把我的男子气概淹没了。"她含泪而笑，握着陈龙的手说："我不想与你分开。"陈龙深情地看着她："我要牵着你的手，不松开。"深情爱恋，痴痴绵绵，心灵低语，写满不舍。记得英国诗人司格特说过一句话：伴着眼泪的爱情是最动人的！

康复后，陈龙去找张根学总教练，刚要走进宾馆房间时，他的脚步却停住了。他看到张教练一人坐在沙发上，边吹着口琴边流着眼泪，这样的场景让陈龙至今难忘。泪水滴在口琴上，音符是那样的低沉回旋，孤寂、沧桑、呻吟，有着无尽的伤悲，感觉一颗心被撕成碎片。这呜咽的琴音如一根灵魂的线牵绑心尖，忽远忽近地扯，令人疼痛不已，想逃脱却挪不开脚步。一个个音符如一声声叹息和遗憾，诉说着不为人知的苦与难。一段段旋律由慢变快如生命的血液在澎湃，预示着更辉煌的将来……

琴声的旋律和恩师抹泪的背影，让陈龙心里很不安，也非常难受，眼泪抑制不住地流下来。他非常理解恩师此刻的心情，四年的心血和艰辛打了水漂，换来的只是一枚银牌。他不断自责，如果自己在那几秒钟里，再努力一点，如果与康永刚对打时机智些，手再抬高些，就不会出现令人心碎的局面。

抽泣声惊动了张根学教练。

张教练对陈龙说："你的意外，不能说康永刚就真是有意的。那顺格日勒的判罚，我们也不打算申诉了。只是，四年的艰辛付出就这样付诸东流，让人心有不甘啊！"

陈龙听完恩师的话，不断地责怪自己："如果时间可以倒流，我一定把失去的金牌拿回来。"

张教练亲切地说："不要自责，今天你发挥得很好，打的也不错，以后多注意防护自己，不要再受伤了。"

陈龙含着感动的泪，抚慰着恩师伤痛的心灵："师傅，你也别太伤心，失去的，我们总有一天会再夺回来的。"

月光透过窗户射映在师徒的身上，一首首奋斗旋律再次谱写出生命进行曲。

陆

　　岁月的工匠在雕琢历史，岁月的歌声在吟唱岁月。平凡生命历经苦痛，与岁月抗衡后编织的辉煌，正是有限生命在无涯岁月中定格永恒的证明！

　　时间就像生存空间中最有威力的导演，它不停地将一个个叱咤风云的英雄和他们创造的时代推上舞台中心，又毫不留情的安排他们按时落幕。

　　2006 年陈龙退役了。

　　没有完成的心愿，总是让人存有遗憾。然而，理想的火焰，在他心底始终没有熄灭。

　　陈龙感慨地说："对习武者来说，从拜师学武到学有所成，既是武技水平不断提高的过程，同时也是锻炼自己意志品质，逐步升华对武德理解的过程。一部书中说过'苦练功夫，体得先言'，在你刻苦的训练过程中，体会前人的东西，体会前人的文化成果。所谓体练功夫，事实上就带有这样的一种道德指向。"

　　陈龙就是在习武中体会到了恩师的苦心，在恩师身上看到了武德精神，所以他要学习恩师对中国武术事业的奉献精神，决定自己组建一支武术队伍，继承和发扬中国武术，用行动诠释中华武术精神……

　　名将华丽的转身，续写不老的传奇！

陈龙，我们为你欢呼，竞技场上的老将，你用自己的坚持绽放着中华武术的魅力，用自己的坚持诠释着中华武术的真谛。我们为你鼓掌！

陈龙个人战绩:

1998 年
江全国锦标赛武术散打男子 48 公斤级冠军
1999 年
第五届世界锦标赛武术散打男子 48 公斤级冠军
2000 年
全国冠军赛男子 48 公斤级冠军
2001 年
第九届全运会武术散打男子 48 公斤级冠军

SANDA
YIJIE

散打一姐

中帼娇娆鄂美蝶，怀梦驰骋搏擂台。

昆仑决击冰城绝，散打一姐战功排。

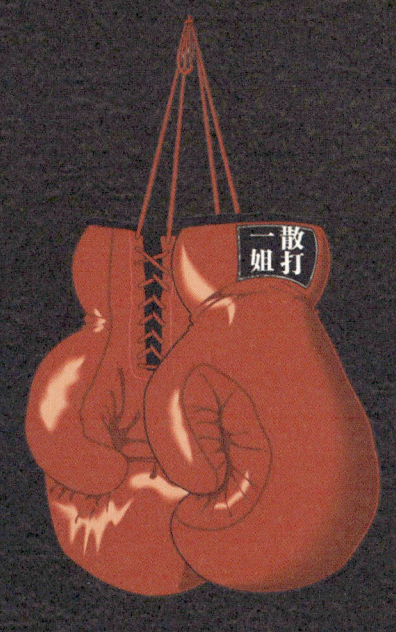

散打一姐

壹

　　夜很黑，冬雨从冷寂的天空中飘落，公路上看不到一个行人，偶尔有几辆车飞驰而过，道路两边树木的影子被路灯拖得很长，西风撞击着枯瘦的树梢发出"呼呼"声，仿佛一群幽灵张牙舞爪的从树丛里窜出来似的，让坐在出租车里的几个女孩心里感到发毛。

　　车子不断地加速，女孩们坐着一声不吭，一动不动，隐隐有一些不祥的预感，一会儿，似乎觉得车和人都开始飘了起来。还未来得及反应，只听到"咣当"一声，车狠狠地撞在了一棵大树上，车里的几个女孩和驾驶员顿时晕了过去。

　　冬雨潇潇，冷风漫舞。车身倾斜在路旁，车底部冒着白烟，不断发出"吱吱"的声音，就在紧急时刻，车里的一个瘦小的女孩从晕厥中醒了过来，她稍稍活动活动身体，确定自己还活着。她再看看身边的姐妹，一个个都处于昏迷状态，她又对司机喊了几声"师傅，师傅"，没有回应，她知道情况不妙，于是，她挪动着身子，抽出一条腿，用脚使劲地踢着变形的车门，车门被踢开了，她从车里爬了出去。

　　一阵寒风，她不由自主地打了个寒颤，四周连个人影都没有。车祸是如何发生的？莫不是司机打瞌睡造成的？她无暇顾及，赶紧救人！也不知哪来的力气，她把几个姐妹一个个从车里拉了出来，然后再把她们一个个安置在离车有一段距离的道路旁。最后她使出全身的力气将司机拖出了车外。此时，她满脸是血，她也顾不上自己的伤势，摸了摸口袋，手机不见了，她赶紧跑到车里，从黑暗中摸索出手机。

"喂，是安庆120吗？我们出车祸了，有人受伤了，呼救！"

"呼救收到，请告诉我你现在的位置？"

"我不知道具体位置。"

"你不告诉具体位置，怎么去救人呢？"

"……"

"喂，你是110吗？我们出车祸了，请求援助。"

"请告诉我你现在的具体位置？"

"我不知道具体位置。"

"不知道具体位置，怎么找呢？"

"……"

"喂，教练，我们在赶往集训场地的途中出了车祸。"

"啊！人怎么样？"

"我把她们都救出来了，都受伤了。"

"不要着急，我们马上就到。"

她与教练通完电话，看着躺在地上的几个姐妹，心急如焚。这个鬼地方，连路标也没有，人影也不见一个，真是急死人！

就在她围着受伤的姐妹团团转时，"嘎啦"一声，只见路旁一个工厂的大铁门打开了，里面走出来一群人。她立刻跑上前去，跟那些人简单述说了车祸的事，恳求他们的帮助。其中一人立刻拿起手机联系120、110。

等待中，躺在地上的姐妹们陆续苏醒过来，她们第一句话就是"一姐，我们是不是快要死了？"说着就"呜呜呜"哭了起来。她边安慰着她们边说："120急救车马上就来，我们的教练快到了，别着急，我们都会没事的。"

她们说的"一姐"，就是我国散打界顶尖高手，斩获国内外无数冠军荣誉，曾代表中国散打队蝉联四届世界武术散打锦标赛冠军，又

在世界杯赛中获得 52 公斤级冠军，为国家做出了突出贡献，被国家体育总局授予"体育运动荣誉奖章"的鄂美蝶！

鄂美蝶获得 2006 年世界锦标赛女子 52 公斤级冠军

　　救护车沿着公路向医院驶去，教练看着他的女队员们，心里很着急，不知她们的伤势如何？是否会对身体造成影响？是否会影响到比赛？

　　姐妹们的伤势经过检查，都无大碍。鄂美蝶的头部和小腿部都受了伤，头部伤口里有碎玻璃，须把头皮掀开，用镊子一点点地把碎玻璃取出来。再说受伤的小腿，肿的像个充气的气球，整个小腿全部充血，皮肉分离，必须清洗消毒。她忍住头部剧烈疼痛，坚持熬到缝合完毕，然后再接受小腿外部和骨肉的消毒清洗，由于腿部伤口很深，直接灌进伤口里冲洗，让她倒吸冷气，咬紧的牙齿发出"咯咯"的响声。性格坚强的她没有掉一滴眼泪，她就想让自己的伤痛快一点好起来，好在擂台上继续发挥她的腿功。

　　……

　　上帝总是眷顾有准备的人。鄂美蝶伤势基本愈合后，立即投入了紧张训练。

　　从外表看，她恬静的瓜子脸上总露出几分淡淡的笑意。在赛场上，别看她个头不高，身躯瘦弱，但她完全是一个不要"命"的姑娘，同伴们都称她"铁打的一姐"。

　　你看，中国选手鄂美蝶对决土耳其选手，赛场上的鄂美蝶并没有因车祸的伤痛而受到影响，她把擂台当作战场，作战勇猛，技术精湛，把迅疾凌厉的腿法、刁钻凶猛的拳法、巧妙的摔法发挥得淋漓尽致。尽管土耳其选手技术全面，但与这位世界女子散打王者相比，仍有较大差距，经过三个回合的较量，鄂美蝶取得了 52 公斤级的胜利，夺得 2010 年首届北京世界武搏会散打比赛首金，再次证明了鄂美蝶的实力！观众们用欢呼，用掌声，用各种各样的方式，表达着对她的敬意。

　　说起鄂美蝶的成长史，她的启蒙教练辛友和国家队教练管健民，以及国家队总教练张根学和广大武迷们都见证了她一路走来的艰辛和为国家做出的贡献。

　　这位出生在大连庄河的娇小女孩，性格与装扮酷似男孩，喜欢体育并有着武术梦。身体里蕴藏着一种爆发力，常常在比赛关键时发挥得让人口服心服。这种一般人看不到的力量却被一双慧眼发现了，他就是鄂美蝶的启蒙教练辛友。也就是这样的机缘，15 岁的鄂美蝶开始步入了散打生涯。初学散打时，她要忍受拉韧带和抗击打的痛苦。中途她有过逃跑的念头，可是一想起家人充满希望的眼神，她咬牙坚持了下来。训练时，在启蒙教练的指导和鼓励下，她努力克服自己的胆怯、犹豫、紧张、冒失等心理，发扬顽强、勇敢、坚毅、不怕苦、不怕累、敢于拼搏的精神。经过多半年的训练，她就参加了辽宁省武术散打比赛，虽然成绩并不理想，但这种锻炼和体验让她对自己提出了更高的要求。加上教练一直看好她，给予技术上的指导和帮助，使她逐渐成熟、稳健、积极向上。她暗下决心，一定要成为一名优秀的女子散打运动员。

　　鄂美蝶盼着有一天自己能穿上胸前缀有庄严国徽的运动服，代表祖国人民去与世界强手进行较量。心有多大舞台就有多大。良好的自身条件加上顽强的拼搏精神，上帝为她打开了梦想之门，鄂美蝶被选入了国家队。

　　进了国家队，鄂美蝶知道一切才刚刚开始。

正如张根学总教练所言：要想获得世界冠军，必须技术精湛全面，训练的艰辛当然是必不可少的。只有通过长期的苦练，才能达到全身动作的协调，才能体味到武术的奥妙，才能表现出武术的内涵。鄂美蝶在管健民教练一丝不苟的训练态度和张根学总教练独特的训练方法培养下，在训练过程中，虚心学习，不断纠正缺点，使技术、姿势、动作不断趋于正规，使击打能力得到进一步的提高，特别是她的侧踹和直线腿技术的提高尤为明显。

在对打训练时，鄂美蝶刻苦认真，发力勇猛，陪练员经常被她打得伤痕累累。鄂美蝶看到陪练员因自己而忍受伤痛时，心里很难受，有时训练就故意减弱出拳的力度，结果被陪练员察觉，认真地对她说："一姐，你的力量没达标，不行，重新打！"

听到陪练员的话，她立刻说："我知道自己的力量打在你身上肯定好痛好痛，还会出现伤痕，我不忍心打你了，真的。"说完，鄂美蝶的泪水夺眶而出。

"没事！一姐，你不好好打，怎么战胜对手？怎么能站在世界舞台上？来吧，认真打！"

"告诉我，你身上被我打了有多少伤？"

"没有！即使有，也只是小小的淤青，根本不碍事。"

"真的没事吗？"

"肯定没事！"

"那我开始打了？"

"一姐，你力量还是没到位，继续使力！"陪练员一边对打一边说。

鄂美蝶很感动，看到陪练员这么认真，她心里对陪练员说道："真的对不起，我的好姐妹！谢谢你！"当她把重重的拳头打在好姐妹的身上时，每打一拳就好像打在自己身上，内心是那样的疼痛。

她含着泪在日记上这样写道：

他们有一个共同的名字。无论是男陪女练，还是男陪男练，他们

一直是陪衬，一直是绿叶，他们最大的"享受"或"幸福"就是看到被陪练者能在世界舞台上为国家和民族争光！他们用默默奉献的汗水和泪水，托起了一个又一个冠军的梦想和荣耀。这种默默无闻的幕后陪练，是一段不可复制的中国体育传奇。我们要向幕后英雄们致敬！向我的好姐妹致敬！军功章上有我的一半也有你的一半！

鄂美蝶进入国家队后第一次比赛是参加 2004 年缅甸亚洲武术锦标赛。赛前，她必须承受夏训降体重的训练。这天正好是她的生日，以往的这天都会有家人、同学、好友的祝福，也会收到鲜花和巧克力等生日礼物。而这天，什么礼物也没有，只是穿着封闭式的衣服在烈日下跑步，跑不动也要跑，哭着哀求也得跑，爬也要爬到终点。这天让她度过了终生难忘的生日。鄂美蝶觉得自己是代表国家队去参加比赛，暗示自己一定要好好表现，决不能给国家和家人丢脸。

在比赛中，她把所有人的期望化为力量，拳腿摔发挥得非常出色，轻松取得了亚锦赛女子散打 52 公斤级第一名，这是她没有想到的。站在领奖台上，她含着泪水望着缓缓升起的五星红旗，她从内心由衷地为自己感到骄傲。她发誓，要向世界冠军迈进！

2005 年东亚运动会广东集训时，每个运动员都发了一个行李箱。当打开行李箱时，所有运动员顿时都发出"哇"的惊呼声，脸上都挂着惊讶的符号，似乎不相信自己的眼睛。行李箱里都是"耐克"赞助的各种装备，有 T 恤、短裤、裙子、鞋子、帽子、太阳镜等等系列产品。啊！耐克，家喻户晓的世界大品牌呀！他们惊喜欲狂，眉飞色舞。尤为让人兴奋的是，每件服饰上都绣着红色的五星国旗和"China"绣标，加上"NIKE"标志的点缀，让他们感到无比自豪和满足，再苦再累也值得！

出发前，运动员们激动地穿上绣有五星红旗的运动服和"耐克"运动鞋，眉开眼笑，心花怒放。只见鄂美蝶的双眼笑眯了，嘴巴合拢不上了，怎么也没想到，心目中的巨星代言的产品今天却与自己有了联系。心想，NIKE 是全球著名的运动品牌，商标象征着希腊女神翅膀的羽毛，代表着速度，同时也代表着动感和轻柔。今天我穿上了"耐克"是否也会有惊艳的发挥和出色的表现呢？穿上"耐克"自己是否也能成为胜利的散打女神呢？鄂美蝶穿上"耐克"鞋和衣裤后，模仿着巨星的造型动作，耐克 Logo 开始在她体内产生了电流，仿佛自己身上伸展出翅膀，在舞台上飞翔。

就在兴奋之余，鄂美蝶突然由惊喜转为苦恼。

"嗨，美蝶，你咋的啦？发啥呆呀？"有队友问。

"啊呀，这是我人生中最苦恼的一件事了。"鄂美蝶看着手中的裙子说。

"不就穿个裙子嘛，有啥苦恼的？别人想要还得不到呢。"队友对她说。

"我从小就没穿过裙子，也不喜欢穿裙子，这下，我真的犯难了。"鄂美蝶原本兴奋的脸忽然变得正经起来。

"有啥子嘛，凡事都有第一次，你今天穿了，以后再也不用苦恼了。"另一个女队友说。

"你看，这裙子这么短，都不过膝盖。你再看看，这裙子下摆又这么小，咋走路呢？"鄂美蝶拿着裙子边说边左看右看。

"嘿，这叫一步裙，穿上它走路很有范儿的，你看看。"一个女队员穿上裙子边走着猫步边扭动着臀部。

"哈哈……"

"唉！我哪有这样的范儿呀，我不仅剃了男孩平头，走路也是男孩范儿，这裙子一穿，不伦不类的，像个啥呀。哎哟哟，咋办呀？"鄂美蝶为穿裙子愁得快哭了。

"穿裙子有这么难吗？看把你给愁的，你今天非得穿哦。"队友说。

她穿上裙子在镜子里看着自己，晒的黑黑的肌肤，超短的平头，真的很不好看，唉！

"咔嚓,咔嚓。"几个队友乘她不注意时,争先恐后地给鄂美蝶拍照。

"啊呀,别拍了,我都快不能见人了。"鄂美蝶捂着脸不让队友拍照。

"把自己的第一次留作纪念吧。"有队友鼓励说。

就在大家围着鄂美蝶说笑时,口哨声吹响了。

"集合了,准备出发了……"教练边吹着口哨边喊着。

运动员们个个精神抖擞,装备整齐,集合完毕,准备出发。

这时,张根学总教练发现鄂美蝶走路的样子有些不对劲儿,以为她受伤了,便关心地问:"鄂美蝶,你的腿怎么了?是不是受伤了?"

"不是。"

"那是为什么?"

"是一步裙给弄的,我变得不会走路了。"

"哈哈,哈哈……"鄂美蝶的话立刻引起大家捧腹大笑,张总教练也大笑了。

然后,鄂美蝶仰面呐喊:"中国散打,我鄂美蝶第一次穿裙子的经历献给你们了。"话音刚落,又引来队友们的一阵哄堂大笑。

飞机正点起飞,朝着澳门的方向启程了……

东亚运动会的擂台上,鄂美蝶战无不胜、攻无不克之后,世界锦标赛上,她很轻松地拿下了冠军,她成为了中国女子散打 52 公斤级第一人!

接着,亚运会武术散打比赛隆重拉开战幕,来自亚洲各国家和地区的散打高手汇聚一堂,上演一场精彩的龙争虎斗。鄂美蝶决赛的对手是越南选手阮氏碧。一开战,越南选手就对着鄂美蝶"啪啪啪"一顿打,这下把鄂美蝶惹急了,心想,我是代表中国来比赛的,怎么能被你打呢?于是,鄂美蝶积极攻击,挥舞拳头猛烈击打对手,使对手难以抵抗。鄂美蝶越打越猛,她爆发出全身力量,连续三次将对手摁翻在地,随后又在第一局结束前将对手摔倒在地,观众席上掌声如潮。

紧接着第二局开始，越南选手阮氏碧没有气馁，眼中满是戒备和警惕，寻找鄂美蝶的破绽，但终难以得手。鄂美蝶双眼逼视着对手，愈战愈勇，出拳，侧踹，让对手连连后退。鄂美蝶紧追不舍，将对手打下了赛台，以2比0轻松获胜，夺得亚运会史上第一枚女子散打金牌。

鄂美蝶，你打出了中国拳头，诠释了中华武魂！

你披上红色战袍，跨上骏马，马不停蹄地奔驰在各大战场中，展现着东方巨龙的魅力。

第五届武术散打世界杯激战正酣，与鄂美蝶对阵的选手是来自土耳其的奥萨格·比利万。鄂美蝶展示出锋利异常的拳法，精准地击中对手头部。接着，鄂美蝶以重拳和侧踹将对手多次踢倒，连打带摔占尽优势。土耳其选手奥萨格·比利万多次出招都被鄂美蝶化解并反击得分。最终，鄂美蝶连胜两局，夺得女子散打52公斤级冠军！

好一个武林女侠，你威猛拳脚，连破记录，你是何等传奇！你坚毅志勇，拥有中华武术的血气，成为江湖美谈！

20岁的她正处于巅峰状态，精湛的技术，硬朗的作风给武迷们留下深刻的印象。并以超强的距离控制能力和精准犀利的侧踹连击著称，获得了"中国散打一姐"的美誉！

转眼间，秋风霜叶，寒冷的冬天来临。

虽然几年来"散打一姐"的美誉深深烙印在许多武迷的心中，但她的伤势是最令人担忧的不安因素。自2005年至2009年获得大满贯

赛事记录时，她的膝盖就已多次受伤。2011年就在广大武迷们对鄂美蝶寄予厚望时，她的膝盖再次受伤，不得不接受膝盖手术。

鄂美蝶静静地躺在手术室的无影灯下，局部麻醉并没有影响她的思维。听着手术刀划破肌肤的声音，听见医生从口罩里发出"啧啧啧"的惊讶，她感到情况不容乐观。

"膝盖里没有好地方了，一堆碎肉。"医生说完朝躺在手术台上的她看了一眼。

鄂美蝶瞪着坚强的双眼，对医生说："无论如何，都要保住我的腿。"

医生没有说话。一小时过去了，两小时过去了，三小时过去……鄂美蝶突然听见"叮咚，叮咚"的敲打声，心里一阵紧张，不会是把膝盖敲掉了？愿上帝保佑我的腿吧！

四小时过去了，手术结束了。麻药过后，难以忍受的疼痛开始蔓延，鄂美蝶忍不住哭了。

没想到，苦难接二连三地缠着她。换药时，医生发现她的刀口愈合不良，须重新缝合。她再次躺在手术台上。虽然打了麻药，但疼痛还是刺激着她，四个护理人员压住她，怕她乱动会影响缝合。此时，一种异常刺耳的声音撞击着她的耳膜，将她绷紧的神经击得碎裂一地，涌动的泪水蘸着伤痛，和着鲜血在汩汩流淌，她疼痛的两眼发黑，她咬牙挺住，汗水湿透了她的衣襟……

谁知，第二次缝合的刀口依然愈合不良，须再次进入手术室。一种可以将人的魂魄撕裂的恐惧几乎让鄂美蝶疯狂。四个护理人员又一次压住她的腿，剧烈的疼痛在撕裂着她的心，她晕了过去。

待她醒来时，医生严肃地对她说："你可以退役了，不能再打了，要不，你的腿就完了。"鄂美蝶并没有把医生的话当回事。与伤痛抗争虽然痛苦，但她坚信自己的毅力。

第三次、第四次缝合手术后，并通过中医进行辅助治疗，康复一次就要扎二三十针，针针扎心般的疼痛，针针揪心般的撕裂，这样的

缝缝合合，一个娇小少女竟能顽强的一次次挺了过来，真是验证了一位名人所言：顽强的毅力可以征服世界上的任何一座高峰。

休整了两年，鄂美蝶依然神采飞扬，回到了她熟悉的训练场。

2013 年十二届全运会武术散打即将开战。全运会是国内武术最高级别的比赛，鄂美蝶很看重这一次比赛，也是关键的一场比赛。这是她第三次征战全运会，八年前的江苏全运会，她因年轻付出了代价，仅获得第六名，四年前在山东因身体原因获得亚军。这次她要代表辽宁队参赛，职业生涯中就差一块全运会的金牌了，她不想给自己留下遗憾，她认为这次的时机最为成熟，她满怀信心，斗志昂扬。

辽宁的秋天是色彩的王国，枫叶红得醉人，红透了世界。

同样，辽宁体育馆内也充满了红色生命的赞歌。在女团四分之一决赛中，辽宁、河南、上海均毫无悬念地以 2 比 0 完胜对手，湖北、河北、江苏三队被淘汰。河南 5 2 公斤级选手李玥瑶面对湖北选手邱晓丽时还完成了 TKO（TKO 是对手自愿放弃比赛或裁判终止比赛）。

同样作为"种子队伍"的安徽和吉林之间的对决堪称提前上演的决赛。与四年前痛失金牌的阵容相比，吉林队仅保留了 5 2 公斤级世界名将鄂美蝶，田凤娇、李响退役后位置被孙倩玟和王聪取代。首盘较量，6 0 公斤级选手王聪显示了强劲的腿功，以 2 比 0 击败安徽老将蒋先婷。第二盘，鄂美蝶对阵东亚运动会、全国锦标赛双料冠军左佩佩。两名选手一上场便展开迅捷的步法较量，进入状态很快的鄂美蝶顺利拿下首局。第二局，左佩佩的近身抱摔更具成效，比分变为 1 比 1。决胜局，鄂美蝶明显提升了打击效率，打摔结合令对手防不胜防。最终，鄂美蝶取得胜利，吉林队以总比分 2 比 0 晋级四强。

然而，就在紧要关头，伤痛偏偏在这时影响了她的状态，她错失冲击冠军的机会，还是留下了遗憾。她潸然泪下，内心充满不甘……

退役后，鄂美蝶在吉林体院做了一名大学老师兼教练。

退役前，张根学总教练语重心长地对鄂美蝶说："为了弘扬中华尚武精神，传播积极、向上的健康正能量，我希望你能把中华武术精神传递给你的学生，继承前辈们精湛的武艺、高尚的武德，把中国散打发扬光大，很好地将这一优秀的民族文化传承下去。"鄂美蝶牢牢记住了老师的教导，学习老师对事业的执着精神，传承中华武术，做一名合格称职的好老师。

新的起点，新的开始，鄂美蝶也尝试了一个新式的发型，前面看似男孩短发，后面却扎着一条小辫。姐妹们问她换发型的原因，她"呵呵"一声憨笑，说："一直被人叫做假小子，现在也让他们知道假小子的背后是个柔弱女子。"说完，姐妹们拍手叫好。

鄂美蝶除了教学以外，并没有放弃自己的信念，她热爱体育，热爱散打，她依然在擂台上诠释着中华武术之美！

"昆仑决"（全称昆仑决世界极限格斗系列赛，直译为昆仑决）是世界极限格斗系列赛，是中国顶级职业格斗赛事，赛事旨在打造一个世界级的职业搏击平台，让中国选手参与，让中国观众亲身体验全球顶级选手之间的对抗。"昆仑决"与其他职业格斗赛事的规则存在诸多不同之处：1、放开连续膝法的运用。2、取消站立状态下的"数八"。3、转身鞭拳的击打部位更加开放。4、接腿摔相当于有效进攻。

"昆仑决"赛事规则立足于让拳腿技术充分发挥、鼓励进攻和 KO，同时保证比赛的公平性。这对鄂美蝶来讲，是一次对不同领域的挑战。之前在国家队的时候，她的成绩一直比较突出，现在从事职业搏击，打自由搏击比赛是一次对自我的突破，也是一种新的生活方式的开始。再说，"昆仑决"不仅门槛非常高，也异常残酷，有很多非常有名气、有实力的世界级选手都在这个赛事上尝到了败绩，要在"昆仑决"获得成功是非常艰难的。当然，鄂美蝶选择这样的赛事，就是想证明自己。

2014 年 3 月，哈尔滨已是寒冬冰城。

沧海横流，巾帼英雄造时势；武动冰城，中外武者竞雌雄。鄂美蝶登上了"昆仑一决冰城之战"。首次登上职业搏击擂台，挑战国际自由搏击，她心里想"由于自己没有经过任何自由搏击的专项训练，只能凭借着自己原有的功底来打了，算是一次对自己技术的检验吧。"

此次比赛是中国搏击历史上首次女子四人争霸赛，是"昆仑决"继"女子缠麻 MMA 赛"后又一次足可载入中华搏击编年史的革命性壮举。极致风格间的巅峰对决，极限格斗条件下的终极挑战，这正是"昆仑决"最令武迷们目眩神驰、期待不已的独特魅力。

鄂美蝶的对手是韩国泰拳新秀赛冠军，有"格斗芭比"美誉的李致愿。这是一场中韩武坛两代实力派精英间的大碰撞。

鄂美蝶沉着冷静，边出拳边摸索边适应。对方开始进攻，经验丰富的鄂美蝶擅长控制距离，攻防技法多样的优势很快便显现出来，散打特色鲜明的连续侧踹腿和后手直拳屡屡奏效，多次直接击中对手头部。这让对手暗暗吃惊，看似娇小的身子，却有如此惊人的功力。鄂美蝶悟性高，反应快，在她快、狠、准的连番打击下，"格斗芭比"清秀可爱的面孔很快便出现淤青。但深厚的跆拳道功底和出色的抗击打能力还是帮助她顶过难关，坚持下来。第二回合，鄂美蝶采取主动出击，乘对手还未站稳时，迅速抓住机会，一记侧摆拳将李致愿击倒，对手站起后，又遭到鄂美蝶一连串的拳腿组合攻击。韩国选手此刻表

现得临危不乱，咬紧牙关在鄂美蝶的猛攻下屹立不倒，顽强地撑到回合结束。场下赞叹声此起彼伏，武迷们佩服"散打一姐"过硬的技能。在欣赏鄂美蝶精湛散打技法的同时，也对年仅十八岁的格斗美少女李致愿顽强的意志力由衷钦佩。接着打第三回合，鄂美蝶竟施展出一招侧身五连踢，这在当今世界男子搏击界亦属罕见，漂亮的技术又一次博得满堂彩。但在这种淘汰制的比赛中，选手不仅仅要赢得比赛，还要最大程度的保存体力，应付接下来的最后决战。因此，比赛末段，鄂美蝶也有意的放缓了进攻节奏，用技术上的绝对优势不疾不徐地控制着对手。比赛结束，鄂美蝶毫无悬念地以绝对优势胜出。

就在观众为鄂美蝶鼓掌欢呼时，有一个人默默地为她感到骄傲。他就是鄂美蝶的恋人。

"受伤没！"

"没有，呵呵，怎么样？我还可以吧？"

"还说没呢，看你腿上淤青。"

"没啥啦，放心吧。"

鄂美蝶征战"昆仑决"

"还是包扎一下吧。"

"待会儿吧。"

"打这场比赛紧张吗？"

"开赛前，我有些紧张，后来我就很放松了，全凭着我散打的功底应付比赛，呵呵。"

"开始我也替你紧张，后来看你发挥很好，悬着的心也就逐渐平静了。"

"我感觉不错，就好像没有了束缚，可以放开打。"

"祝贺你！开了个好局。"

身边有一个爱人关爱着你，呵护着你，当你受挫失意时，他会在你身旁为你打气加油。当你遇到困难打击时，他会在你身旁为你尽心尽力的出谋划策。当你孤独寂寞时，他会在你身旁陪你熬过漫漫长夜。当你需要什么时，他会立刻为你准备好一切。当你伤病疼痛时，他会一直守护在你的床前安抚着你。你的脸上绽放的笑容对他而言就像烟花光彩夺目，更是幸福的味道的流溢。

决赛中，鄂美蝶的对手是近年来征战世界武坛未尝一败、声誉甚隆的荷兰"黄金女孩"吉米玛。首轮比赛中，吉米玛仅耗时不足半分钟，便将葡萄牙自由搏击冠军佩特罗萨轻松击溃，实力之强劲令现场观众发出一阵阵惊呼。

就在鄂美蝶登场时，观众们发现，她的左小腿上多了一圈醒目的白色绷带。这是鄂美蝶在首轮与"格斗芭比"李致愿的比赛中受的轻伤。强敌当前，这又令武迷们为鄂美蝶捏了把冷汗。

对决的铃声敲响，"黄金女孩"如饿虎扑食般向鄂美蝶扑来，沉拳猛腿呼啸而至，天赋异禀的强大原始力量和首轮秒杀对手积攒下来的充足体能，令她此刻强如鬼神，打法剽悍凌厉，出手狠辣无比，观众们不免心生赞叹，同时，也替"一姐"的腿伤担忧。

鄂美蝶带伤作战，体能又处于劣势的情况下，面对这样恐怖的强敌，

形势之艰难可想而知。但经验丰富的沙场老将还是凭借丰富的经验和精湛的控制距离技术，一次次化解着对手的攻势。随着比赛的推进，"黄金女孩"的攻势愈发凶猛，但鄂美蝶的散打技巧也是遇强越坚。直至整场比赛结束，占据绝对主动的"黄金女孩"仍未能找到有效的方法对鄂美蝶施以毁灭性的重击，最终一致判定鄂美蝶获胜，成功问鼎 WLF 女子 52 公斤级女子自由搏击世界冠军！

啊！鄂美蝶，你用胜利证明你是中国散打女神！你是"昆仑决"女英雄！

这才是在这座擂台上耀武扬威的资本，这便是如今"昆仑决"给所有评估者留下的最直观印象。鄂美蝶成功证明了自己的实力！

经历了第一次"昆论决"，鄂美蝶的美誉传遍了整个校园，学生们不禁敬佩起这位"女英雄"老师，将她视为心中的女神和偶像。当然，鄂美蝶通过自由搏击的尝试，精益求精地钻研搏击技术，把散打技能与自由搏击战术融合一起，使自己变得更加强大。

同年 10 月，鄂美蝶再次登上"昆仑决—尊龙传奇决战澳门"自由搏击超级战的擂台上。这次她面对的是罗马尼亚重炮手、EBU 搏击冠军科利娜。科利娜是拳击冠军，罗马尼亚的自由搏击冠军，并且获得过 EBU 金腰带，在她八场获胜比赛中有五场 KO 对手，可见打击力之强，是一位名副其实的女汉子。

开场，鄂美蝶就展现出强大的气势，拳抡起来令科利娜站立不稳，鄂美蝶重拳之后的侧踹更将对手多次踢倒，连打带摔占尽优势。第二局，鄂美蝶豪气大增，继续发挥自己拳法和侧踹的优势，完全控制战局。在远距离打法的基础上，吸收了自由搏击的近身战术和膝法技术，技术更加全面多变。对方任何一个细微的变化都可以被她迅速扑捉到，在她如潮水般的攻势下，科利娜的重拳几乎完全哑火。第三局，鄂美蝶涌动着霸气，主动出击，打出一轮组合拳重击将对手逼入角落。但科利娜的顽强意志出乎大家的意料，继续咬牙前冲出拳。鄂美蝶技击凶猛，将对手无数杀机化解于无形。对手暗暗心惊，形势极为严峻，便施展拳腿向鄂美蝶进攻。鄂美蝶用高低侧踹就让对手完全无法近身，她快拳快腿，快得几乎可追星赶月，一招连着一招，对手根本无反击能力。这是一场毫无悬念的战斗，最终三位裁判一致判定鄂美蝶获胜！

顷刻，全场爆发起热烈掌声和欢呼声，"美蝶，美蝶，英雄，英雄！""一姐，一姐，拳王，拳王！"……

巾帼英雄，驰骋拳台、战功赫赫！

鄂美蝶满脸泪水，抱拳向四周支持她的观众们致谢！她唯一想说的一句话：世界上荣誉的桂冠，都是用荆棘编织而成的。

什么是英雄？英雄不是光鲜的外表和奖杯，而是一种精神！鄂美蝶在擂台上体现了中华民族的尚武精神！

伍

恍然间，一年过去了。仰首是春，俯首是秋，又到了新旧交替的时刻，这一刻承载了多少泪水与欢笑、付出与收获。

一对恋人相互依偎在寒夜的星光下，回首曾经踏出的一步步征程，有太多艰辛、伤痛和泪水，也有太多欢笑和感悟。

"亲爱的，你在想什么呢？"男朋友问道。

"我想远方的家乡。你在想什么呢？"

"我与你一样，很想家人，不知他们是否安好？"

"是啊，我们已经三年没回去了。"

"虽然电话里家人与我们都是互相报喜不报忧，但又有谁知道各

自心里的酸楚。"

"虽然有太多的身不由己，数不胜数的无可奈何，但让我们感受到了爱比天大。"鄂美蝶望着天空感叹地说。

"亲爱的，新年里有何新的计划？"

"嗯，我准备参加新年的第一场比赛。"

"龙斗2015？"男朋友的表情显出担忧。

"是的，我非常喜欢这样的挑战。"

"这样的挑战很残酷，我很为你担心。"

"我非常热爱散打运动，参加顶级搏击比赛，对自己是个更好的锻炼和考验，从中能学到很多更好的技术。"

"我非常支持你，但我很担心你会受伤。"

"受伤太正常不过了，只要不被打晕，呵呵。"

"比赛时，自己要多加小心哦。"

……

真是"夜月一帘幽梦，春风十里柔情。"男朋友知道拗不过她，更知道她对散打的热爱和坚定不移的信念。

新年的晚上，体育馆里座无虚席。"龙斗2015"点燃格斗之夜战火！

当主持人报了鄂美蝶名字时，全场一阵轰动，"散打一姐"已在武迷心中占有一席地位。之前，鄂美蝶在"昆仑决"擂台上让所有关注者见识了她的骇人实力。她是个驾驭擂台能力极强的绝对强者，相继战胜了有"女汉子"之称的罗马尼亚重炮手科利娜与俄罗斯拳手拉扎特。她的打法恰似一块寒气透骨的"千载寒冰"，冷静、睿智、针对性与适应能力超强是她最为显著的标志，这些给观众们留下极其深刻的印象。

今天是新年元旦，"龙斗2015"K-1"王者之战"在长沙开战，"散打一姐"鄂美蝶的女拳王风范再度惊艳全场的观众，大家翘首期待。

K-1创立1993年，在全球57个国家落地办赛407场，在189个

国家有电视转播，全球粉丝超过 10 亿，这就是全球格斗之王赛——K-1。自 2012 年开始，国际最顶级的格斗 K-1 赛事开始出现中国面孔，一批实力派搏击运动员征战于 K-1 擂台上，2015 年 K-1 全面进军中国，强者云集，星光夺目。

鄂美蝶将再度热血奋战，她将要交锋的对手是来自塞尔维亚的美女拳手萨尼亚·苏维茨，这是一名以技术简洁实用、攻击力异常强悍著称的优秀女拳手，面对如此严峻的挑战，鄂美蝶摩拳擦掌。赛前，鄂美蝶将比赛计划梳理得非常顺畅，明晰对手的强点如何、弱点所在。同样，对手也对我方的优势掌握得十分透彻，采取何种策略，扼其强点，攻其弱点。双方都做好了充分准备。

经验丰富的鄂美蝶成竹在胸，比赛一开始，她毫无保留地将炮火轰向对手，她的拳腿组合和步伐节奏掌握得非常好，对手每一个动作，她都冷静判断，见缝插针。对手攻势凶猛，打法剽悍凌厉，出手狠辣无比。鄂美蝶沉着冷静，有意放缓了进攻节奏，用技术上的绝对优势不疾不徐地控制着对手，擅长的距离控制、攻防技法多样的优势很快便显现出来，散打鲜明的连续侧踹腿、直线腿以及后手直拳屡显奇效，让对手无法招架，一筹莫展。第一局时间到，第二局开始，对手采用了一组漂亮的组合拳攻击鄂美蝶，而鄂美蝶还以精准犀利的腿法攻势，技巧精湛娴熟，这样的情形在男子比赛中亦属少见。当第三局比赛再次开始时，对手果然加大了防守力度，并且调整战术，乘机突袭。鄂美蝶心想，必须在最后关头全力以赴，并积极进攻，迅速飞起一腿，朝对手踢去。对手侧身躲过，鄂美蝶紧接用膝、肘，接二连三地朝对手的头部和胸部袭击，对手连连躲闪，几乎只有招架之力，没有还手之功。

台下，武迷们目不转睛地盯着擂台上的情形，生怕错过一个细节。

鄂美蝶愈战愈勇，驾驭擂台能力惊人，无论是在对擂台的适应程度上，还是各类技术的运用上，都表现出了高超的水准，声势煞是骇人。

最终，一致判定鄂美蝶获胜！

全场沸腾，全场欢呼，全场呼叫，"女拳王，女拳王！"

鄂美蝶，你身经百战，显赫辉煌！

你生命之火在燃烧，你横扫千军，气贯长虹！你以志震四方的气概彰显着女王的风范！

鄂美蝶个人战绩：

2004 年
亚洲锦标赛女子 52 公斤级冠军
2005 年
全国女子武术散打锦标赛 52 公斤级第三名
东亚运动会女子 52 公斤级冠军
第八届世界武术散打锦标赛女子 52 公斤级冠军
2006 年
世界锦标赛女子 52 公斤级冠军
2007 年
第九届世界武术散打锦标赛女子 56 公斤级冠军
"金牛盖瑞杯"全国女子散打锦标赛 52 公斤级冠军
2008 年
全国女子武术散打锦标赛 56 公斤级冠军
"好运北京"武术世锦赛女子 56 公斤级冠军
2009 年
全国女子武术散打锦标赛 56 公斤级冠军
2010 年
广州亚运会武术女子散打 52 公斤级冠军

DAMO
ZHISHEN

大漠之神

草原雄鹰巴特尔，大漠之神血气真。
多少擂台百战后，蒙古包前抱母亲。

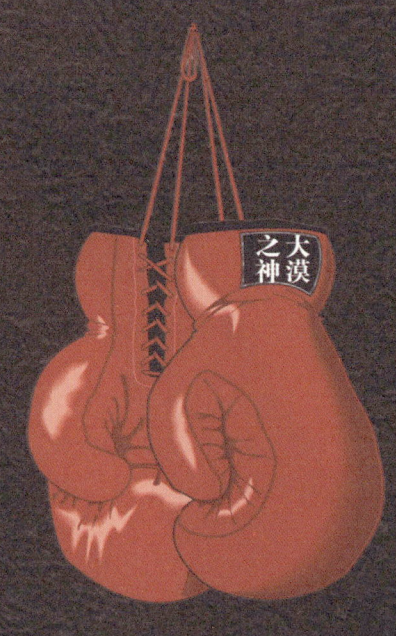

　　内蒙古锡林，草浪滚滚，绿波荡漾，清风阵阵，牧歌声声。洁白的羊群，游动的马队，好似碧绿地毯上诱人的珍珠。这样美丽的景色，不禁使人想起美丽草原的千古绝唱：天苍苍，野茫茫，风吹草低见牛羊……

　　敖特根·巴特尔，出生于内蒙古锡林郭勒盟西乌珠穆沁旗的一个摔跤世家。父亲生前是个体育爱好者、骑马好手、蒙古摔跤冠军。再说，蒙古族是个尚武的民族。早在成吉思汗时期就非常重视对族人的勇敢、机智、顽强精神的培养。于是把骑马、射箭、摔跤统称为蒙古族"男儿三艺"，后来作为士兵和民众素质训练内容的"男儿三艺"也就成为蒙古族民众体育的主要项目。所以，巴特尔和几个兄弟从小就热爱体育，是"男儿三艺"中的佼佼者。良好的遗传基因成就了巴特尔几个兄弟优秀的摔跤天分，哥哥和弟弟曾获得不同级别的摔跤比赛金牌，让这个家庭成为草原上有名的"冠军之家"。

　　巴特尔的大哥在内蒙古体校学习期间，巴特尔和几个兄弟都非常羡慕，他们把大哥视为自己的偶像，希望自己将来也像大哥那样成为摔跤冠军。随着时间的推移，巴特尔的几个哥哥一个接着一个进入了体校。巴特尔是在1999年9月初中毕业后进入体校学习蒙古式摔跤，那时他已经16岁。在体校里他变得好胜好强，喜欢与人"干架"，加上他的几个哥哥都是摔跤冠军，名声很大，大家都宠护着他。在体校大约练了三个月时间，他就耐不住性子了，觉得几个哥哥都是练摔跤的，自己再这么练下去也没啥意思，就想练点别的，究竟练什么，巴特尔自己也不清楚。他除了"三艺"外，其它他一概不知。其实，巴特尔很想出去看看外面的世界，见一见不同的人。再说，他的几个哥哥都已陆续到了呼和浩特市体校，所以，巴特尔也开始动起去呼和浩特的心思。

　　说来也巧，2000年的元旦，内蒙古体工队主教练赵学军（内蒙古散打队的第一位主教练，也是巴特尔的启蒙教练）和领队到各个基层体校挑选队员，那时，对一个牧民家庭来说，一年有个三四万块钱的收入就算很多了。去体工队需要5000元钱，大哥问怎么办？巴特尔看着大哥，刚想说什么却又咽了回去。他的心情很复杂，心想，你们见识的东西，我也要见识见识！哪怕看一眼大城市的高楼大厦也心满意足了。你们都去了大城市，我为什么不能去？这样对我不公平。你们去过的地方，我也要去！想到这些，巴特尔也顾不上许多了，他很坚决地回答："去！"

　　呼市与老家相比，巴特尔觉得一个是天，一个是地。呼市对他来说一切都是那样的新奇。他看到墙上贴的迈克尔·杰克逊的画像，便好奇地问别人：

　　"这人是干什么的？是男是女？"

　　"这人是世界歌星迈克尔·杰克逊。"

　　"这啥嘛，男不男女不女的。"

　　巴特尔看到乔丹的广告说："电视一打开，就看到他一个在打球，这人有啥嘛？"

　　"那是世界著名球星呐！"

　　"球星咋一个人在打球呢？"

　　巴特尔看到足球比赛的图片问："这是啥球？"

　　"你看你，连足球也不懂呀，不会吧？"

大漠之神

"俺蒙古没有。"

巴特尔看到巴西世界杯的广告图问："巴西世界杯是什么？"

"巴西世界杯，就是国际性大赛。"

"哦。那巴西在哪里？"

"巴西在南美洲。"

"南美洲在哪里？"

"你有完没完呀？"

"俺在蒙古除了摔跤和骑马，这里的一切都没有，所以俺很好奇

"大漠之神"
敖特根·巴特尔

呢。"

"你在大城市生活一段时间，一切就会知道了。"

巴特尔不知散打是什么？当他进入体工队后看到有几个内蒙古的运动员那顺格日勒和格日乐图等实力派选手在训练，巴特尔才知散打就是拳打脚踢摔跤。就在他看得起劲时，有一位电视台记者来体工队对那顺格日勒等运动员进行采访，照相机"咔嚓咔嚓"时，巴特尔也不知怎么就走进了他们的镜头里，并且他的照片还登在了报纸上。也就这样阴差阳错，自然而然他就"名正言顺"地成了呼市体工队散打队中的一员了。

巴特尔感觉散打比老家的摔跤酷多了，可是，刚训练了两天他就觉得太累，整天打也没啥意思，思想有些动摇了。同时，另外有两个兄弟与巴特尔也有着同样的感受，他们想离开这里。于是，他们第二天早上六点钟起来，就有逃走的欲望，可又不认路，出了体工队大门就不知东南西北。想想，还是算了吧，忍忍吧。一星期过去，两星期过去，一拖再拖，还是没有胆量。

接下来，他们三位新人在训练时就成了老运动员的陪练，每天被打。巴特尔偷着哭过好几次，原以为别人辉煌的时候很简单，没想到训练竟是这么苦这么累，认为散打并不是他们想象的那样。想想，何必呢？跑到呼市来被别人打？我们的前途到底是什么样？心中的憧憬似乎离他们很遥远。种种想法和念头让巴特尔越发感到不是滋味，他想给妈妈打电话倾诉心中之苦，可是又没电话。巴特尔苦闷异常，情绪不振，想逃跑的念头越来越强烈，越来越迫切。尤其是一到训练就被打时，巴特尔心里就特别恐惧，啊，又要被打了，巴特尔看到训练场内有两根柱子，他赶紧躲到了柱子后面，闭起双眼，嘴里念叨："别来，你们别来，别来。"结果，他们来了，巴特尔被他们喊到场内当陪练，他又要被打了，他的内心充满痛苦和煎熬……

贰

　　静谧的夜色，似乎给这"神秘"的城市增添了些许寂寥。灯光下，巴特尔正与一个兄弟窃窃私语。

　　"我们每天这样被打不是个事儿，得赶紧想个法子。"

　　"放在我们面前就两条路，要么跑，要么跟他们打。"

　　"好，干！跟他们干！"

　　次日，训练前巴特尔与兄弟交换了一下眼神，示意，我做好了一切心理准备，豁出去了！训练开始，巴特尔显得很冷静。

　　冷静，往往蕴藏着杀机。

　　巴特尔捏紧拳头，目光犀利，让对方不由地倒吸一口冷气。当对方出拳时，巴特尔也狠狠地出了一拳，对手突然感到眼前的陪练小子今天的表现与往常不一样，像一头猛狮直扑而来。是的，巴特尔早已等不及了，他内心的火焰已在心中燃烧，双眼死死锁住对手，心想，你是怎样打我的，我今天也怎样打你，让你知道新手不是弱者！巴特尔拳击加腿击，没有技巧，也没有战术，全凭自己"我行我素"的"干架"本事乱打乱踢，打法狂野火爆，一下就把对方打倒在地。同时，他的兄弟也使出"自由搏击"的劲头打败了对手。顿时，巴特尔心里舒畅极了，他猛然悟出一个道理：自信与胆怯原来只在一念之间！其实这一切，教练全都看在眼里，认为在胆怯中爆发出的力量往往会增强他们的自信力。树立自信心是战胜胆怯退缩的重要法宝。于是，教练让巴特尔和他的兄弟进行实战演练。再说巴特尔和他的兄弟取得了一次小小的成功后,接着又要尝试新的任务,确实给他们带来很大动力。在实战演练中巴特尔和他的兄弟,两人把所有练过两年以上的队友全部打败了。这时,巴特尔站在擂台上,觉得自己像英雄一样挺立在硝烟弥漫的战场中无所畏惧。他体会到,胆怯使人力量薄弱,只要战胜自己,才能赢得更多的成功。从此,巴特尔对自己充满自信,也知道了前面的目标不仅是这些,还有更强的对手。

巴特尔的表现,赵学军教练不仅看在眼里,更是喜在心里,决定让获得过全国冠军的那顺格日勒和格日乐图负责巴特尔的训练工作。在训练中,巴特尔态度认真,不怕苦不怕累,虚心好学,跑步打沙袋从不偷懒,凭借他的摔跤功底,很快在 48 公斤级、52 公斤级上轻松过关。但是,打 65 公斤级对巴特尔来说有点难度。当时,格日乐图是打 65 公斤级别,巴特尔使出浑身解数就是打不过格日乐图,越是打不过心里越是着急,越是着急越是发不出力量。格日乐图不管是技术、战术还是心理素质都非常过硬。格日乐图虽然看上去文质彬彬,但在拳台上却凶狠异常,犀利的拳法和令人眼花的步法让无数武林豪杰望而生畏。在巴特尔的眼里,格日乐图就是个完美的搏击者。于是,巴特尔开始寻找原因,觉得自己虽然具备良好的身体素质,但在技术动作和战术运用上与老运动员相比存在着很大距离。巴特尔决心向老运动员学习,每次格日乐图训练打沙袋时,巴特尔就站在旁边看,格日乐图打三个拳,他就打四个拳,格日乐图打四拳,他就打五拳。在对打训练中,有时被对方打得鼻青眼肿,但他却在感受对方的力量和速度、判断和节奏、方向和角度等,以增强自己在瞬息万变中独立作战能力。就这样,巴特尔边学习边训练,从中找出自己的不足和练出自己的风格。巴特尔暗自想,我一定要强大自己,打败格日乐图,我一定要超越格日乐图。由于格日乐图退役早,巴特尔一直没能与他在比赛擂台上交锋过而成为至今的遗憾。正是因为格日乐图带给巴特尔的影响和启发,巴特尔把格日乐图当作了自己的目标,向高级别进军。也正因为有了

这份执着,巴特尔在以后的道路上犹如一只雄鹰展翅翱翔于武林擂台!

可是,就在巴特尔神采飞扬时,意想不到的事情发生了。

2001年九运会结束后的一天,散打运动员休假结束归队时,突然发现队伍不见了,教练也不见了,不知发生了什么,便四处打听。当得知教练被调到西安体校时,巴特尔他们感到非常惊讶,怎么一点儿风声都没透露?教练怎么也不告诉我们一声?我们怎么办?其中一个队员说,不管教练去哪儿我还想跟着他。对!不管教练在哪里,我们都跟着他!

后来,他们略知教练突然被调走的原因,便纷纷打电话给赵教练。教练接到电话后说,你们想来就过来吧。赵教练的一句话,曾参加比赛的一线和二线共十八名运动员二话不说,全部赶到了西安。就这样,有"散打界儒帅"之称的赵学军教练凭借与队员间深厚的感情,凭借独特的个人魅力,就凭一句话,集合了所有的内蒙散打将士。

话再说回来,就在巴特尔背起行李准备出发时,给大哥打了个电话,说他要跟随赵教练去西安。大哥听后说,不行!学柔道的舅舅知道后,也说不行!然后,巴特尔的舅舅包了一辆出租车,塞了六百元钱给司机,就把巴特尔推进了车里,出租车"呼"一声飞驰而去,巴特尔耷拉着脑袋,极为生气,心乱如麻,无可奈何地离开了队友,在尘土飞扬的路上颠簸了十几个小时,从呼市又回到了老家锡林。

当巴特尔的双脚跨进家门时,他感觉气氛异常,家里所有人的情绪都很低沉。巴特尔走进父亲的房间,喊道:"爸爸,爸爸,我回来了。"没有回应。巴特尔又在父亲房间里转了一圈,似乎感觉到了什么,他奔到门前,问妈妈,爸爸去哪儿了?妈妈擦着眼泪,告诉儿子,父亲去了很遥远的地方。巴特尔才知父亲已经离他而去。啊,爸爸没了?我最亲的亲人不在了?我走的时候还好好的,说没就没了?你们怎么就不告诉我呢?巴特尔跪在了父亲照片前痛哭着。凝视着父亲的遗像,父亲的音容相貌浮现在眼前,父亲那浑厚的话语仿佛又在耳畔响起:"儿

子，你想跟随哥哥们的足迹去磨练人生，你就去吧，我和你妈妈永远都支持你们。在外面实在不行的话，那就回来放羊，没事。"正是父亲的一段话，给了自己很大动力。巴特尔捧着父亲的照片肝肠寸断，泣不成声："爸爸，我回来了，可你为什么不等我回来呢？我是你的儿子，我一定会为你争气的，放心吧，爸爸。"

从此，巴特尔的母亲抚养着七个孩子过着牧羊生活。

巴特尔在家放了两个月的羊，心里空落落的，好像全世界都抛弃了他，失落、寂寞、无奈压得他喘不过气来，他好想好想逃到外面的世界。

有一天，巴特尔坐在羊群中，望着天空闷闷不乐时，一个兄弟气喘嘘嘘地跑过来，告诉他辽宁有场比赛，问他打不打？巴特尔被这突如其来的消息震惊，他毫不犹豫地说，打！

巴特尔跟家里要了1500元悄悄上了路。到了辽宁，巴特尔很快就把1500元钱花完了，妈妈又寄了些钱给他，巴特尔取到钱后，想了想，便给西安习武的兄弟打个电话，也与赵教练通了电话，然后，在没有告诉任何家人的情况下，买了一张火车票，独自前往西安。

巴特尔灰色的心情变得异常兴奋，他日夜想念的兄弟和赵教练，终于要见面了。

到了西安，巴尔特面临语言困难，听不懂汉语，再说，在他之前

来的那些内蒙运动员都在西安体院上学，与他校里校外之隔，没有人跟他交流。当时武校训练条件非常艰苦，就是水泥地上铺一层薄薄的腈纶毯子，如果赶上刮风下雨，训练馆里四处漏风，各方面环境和条件并不是巴特尔想象的那样，赵教练的严厉依然没有任何改变。赵教练对他说："既然来了，就要不怕苦不怕累，发扬中华武士的英勇气概，自强自立，勇于挑战自己，向你哥哥学习，争取拿冠军，为国争光！"赵教练的一番话激励着巴特尔，他对赵教练说："教练，您放心，我不会辜负您的希望，既然来了，我就是想拿冠军的！"巴特尔边学习汉语边训练，为了能够参加比赛，他全身心投入到艰苦的训练中，跑步、打沙包、甩大绳、举铁锤、互摔、翻轮胎等他都用心去做。在教练的指导下，他努力做好散打中的力量、速度、柔韧、耐力等基本功的训练，做到每个动作准确熟练，不断提高自己的战术能力和应变能力。有时在训练中受了伤痛，他也不吱声，一心想着要拿冠军，一直不停地训练。巴特尔自信的认为，虽然自己的技术不如老运动员，但靠自己的拼力和摔跤功底完全能够战胜对手。

终于有一天机会来了，2003年巴特尔作为新生力量参加了散打王新秀赛。因为是直播，巴特尔还特地染上了红色头发。

"哟，巴特尔，你今天变样了，飘起红发了。"有队友逗笑着说。

"这样可以吸引观众们的眼球，就能战胜对手。"巴特尔有点不好意思地说。

"哈哈，到时就怕对手盯着你的红脑袋不放哦。"队友幽默逗笑着说。

"那就来吧，谁要是碰到我一根红毛，我就'啪啪啪'。"巴特尔边说边做出猛拳动作，引来大家"哈哈"大笑。

第一次参加比赛，巴特尔心里并不紧张也不害怕。在蒙语中，"巴特尔"的意思是英雄，作为成吉思汗的后人，草原人对英雄似乎有着天生的崇拜之情，所以巴特尔渴望在擂台上当一名英雄。比赛结果非

常理想，巴特尔以绝对的点数优势战胜对手，一路过关斩将，成为了2003年全国散打王新秀赛的70公斤级擂主，并将65公斤轻量级的冠军头衔收入囊中，迅速打出了自己的名号。

这样一批散打精英人物来到陕西，陕西体协当然不会视而不见，代表陕西队出战也成了他们义不容辞的责任。陕西省散打队主教练张根学看好这位蒙古草原的雄鹰，认为他是一匹勇猛狂野、不屈不挠的蒙古黑马。不久，逐渐成长的巴特尔成为了陕西散打队当仁不让的主力。

勇士永远都是追赶太阳的人！此时的巴特尔梦想当一名"健将"，因为自己的几个哥哥在内蒙古就是响当当的"健将"，每次看到哥哥们在台上光芒四射的时候，幻想着自己有一天也能站在"健将"领奖台上。所以巴特尔不甘落后，决心向更高的舞台挺进！

前途是光明的，道路是艰辛的。

就在巴特尔第一次降体重时，不吃不喝的日子让他感到要拿到"健将"称号太难了。苦和累自己都能挺过去，可是叫人不吃饭不吃肉，还不能喝水，那不就成和尚了？算了，不要"健将"了，要了干嘛？还不如饱饱吃上一顿，喝上几杯水，那多舒服啊。放弃的念头让他提不起精神，体内力量减弱，比赛时无法集中精力，满脑子都在想吃饭呀，吃肉呀，喝啤酒等等，结果，在神情恍恍惚惚之下结束了比赛。一下了拳台，他就跑到休息室里拿起一瓶水大口喝起来，简直太爽了。谁知，刚喝了两口，就饱了，他忽然意识到什么，便一屁股坐在椅子上，心想，难道就因这两口水就把"健将"弄没了？啊呀！他后悔死了，不断地怨恨自己。他暗暗下决心，以后的比赛一定要拿到"健将"。

抱着这样的愿望和精神，在散打交流赛中巴特尔战胜了一个又一个对手，唯独输给了邰普庆，得了70公斤级第二名。巴特尔心里很高兴也很满足，认为自己做到了，获得了"健将"，他给自己起了个"草原苍狼"的绰号。他既想追随邰普庆，又想超越邰普庆。

回到队里，巴特尔并没有把邰普庆当成自己追随的目标，而是觉得自己获得了全国"健将"很了不起，走起路来昂首挺胸，身体飘飘然。就在又一次降体重后的比赛中，他在拳台上仍然产生了"吃"的反应，与对手打了三局，两腿僵住了，动不了了。但是，为了不让对手有所察觉，他两眼冒出火光，嘴里不断发出凶狠的"啊—啊—"的吼叫声，对手感到一阵汗毛竖起，不知巴特尔葫芦里卖的什么药。可是，对抗一阵后，巴特尔的弱点还是被对手识破了，尽管他再"啊—啊"吼叫，结果还是输了。他躺在床上想了良久，觉得自己的心态有些问题，也不知如何调整好自己。于是，他找到了师兄，说出自己最近的精神和心理状态。师兄们为了帮助巴特尔调整状态，与巴特尔沟通思想，同时，也讲述了他们曾经的故事和心理变化以及如何克服种种困难的决心，使巴特尔受益匪浅。

为了更好地打进十运会决赛，每天早晨天还没亮，巴特尔与其他队员起床进行早训练，万米的耐力跑之后，是体能训练，然后是素质训练。在一次的训练中，由于出拳迅猛有力，击打陪练较坚硬部位时造成了掌骨骨折，受伤部位出现肿胀，手疼痛很厉害，不能握拳，队医发现后立刻让他诊治。受伤后的巴特尔并没有休息，紧握另一只拳头挥舞在训练场上。

假日里，队友们都出去玩了，他一个人奔跑一万米，一个人拳打沙袋，一个人做俯卧撑，周边的地上都是汗水，如果看不到这些汗水，他觉得白练了。每年的除夕，大家都回家过年了，而巴特尔的身影却留在了训练场上。只要停下短暂休息，他就会想家，想母亲，想家乡亲人，想得更多的是，争取获得武术散打界最高荣誉去见家乡的父老乡亲。想到这里，他立刻又投入到独自训练中，用三百俯卧撑、仰卧坐起、蛙跳、跳绳、卧推杠铃、杠铃深蹲等迎接新春。

弹指一挥间，散打勇士们又活跃在全国锦标赛擂台上，争夺十分激烈，场上杀声震天，场外掌声雷动。巴特尔在拳台上发挥出色，猛

踢猛摔，打出自己的风格，最终获得 75 公斤级冠军，已成为该级别王牌选手。让他更高兴的是，他成为了国家散打队运动员。

进入了国家队后，巴特尔才知道，这里是诞生世界冠军的地方；这里是世界冠军的摇篮。不管是日常训练还是赛事前集训，过程中处处都体现出较高的管理水平、训练方法和训练理念，尤其是张根学总教练特别注重队员对踢、打、摔三种实战技巧的灵活运用和每种技巧的特技处理，使巴特尔真正掌握了在实战中的快摔速度，懂得了灵活作战，不能一味地硬拼。在练抗击打能力时，巴特尔身上青一块紫一块，说穿了，抗击打能力就是练挨打，被打得多了，身上的肌肉自然就会变得结实和坚硬，挨打自然就会皮肉受伤，皮肉之苦无所谓，关键的是皮肉受伤之后依然要继续练挨打，新伤旧伤不断叠加，怎能不叫苦，怎能不叫疼？但是，巴特尔从不叫苦从不叫疼。有时训练时，手被打出血，轻轻一碰就疼得受不了，但他咬紧牙关坚持着。他常常想起张根学总教练的一句话"不下苦功夫，炼不出好钢材！"巴特尔深深知道，要真正成为武林中的精英，还有更长的路要走，并且肩负着重任。他暗暗决心，自己必须强大起来，勤奋苦练，顽强拼搏，不拿到世界冠军不罢休！就这样，经过规范性训练，巴特尔的综合素质有了很大的提高，不仅反应速度、爆发力进步神速，就连抗击打能力也有了跃进。

不知不觉，首届国际武术搏击 KFK 超霸王中王争霸赛越来越近……

早春二月，霜薄雾淡，春寒料峭，乍暖还寒。

一辆闪着红十字标记的救护车驶出重庆市体育馆，沿着公路向前疾驰。

这是 2006 年 2 月 25 日晚上，巴特尔受伤了。

城市初春的夜色清凉如水，而车里人的心情却灼热、焦急。巴特尔双眼紧闭，全身僵直地躺在担架上。汽车停在一所医院门前。队医和队员抬起担架直奔急诊室，队医急切地告诉医生刚才发生的事情……

这是首届国际武术搏击 KFK 超霸王中王争霸赛，是代表国际武术搏击最高荣誉的王者之战！随着 2008 奥运脚步的临近，中国亿万观众的体育情怀已被点燃！

俄罗斯选手塞利赫夫·穆斯里穆参加了这次争霸赛。穆斯里穆是一个技术全面、身体条件极其出众的选手，他还是一位聪明并且心理素质极其过硬、对比赛应变能力极强的队员。穆斯里穆在欧洲名声响亮，曾多次获得欧洲冠军。据说，穆斯里穆还是俄罗斯总统普京御用的贴身保镖，除此，也是普京的得力陪练（普京总统也是一位功夫高手）。

比赛开始，众人的焦点都集中到了一名中国选手与穆斯穆里的 80 公斤级的半决赛上。

比赛刚开始便进入高潮，中方选手尚想试探，穆斯穆里便来了一个踢腿，踢中中方选手的腹部。然后，穆斯穆里趁中方选手立足未稳

巴特尔决战"KFK"超霸王中王争霸赛

之际，再次发起进攻，中方选手奋力招架，但显然感到他还未进入比赛状态。接着，双方进行激烈争夺，中方选手曾试图用腿功击打对方面部获取更高分数，但未得手。现场的观众立刻被双方的表现感染，纷纷大声助威，就连电视台的女工作人员也一直喊"雄起"。但是，中方选手虽然奋起争夺，奈何俄罗斯人防守稳固，一直没有找到很好的机会进行反击。第三回合时，也许中方选手意识到自己在分数上处于下风，便积极展开进攻。只见中方选手眼睛喷出烈火，战意十足，一脚踢中对方裆部，被判罚分，而对手穆斯穆里则稳守到比赛结束。中方选手最终落败。

穆斯穆里将在决赛中迎战巴特尔。

"俄罗斯散手王"穆斯穆里以精湛技术赢了之前的中方选手之后，所有的观众都将希望寄托在了巴特尔身上。其实，巴特尔也是临时补上去打这场比赛的，因为有队员受伤了。尽管巴特尔仅是一个散打新星，但他还是接受了这次挑战。

与穆斯穆里交锋落败的中国选手告诉巴特尔，要特别留心穆斯穆里的重拳、抱腿摔和后退踢，还有注意对方的步伐。只要把这方面的功夫做足了，我相信你能够击败穆斯穆里，为我复仇！

巴特尔看着悍将被击败，心里有说不出的滋味，他体内的热流飞溅开来，他要为国争光，他要为兄弟雪耻！

这时，张根学总教练走到巴特尔跟前，问他："准备好了吗？"

巴特尔坚定地说，"准备好了！"

张根学总教练大声问道："你想做一个真正的王者吗？"

巴特尔高声回答："想！"

张根学总教练继续对巴特尔说："王者与强者的区别就在于，强者只拥有强大的力量，而王者则兼具力量与智慧，凡事都准备充分，强大的力量不如万全的准备！"

巴特尔明白张教练话中含义，他一切准备就绪！

紧张的时刻到了，场下所有的观众目不转睛地锁定在 80 公斤级的擂台上。巴特尔上场了，他用以往的吼叫声告诉所有的中国人，我一定能获胜！

比赛一开始，穆斯穆里的别腿摔，抗肩摔，抱摔等凌厉攻势让巴特尔无法招架，这也让场下的观众透不过气来。突然，巴特尔像一只愤怒的雄狮般发出狂吼，身体跃起，一个飞鞭腿向对手踢去，穆斯穆里只是稍稍后退。就在巴特尔准备转身后踢腿时，穆斯穆里却抢先把他掀翻在地。然后，巴特尔与穆斯穆里击打了几番，对手发现并抓住了巴特尔踢腿过高的弱点，便用摔的方式几次把巴特尔掀翻在地。忽

然，巴特尔感到腹部一阵疼痛，眼前开始模糊，人似乎往下沉。这时，在后场休息的队员和坐在台下的队友们纷纷到擂台边给巴特尔加油并给他支招，巴特尔克制住情绪，挥舞着猛拳，复仇战的火药味越来越浓。

第一回合结束，巴特尔跟台下的张根学总教练说："我可能不行了。"

"咋了？"

"我只能看见对手巴掌大的脸，其他我什么都看不见，什么也听不见，像做梦一样。"

"你能坚持吗？"

看到眼前教练的双眼是那样的坚定，巴特尔回答道："张老师，我能坚持，但我不知结果会是怎样。"

"你到底行吗？"

"我行，我肯定能坚持！"此时的巴特尔，原有紧张的心情和伤痛已不存在，他只有一个念头，只要我巴特尔不倒下，站也要站到最后，决不躺着下去！

穆斯穆里身高马大威武雄壮，脸上那浓黑的眉毛似刀片，那寒冷的目光也像剑一般让人惊出一身冷汗。巴特尔为了不让对手发现自己的伤痛，他不断发出吼叫声告诉对手，我不怕你！准备充分的穆斯穆里并没有给巴特尔反击的机会，用击退之前中方选手时的转身后摆腿一次次击中"苍狼"的腹部。对手疯狂般的技击，每一腿踢在巴特尔腹部都是力愈千斤。巴特尔强忍着疼痛，一次次倒下，一次次发出吼叫，一次次倒下，又一次次爬起，场面是那样的惊心动魄，又是如此的震撼。巴特尔坚持了下来。

此景，很多巴特尔的粉丝含着眼泪，情不止禁地说："巴特尔，你怎么啦？巴特尔，你怎么被打成这样啊？巴特尔，你千万不能倒下呀。"

第三回合的比赛，巴特尔好似休克，他眼前一片模糊。穆斯穆里对着巴特尔一拳接着一拳，一脚接着一脚，对巴特尔进行几次重摔，

最后踢中巴特尔的门面，巴特尔仰面倒下了，场面之惨烈让人不忍卒睹。但巴特尔还是重新爬起来，面带微笑站在擂台中央举起了他的拳头。顿时，全场爆响起雷鸣般的掌声，他那永不放弃的精神令人动容！

这样的场面残酷血腥，不得不令人想起著名历史诗篇《斯巴达克斯》中的竞技场面。角斗士英雄斯巴达克斯在战场上勇敢顽强、骁勇善战，在最后的一次决战中，他明白自己会战死，一个浑身负伤的角斗士领袖，站在几百具堆积在他周围的尸体中间孤军奋战着，依然英勇如神一般。他的两眼闪烁着怒火，他的声音犹如雷霆，他闪电一般迅疾地挥舞着短剑，使所有的敌人大为恐慌，没有人能够靠近他的身体，一到他的面前，就会被他一剑刺死。最后，从离他十步远的地方投掷来的七八支投枪，一齐刺中了他的背部，他一下子扑到在地上。突然，斯巴达克斯又站了起来，发出了最后的呼喊……

今天，擂台上的巴特尔用顽强的意志画出一幅如斯巴达克斯一样绚丽的生命画卷！

我们常说商场如战场，把竞技场比做战场更恰当，这个战场没有常胜将军。我们都看过《三国演义》，关羽是当之无愧的英雄。他"单刀赴会""千里走单骑""过五关斩六将"……可谓是盖世大英雄，但最终在麦城失利。不能因为走麦城，而说关羽不是英雄。冲锋陷阵的战场上没有常胜将军，竞技场上一样如此，胜败乃兵家常事。成也英雄败也英雄，尤其巴特尔最后爬起来的那一刻，他身体里流着高贵的血液，他诠释了中国人钢铁般的意志，将一个坚强不屈的中国习武人的精神演绎得淋漓尽致。这就是中华武术人的武德精神，这就是中华武术的灵魂！

巴特尔微笑并坚持着走下了擂台，一到休息室，他第一反应就是，我还活着！然后，他全身开始抽搐和颤抖，无法站立并开始休克。队医一看情况很严重，立刻将巴特尔送往医院。

经医生诊断，巴特尔在比赛中，由于背部多次重重落地而导致肋

骨断裂……

　　就在巴特尔被送进医院的第二天，一个俄罗斯人打败了众多的中国顶尖散打高手，他踢馆成功，夺得了"王中王"总冠军。这场群雄汇聚的绞杀大战异常惨烈，震惊整个中国武术界，在所有的中华武士和所有武迷的心里刻上了不可磨灭的伤痕。

　　此时，张根学总教练的心情久久不能平静，弟子们的伤痛使他很心疼也很揪心，首届国际武术搏击 KFK 超霸王中王争霸赛就被一个外国人踢馆，他比任何一个人都感到心痛。当然，他也从技术等方面进行分析，从人体力学的角度来说，绝对力量与爆发力本身是矛盾的，对于搏击项目来说，爆发力比绝对力量更为重要，因此，泰拳手是极少进行绝对力量训练的，但是，在俄罗斯选手穆斯穆里的身上，这些技术得到了较好的统一。他对各种散打技法样样精通，动作连贯并一气呵成，战术打法也比较多样化，身手步法灵活，而且绝对力量大，起动的爆发力也很强，穆斯穆里具有的超强实力令人信服。张根学总教练认为，中国散打运动员还要不断加强技能和力量的训练，学习国外运动员身上更多更好的竞技技术，让中国武术散打项目变得更加完善和强大！

　　巴特尔住院二十多天就回队了。

　　提起惨败穆斯穆里，他思绪翻滚，比赛情景历历在目。至今想起，都不知道自己是如何坚持下来的，当自己全身站立不起来的时候，当自己躺在担架上的那一刻，以为自己会死去。他深深感受到了生命的猝不及防和脆弱，以及它的神秘和直白。既然这么大的磨难都挺过来了，以后没有什么过不去的坎儿。生命胜过一切！活着不仅要对得起自己，还要对得起父母的养育之恩，还要对得起恩师和教练，还要对得起支持和帮助过自己的兄弟姐妹！虽然惨败穆斯穆里，但巴特尔勇敢地抬起头，振奋精神，挑战极限，再夺冠军！

　　磨难总是一个接一个，伤痛总是在关键时到来。为了练好体能，巴特尔不管是万米跑步还是重击沙包，还是俯卧撑还是推杆举杆，他不停地练。汗水湿透了他的全身，也湿了地面，他挥洒着梦想和希望，磨练非凡的毅力，努力拼搏，顽强奋斗。但世事难料，在训练中巴特尔的肋骨第二次断裂，他用绑带勒紧腰部，忍住疼痛，仍然站在了全国武术散打冠军赛的擂台上。这是一次冒险的挑战,这是一场超越自我、挑战身体的极限。最终，以他惊人的毅力和力量获得 75 公斤级冠军，并在中伊散打对抗赛上获得了冠军！

　　光阴流水，又是一年。第十一届全运会在山东菏泽演武楼举行。巴特尔夺冠之路最后一道关隘是一位山东选手。这位选手是山东菏泽人，他拥有全国冠军头衔，不过他的级别是 80 公斤级，为了在家门口夺取全运会金牌，山东选手专门降体重打 77.5 公斤级。因此，山东队对他的夺金抱有极大的期望。对于这场决赛，陕西散打队教练组为巴特尔制定了周密的战术，克敌的要点便是充分利用巴特尔在摔法上的优势。较量中，双方打得都比较谨慎，山东选手的体格虽然比巴特尔大，但是显得比较笨拙，其拳腿上的攻势被巴特尔有效的防守完全封堵。巴特尔瞅准机会，利用一个漂亮的侧摔直接获取 2 分，凭借这第一摔，巴特尔先声夺人，拿下了第一局。

　　在现场指挥作战的是张根学和赵学军两位名帅，巴特尔虽然拿下第一局，但总教练张根学对弟子的表现稍显不满，他用力地拍了一下

巴特尔的头盔，"你紧张什么？给我放开打！"巴特尔连连点头称是，并用抱手礼向两位老师致敬。第二局尤为关键，如果巴特尔获胜将提前获得冠军。在主场气势十足的助威声下，对方展开猛烈反扑，巴特尔见招拆招，对手难以寻得得分的机会。巴特尔控制场面后展开强有力的反击，抓住机会，利用一个缠腿摔，将对手压在身下，再次确定优势。目睹此景，张根学教练兴奋地使劲挥舞着拳头，成功的第二摔意味着陕西散打的全运金牌梦即将实现。

巴特尔精彩的第二摔让对方的信心受到重挫，尽管对方教练不断叫喊让其重新振作，但随后的比赛对方不仅没有很好的发挥进攻，而且体力也稍显不支。巴特尔乘胜追击，第三次将对手摔在身下，至此比赛已经没有悬念了。现场的陕西助威团群情振奋，一直在主席台一侧观看裁判打分情况的陕西散打队领队贾坤热泪盈眶地说："我们就要赢了！"

当第二局结束的锣声响起时，巴特尔举着拳套震天狂吼，张根学总教练激动得蹦了起来，性格内敛的赵学军也兴奋地挥舞着拳头。巴特尔冲下拳台，解下头盔，与张根学总教练紧紧拥抱在一起，两人都流下了激动的泪水，紧接着巴特尔和恩师赵学军激情拥抱。当裁判请双方运动员上场宣布比赛结果时，巴特尔仍然难以抑制眼泪，他举着拳头宣告胜利，含泪而笑。

每一次创伤都是一种成熟，每一滴泪水都饱含辛酸和艰难！

陕西散打队这次终于打了一个翻身仗！张根学教练长叹一声，这个翻身仗来之不易啊！金牌孕育了新的希望，陕西散打用金牌不仅捍卫了尊严，也同时迎来了发展的契机。与八年前相比，这是一枚完整的金牌，这个金牌弥足珍贵！

回忆起四年前失金的夜晚，当时的场面定格在所有散打教练和队员的脑海里。自此以后，张根学教练和领队贾坤师徒俩埋头苦干，下定决心要在十一届全运会上东山再起。

　　此次征战全运会，陕西省体育局给省武管中心下达了一枚金牌的任务，武馆中心原先寄希望在太极拳剑全能项目上打响头炮，然而运动员却在多种复杂因素下错失金牌。陕西武术的夺金任务完全压在了散打头上。然而，陕西散打却只剩下巴特尔一个夺金点，队伍如履薄冰。为了助巴特尔夺金，张根学教练四天没出门，每天只睡三小时，就为了给巴特尔制定战术，目标是要先把对手"打晕"。比赛开始，巴特尔的心里确实紧张起来，尽管他有超人的体力，可是就怕比赛时发生意外，不是被打伤，就是被击晕。巴特尔给自己上足了信心发条，清楚地知道自己在比赛中对摔法的运用至关重要。巴特尔在拳台上一遍又一遍对自己说，我们团队付出的都是冠军的代价，我一定要夺取冠军，为陕西省夺取最高荣誉！

　　巴特尔做到了！他最终实现了"虎口夺金"，站在了冠军的领奖台上，站到了自己职业生涯的巅峰！

　　一场比赛接着一场比赛，巴特尔的步子跨大了，他兴奋了，他发狠了。他开始活跃在职业擂台上，一次次捍卫散打外战的荣誉。笑傲江湖，所向彼靡！

　　2010 年 KFK 国际武术搏击王争霸赛中，不得不使巴特尔想起"惨败穆斯穆里"的场面。这次，他一定要为国家争得荣誉！他一定要夺回失去的尊严！

　　这次的对手是"泰南虎"卡鲁汉和"泰拳第一人"雅桑克莱。巴特尔第一回合就以犀利的扫腿将泰拳手"泰南虎"卡鲁汉手臂踢至骨折，惊人的攻击力令泰拳手折服，令人印象深刻。接着，巴特尔在南昌挑战"泰拳第一人"雅桑克莱，双方的碰撞绝对是一场中泰之间的巅峰对决！巴特尔一改之前散打选手面对泰拳王时"以巧取胜"的抢分打法，而是拳拳到肉发起正面强攻，两位高手之间的近身白刃战般硬拼令比赛极为火爆。经过三个回合的激烈对决后，雅桑克莱腿部严重受伤，巴特尔也满脸是血。但是雅桑克莱犹如一头公牛，横冲直撞，巴特尔积极应战，保持良好心态。第四回合加时赛后，比赛结果是战平，但比赛称体重时雅森克莱为 79 公斤（当场比赛规定为 75 公斤），雅森克莱以受伤为由，不愿意降体重。所以巴特尔最后是以 75 公斤对阵 79 公斤的雅森克莱，获得胜利。随后，巴特尔又一举击败成名 K-1 擂台的泰拳"飞腿王子"考克莱。2012 年长沙之战，巴特尔拿下国际名将"南非猎豹"胡斯·哥路沙，确立了自己在国际搏击届的顶尖地位。

他就像沙漠中历经风霜磨砺的苍狼一样，展尽雄风！十几年过去了，巴特尔在散打事业中经历了很多，也有很深的感悟。每个人都是生命旅途的行者，经历如同沿途的风景，烙下时间的印迹，升华生命的价值。爱因斯坦说过：只有献身社会，才能找出那实际上最短暂而有风险的生命的意义。巴特尔认为散打事业养育了自己，给了他一切。如今，他把散打事业看得比自己的生命还重要。他决心传承武德精神，弘扬中华武术，打出中国人威风。

陆

2013 年，内蒙古锡林部勒盟东乌珠穆沁旗蓝，蓝天白云下，草原如毯，牛羊如云，河水潺潺。千姿百媚的野花，争奇斗艳，五彩缤纷，一幅幅如诗如歌的草原生活画卷令人迷醉。

这时，草原上有一个矫健的身影走进人们的视线。是他，是巴特尔，他回来了！

巴特尔的母亲正在割草放羊，听到有人喊"敖特根·巴特尔"的名字时，她抬起头望着前方。是的，是儿子回来了。

分别多年的母子紧紧拥抱，各自的眼泪代表着心里的故事。"妈妈，你好吗？"巴特尔饱含深情地亲吻着母亲的额头，母亲含着泪看着儿子，用粗糙的手摸着儿子的脸庞，嘴里不断地说："长大了，成熟了。"巴特尔抚摸着母亲的双手，认真打量起眼前的母亲，觉得母亲跟十五年前不一样了，母亲见老了，脸庞上的皱纹刻写着岁月的沧桑。母亲的泪水溢满了最崇高最无私的爱！看到母亲的一切，巴特尔恨自己这么多年没有照顾好母亲，他抱紧母亲说："妈妈，我要把你接到大城市去！"

巴特尔这次回来，是给家乡的父老乡亲举办一次报恩表演赛。他用自己血汗换来的奖金为家乡办一场国际搏击争霸赛。他要让家乡人们知道什么是中华武术，什么是武术散打，什么是武术精神。

比赛场所相当的正规和华丽，前来的外籍选手对巴特尔的举动表示敬佩，同时，内蒙古大草原的美景更是让外国人叹为观止。这次外籍的选手分别来自泰国、摩洛哥、巴西、菲律宾等八个国家，实力非凡。中方选手主要是巴特尔的师弟，即陕西西安体院的实力派散打队员。消息传开，对于人口不到 6 万的小城来说，这次的比赛算得上是乌珠穆沁旗的一件大事，得到了县政府等各级领导的大力支持。晚上 7 点开始比赛，观众们中午 12 点就来到了现场，近 2000 多个座位座无虚席，现场已达 5000 人左右。牧民们没有见过这样的拳台，也没见过这样的场面，更不知道什么是武术散打，一切对他们来说都很新奇。巴特尔看到乡亲们热情高涨，看到闭塞的小城充满着对新鲜事物的渴求，他从心里感到自己配得上国家队散打运动员的称号，是武术给了自己正能量，感到自己的付出是值得的！

赛前，巴特尔的母亲和他的三个在内蒙古摔跤以及格斗上都有建树的哥哥也走上擂台和观众们见面。

比赛开始了，中方选手白额尔顿仓对阵泰国选手通力，两人互不相让。泰国选手的前手刺拳不断打破中方选手的防守直逼面门，白额尔顿仓趁着通力的体能下降时发动反击，三次将通力逼到了角落或者边绳上，但是他的打击却破不开通力的防守，反而因为经验不足吃了反击拳。第三回合，白额尔顿仓的体能出现了下降，几乎不能出拳，但是他利用中国功夫中的摔法将通力三次背摔在了地面上。全场瞬间变为高潮，呼唤声不止。中方选手白额尔顿仓果然不负盛名，以迅雷不及掩耳之势又防又打，将泰国选手逼到死角。通力也不甘示弱，不断反击，他出拳的速度极快，但都被白额尔顿仓躲过去了。趁对方不注意之际，白额尔顿仓一拳打向了对手的肚子，接着飞腿一踢，泰国选手倒在了地上。

比赛打得精彩而激烈，引起了现场观众的阵阵欢呼。

接下来的一场比赛，是观众最为关注的一场比赛。巴特尔妈妈抚摸了一下巴特尔的脸庞说："儿子，去擂台上好好打吧，赢了，妈妈为你高兴，输了，也没关系，妈妈在擂台边等着你。"巴特尔看着妈妈那双慈祥的眼睛，眼泪忍不住地夺眶而出，他紧紧拥抱着母亲说："妈妈，你放心吧，儿子不会给你丢脸，更不会给父老乡亲丢脸。"

巴特尔在家乡父老的欢呼中登场亮相，他向台下父老乡亲抱拳行礼。坐在观众席上的母亲在观众们热烈的掌声中向拳台上的儿子微微一笑，心里充满着爱怜和不舍，也为儿子取得今天的辉煌深感骄傲。

巴特尔对阵巴西选手保罗，他一上来就先声夺人，以一套组合进攻打得对手频繁躲避，随后两次干净的摔法，获得了自己的分数。巴西选手不甘示弱，一击猛拳向巴特尔袭来，想击中巴特尔的面部，但是，巴特尔防守很好，对手未能得逞。整个场面忽而气氛紧张，忽而热血沸腾。巴特尔的打法与传统的打法有所不同，他是典型的内蒙散打的拼打风格，猛打猛拼，攻势犀利非常，也正是这种格斗风格，令他非常适应自由搏击和 MMA 等职业赛事规则。第二回合，巴特始终

占据主动，保罗连连后退，似乎在等待时机。接着，巴特尔施展打摔结合，将对手摔倒在地，随后用一套组合拳击倒了保罗。裁判数秒后，宣布巴特尔 KO 对手。观众们全场起立为大草原牧民的儿子鼓掌叫好，巴特尔就像雄鹰一样，翱翔在广阔的内蒙古大草原。

此时，巴特尔的母亲默默地站在一旁，不断地擦着泪水，她心里有很多话想对一个人说，那就是远在天堂的丈夫。"老伴儿，我对得起你了，我把孩子们一个个都抚养成人了，他们个个都很优秀，特别是巴特尔，他已经是全国冠军和世界冠军了，你放心吧。"

巴特尔和几个哥哥拥抱着母亲，一首《我的根在草原》回荡在蒙古高原！

巴特尔个人战绩:

2005 年
散打俱乐部联赛 75 公斤级冠军
2006 年
全国武术散打冠军赛 75 公斤级冠军
2007 年
全国武术散打冠军赛 75 公斤级冠军
2008 年
世界锦标赛武术散打男子 75 公斤级冠军
2009 年
第十一届全运会武术散打 77.5 公斤级冠军
2010 年
第五届国际武术搏击王争霸赛中泰对抗赛 77.5 公斤级冠军
中美对抗赛 75 公斤级冠军
2011 年
欧洲自由搏击职业赛 75 公斤级冠军
2012 年
第八届亚洲武术散打锦标赛 75 公斤级冠军
全国散打锦标赛 75 公斤级冠军
2013 年
国际搏击王金腰带争霸赛夺得" 金腰带搏击王 "头衔
2014 年
中国真功夫争霸赛获 75 公斤级金腰带

DIEXUE
XIONGLANG

喋血雄狼

坐战擂台是雄狼，梦别相思痛离殇。
伤恨不弹男儿泪，不抱金杯不还乡。

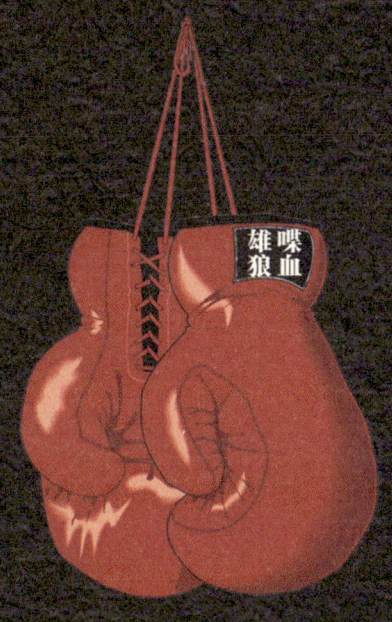

七月盛夏，骄阳似火。

只见墙上挂着横幅标语"备战 2005 年第十届全运会动员大会"几个大字红得火辣，尽管会议室里空调的微风让人倍感凉爽，但在座的运动员们个个热血沸腾，激情高昂。

体育局领导发言说："全国第十届运动会是对全体运动员的严峻挑战，也是安徽竞技体育实现全面超越的黄金时机，希望运动员们继续继承和发扬'武拳精神'，以最佳的精神状态，全身心投入到备战全国第十届运动会中，为我省竞技体育事业再做新的贡献，争取新的荣誉，赢得更加夺目的光彩。"

在一片鼓掌声中，主持人宣布由运动员代表上台表态发言。

就在运动员陆续上台发言时，只见一个身高 1.98 米，体格健壮，染有棕色短发，一条腿绑着石膏，手拄拐棍的运动员向讲台走去。

"嗨，你的脚都伤成这样了，能不能参加比赛还很难说，你还上台表啥决心呀？"台下一位运动员说着。他憨厚一笑，挂着拐棍一瘸一拐地走上了讲台。顷刻，台下一片安静，所有眼睛都聚集在这位运动员身上。"只要我吴松录不倒，大级别冠军一定属于我，必须是我！"话音刚落，场下一片掌声。

吴松录，国家队散打运动员。

在他发言的同时，也有人提出质疑："他腿都这样了，能不能参

加比赛还是个疑问，更别说拿冠军了。""是啊，自己都伤成这样了，还给自己扣个大帽子，给自己造成压力。""吴松录，你都伤成这样了，还雄心大志夸海口呀？"

"飞天蜈蚣"吴松录

是的，此番豪言壮语出口，倒把吴松录自己吓了一跳。这不是经过深思熟虑后发表的成熟语言，而是自己的嘴先于大脑说出的话。但是，豪言壮语一出口，自己却发现，这个"决心"似乎早已蕴含在自己骨子里和血液中。

这是命运的召唤！吴松录看着自己绑着石膏的腿，默默地摸着手中的拐棍，仿佛向人们诉说着一场凶猛的搏斗……

那是 2005 年全运会散打预赛中，擂台上正在进行一场 85 公斤级以上高级别的激烈搏斗。吴松录面对广东强手，拳来脚往，打斗正酣。

绰号"飞天蜈蚣"的吴松录，无论从 1.98 米的身高，还是那标志性的短发，加上射出冷峻的眼神，几乎与篮球明星姚明有着惊人的相似，简直就是克隆。他是散打明星，国际级健将。

赛场上，吴松录机智善战，进攻速度快且线路隐蔽，对手勇猛敢拼，双方在游斗中寻找时机。就在这时，对手突发大力低扫将吴松录脚踢伤。

当时，吴松录并不感觉疼痛，只是麻木，他知道脚趾受伤了。他无所顾忌，继续拼搏，将对手逼进角落后，一个左膝顶中了对手，对手倒地。此时，吴松录感觉脚不对劲儿，脚趾骨折撕裂，小脚趾骨肉分离，擂台上滴滴鲜血可见。当时裁判也没注意这情况，要不就直接将吴松录判下了。吴松录看看教练，教练也没反应，他也就不动声色地进行了第二回合的比赛。吴松录不管在身高还是力量上都占据了优势，他出击勇猛，拳腿快进快出，组合拳击发挥得淋漓尽致。对手机智应对，全力防守准备背水一战。只见吴松录一记重拳，接着一个转身后蹬腿向对手出击，让对方措手不及，有些发蒙。最终，吴松录以绝对得优势，取得了比赛得胜利。

这时，吴松录受伤的脚却有了感觉，很疼。他强忍着不吭声，自己把脚趾强行并拢后塞进鞋子里，并装出若无其事和激动的心情上台领奖。这一幕，身边的教练和队医都看在了眼里，以为吴松录的伤势不算严重，也就没去过问。其实，吴松录也不想让别人知道他受伤了，而且伤势比较严重。运动员之所以不愿公开伤病，是因为不想让任何竞争对手知道这一内部情报。一旦知道了，在比赛中往往就会被对手抓住软肋进行攻击而导致失败。此时，山东队员走到吴松录跟前问候，他装出淡定自如的表情，说没事儿。就在他被送到医院脱下鞋子时，事情严重了，鞋子里已满是鲜血。

十运会决赛，他必须参加，他就是奔着这个目标去的。同时，动员大会上的发言也给自己增加了很大压力。训练时，吴松录挂着拐杖，不能练腿，就练拳，练体力，练技能，练意志。由于受伤的脚在短时间里不能训练，所以大腿变得粗壮，队友们跟他玩笑说："松录，你的大腿好发达哦。""小吴，你大腿上的肌肉足足好几公斤呢。""吴松录，你的对手看到你这样壮实的体格，肯定被吓破了胆。"吴松录总是憨憨一笑"我粗壮的大腿，能让对手吓得腿发抖。"队员们哄堂大笑。

瞬夕之间，季节换了冷暖。心事还在盛夏的夜里辗转，眼前已经是一派金秋。

十运会武术散打决赛开始了。在87.5公斤级八进四的比赛中，吴松录的对手是新疆选手，由于对手是柔道出身，比较擅长下潜摔。赛前，吴松录准备得比较充分。比赛时，他的气势十足，不仅抑制住了对手的特长，还以腿法控制距离，并以鞭腿得分，打了两个回合，吴松录很轻松地以2比0取胜。半决赛中，吴松录依靠主动进攻压制对手，场上的拼打非常激烈，最终吴松录以2比1艰难地淘汰了前卫选手，杀进决赛。场下观众报以热烈掌声，现场气氛迅速升温。在决赛中吴松录表现出技术全面的特点，拳、打、摔有效组合，频频出击。最终获得冠军！这是一枚重要的金牌，更是代表着省市的荣耀！

十运会结束后，吴松录带着荣耀开始了北京体育大学的学习生活，圆了他小时候的一个"博士"梦想。

大学寝室里，吴松录的床头上挂着一幅红色的拳击手套，床头桌子上放了一个相框，相框里是一张吴松录和一个漂亮女子的风景合影。每每看着照片，他就会想起自己身上发生的变化和自己的浪漫情感……

吴松录出生在安徽阜阳颍上县，父母都是农民。吴松录从小学习非常努力，小学到初中时的学习成绩一直都很优秀，他的愿望就是能读上一所名牌大学，成为一名博士。但在他初三的时候，一次偶然的机会，与体育结了缘。那是1998年吴松录刚满14岁，身高1.8米，

在众人堆里，他那高大身躯成为了关注焦点。再说，他身体素质较好，被阜阳市体校的柔道教练在挑选人才时一眼看中，想把他送到省队进行训练。当时他和父母都没想太多，抱着试试的态度，吴松录走进了柔道队大门。

到了合肥，进了训练场，他巡视四周，围绕着运动员身边来回转，看了半天，心里开始琢磨着，难道我以后就练这个吗？这运动能给自己带来什么样的前景呢？再说，自己学习成绩一直都很好，也能考上大学，干嘛练体育呢？就在他打退堂鼓时，教练跟他说，你练好体育，也能上大学。年幼的吴松录带着半信半疑的心理留下来了。之后，教练看他不太适合练柔道，就又让他去了拳击队。待了几天，不见有人教他练习，吴松录觉得没啥意思，就跑回家了。真是巧合，就在吴松录回阜阳体校时，却又被一个伯乐看中，此人是安徽省体育中心的主任，刚好去阜阳挑选人才，二话不说就把吴松录带到了安徽散打队。

吴松录对散打并不了解，拳打脚踢是否有前途，他对自己不抱太大希望，能达到什么样的成绩，他也不敢去设想。种种一切，吴松录感到很迷茫。教练似乎看出他的心事，不仅对他进行心理疏导，同时把小级别的技术进行介绍和指导（当时没有大级别），让吴松录一点一点去摸索和了解，从中得到启发和信心。大家都知道，武术的取胜之道并不在于哪种拳种，全在于个人的平时训练和临场发挥。吴松录从小就很好学，平时话不多，总是带着憨厚的笑容和谦虚好学的态度去对待每一个新生事物。他拼命吸收着每一点每一滴水分，以令人惊讶的速度在武术散打运动中飞快地成长。

参加香港第九届全运会武术散打预赛时，他心情激动不已，一上台就忘了紧张。他感到浑身的血液在沸腾，在 90 公斤级以上的比赛中势如破竹，重拳踹腿让对手喘不过气来，他用全面的技能战胜了对手。赢得观众拍手叫好，一旁的教练也从心里感到高兴，看到了希望。

勇敢，事必成功；勤劳，幸福必来。

可吴松录怎么样也没想到，"幸福"似乎来的太突然。

结束了香港全运会比赛，吴松录在返回的火车上邂逅一位女子，那纯属一次偶然。

运动员们混在车厢的人群里，个个胸前配有红色徽标的运动服显得格外耀眼，加上他们的帅气、高大、健壮和文明礼貌让人感到可亲可爱，尤其是散打运动员吴松录，貌似姚明的形象更是引来很多的回头率。而此时，有一位女子的眼睛却在一旁默默注视着吴松录，她不由地心里一震，微微产生了一丝波动。莫不是梦境变为真实相逢？还是前世注定的缘分？她心里有些乱了分寸。

女子主动与他搭讪，吴松录处于礼貌回应着。然后，他们的话逐渐多了起来，便开始无拘束的交谈。她递给他一张名片，他以扫描仪的速度，将名片上大大小小的文字都扫在了脑子里。

她的名字叫梅（化名），香港某公司常务总裁。

他仔细观察起这位梅女士，不仅面容清秀，身材均匀，气质高雅，落落大方，还具有一定的社会阅历。尤其是她那淡然一笑，如雪域冰莲瞬间绽放，展现出惊人的魅力。他们之间的话越说越投机，他也很自然地把自己的手机号码留给了她。

时隔几天后，吴松录收到了信息，是梅发来的。简单的几句问候，吴松录开始并没觉得什么。接着，梅女士发来一条信息，上面写道："当我在火车上第一眼看到你时，心里猛地震动了一下，好像与你似曾相识。"这条信息让吴松录感到有些诧异，不知如何回复，他只好发出一个憨笑的表情图。紧接着，梅女士又发来信息"告诉你一个秘密：我有几次在梦里见到一个高大健壮的男人，他紧紧地抱着我。你跟我梦里的那个男人好像啊，几乎就是一个人。所以，一见到你感觉在哪里见过你，原来是在梦里。呵呵。"一个梦的秘密？吴松录觉得这只是个梦而已。于是，他回复了一句"会有这样的相像吗？"梅女士写

道："是的。说来也奇怪，见到你后，我的脑海里一直漂浮着你的影子，好像梦里的男人突然出现在了眼前，让我有一种很神秘的感觉，这种感觉很美妙。"吴松录看后，真的不知道该说啥了。他很纯真，没有接触过情感，也没有碰到过这样的事，所以也感知不到那种感觉。

记得一本情感小说里有这样的一段话：自己无意注意的内容可能恰恰是别人有意注意的内容。交流的时候，无意注意，有意注意就完美结合在一起。

吴松录依然过着训练、食堂、寝室三点一线的生活。时不时，梅会发些信息，他回应。一来二去，成为无话不说的异性"闺蜜"。每天聊天已成为他们生活中不可缺少的一部分……

一眨眼，九运会散打决赛近在眼前。训练场上拳来腿往，闪转腾挪，好一派生龙活虎的气象。教练除了示范指导拳腿对抗技术外，还拿出了自己的拿手招数，将散打技术体系中的精华之一巧摔快摔中的一些招法传授给运动员，让他们应用在攻防对抗中。

决赛即将开始，吴松录做好了充分准备。之前，梅发过信息，说要去看他比赛。

比赛打响了，吴松录一天里连打了三场比赛，他的体力让人惊叹。第一场比赛对湖北的选手，吴松录想保存一点体力，所以就打得很松散，结果2比1取胜之后，又被裁判改判成平局，下午只好又加赛一局，吴松录当时对自己的表现很懊恼，不过这也提醒了他，比赛时决不能麻痹大意。加赛时，吴松录没给对手一点机会，最终获胜。打得最艰苦的是半决赛，吴松录碰到的对手是山西老将。对手有着丰富的实战经验，能破解吴松录一个个技术。吴松录顿时感到有些懵，眼看就要败阵下来，这时，教练给予临场指导，吴松录立刻调整好心态，勇猛拼搏，最后利用对手体力不支的破绽将他击倒。决赛前，吴松录很紧张，因为有一个队员输了，金牌任务全压在他的身上。但是，一到擂台上，他的紧张情绪就已飞到九霄云外。他如锤的重拳，雷霆般的侧踹打得对方连连招架，最终大胜山东名将。对手更是没有想到，竟出现如此凶猛的一匹狼，声势煞是骇人。这小子太厉害了！

吴松录太高兴了，为安徽争得了荣誉的确让他很自豪。这也是教练没想到的，所获得的金牌不仅是安徽散打队历史上全运会的首块金牌！也是安徽代表团在九运会上的首块金牌！

当然，吴松录取胜还有一个因素所在，那就是梅女士也在现场看比赛，他必须赢！所以说啊，一切的动力都来自于内心的沸腾。

比赛结束后，吴松录与梅会面聊天，结果被教练知道了。体校规定在训练期间，为了学员们成绩和前途是不允许学员们谈恋爱的。这次吴松录被逮着了，教练非常气愤，并严厉批评他，同时也跟他讲了很多禁止恋爱的原因。虽然吴松录表面承认以后不会再发生这样的事情了，但他心里早已悄悄地产生了一种道不明，说不清的奇妙感觉。

晚上，他躺在床上难以入眠，左脑里出现的是梅的身影，右脑里教练生气的面容和训斥话语让他心神不定，就连他的队友也看出来了。

"嗨，你说，啥叫春心萌动呀？"有一队友似问非问。

"我来告诉你，春心，就是男女青年之间爱慕之心。萌动，就是悄悄地发动。"另一个队友慢条斯理地回答。

"那你春心萌动了没有呀？"队友玩笑地问道

"还没动呢？那你动了没？"

"呵呵，跟你一样，我们属于萌动而又不敢动的时期。"

"说得正确。我们这个年龄到了萌动时期，萌动，是正常。不动，不是克制太狠就是有毛病。"

"说得没有错，哈哈。"

"吴松录同志的英雄难过美人关，可以理解。我提议，为吴松录同志的萌动而鼓掌。"

"哗……"队友们一片掌声。

"一边儿去，别来烦我。"吴松录听到队友的议论，心里也有自

己的想法。自从与梅相识后，不仅能够彻底的表露自己，也能得到她对自己最充分的理解和同情，从而获得人格、心灵上的伸展与共鸣。普希金说过，有爱的人最美。爱情是每个人最宝贝的一份感情，而当爱情处在朦胧和绽放光彩的时刻，它应当是最美的，这样的美令心发颤、血沸腾。

这一夜，他失眠了，知道自己恋爱了。

都说初恋是最纯真的，最执着的，最真的爱！

这一夜，梅也失眠了。自从与他相遇，就好像为自己的幸福做了预言，两颗心已默默相许。为了见他，她特地从香港赶到广东看他比赛，看到他竟是这样的不顾生命的拼搏，她为他感到心疼。再加上为了她，他还被教练狠狠批评了一顿，梅心里感到很愧疚。她坐在床头边，抱着枕头，边哭边给他发了个短信。

"对不起，因为我的存在，让你受委屈了。"

"没关系。以后我会处理和安排好的，放心吧。"

"今天的比赛我都不敢看。"

"为啥不敢看？"

"看你被打，我好心疼。"

"那算什么。你没看到别人被我打吗？呵呵。"

"你的力量确实很大，很凶猛呢。"

"你看到的，那是我在擂台上的一面。"

"那你的另一面是什么样呢？"

"我的胸怀就像一张暖炕，给你温暖，给你力量。"

这句话瞬间击中了梅的心，砰砰砰的心跳让她感到无比幸福。她需要的就是这样的一个刚柔并济的男人与她相守到老。

"真的吗？"梅有些发嗲地问。

"真的，我是个很认真很执着的人，包括我的情感，我会保护好我所爱的人。"

"我……以后……会常来看你的。"梅被感动的似乎有些语无伦次。

"期盼着这一天。我等着你。"

几句短信话语，足以让这份情感在传递中升华。

以后，只要梅来内地，吴松录训练完了就会偷偷地去跟她约会，晚上点名前他再返回寝室，做到情感、训练两不误，这种两全其美的方法让这对恋人感到幸福和喜悦。

有一天，吴松录突然感到心脏不舒服，以为是自己训练太累太猛的缘故，稍作休息就会没事了。没想到晚上睡觉时，不管是平躺还是侧睡，心脏都跳得很快，自己似乎能听到"咚咚咚"的跳动声，整个心脏几乎要从嘴里蹦出。他只能坐直身子靠在床头边，直到天亮。

第二天的训练，他仍然感到心脏不舒服，胸闷，气喘不过来，全身发软。教练知道后就让他去看医生，没查出结果。他坚持着训练。谁知，他的手臂又突然受伤了，真是雪上加霜呀，他实在坚持不住了。

经医院检查，是心肌早搏，需要打点滴和吃药治疗。而受伤的手臂却不能伸直了，检查时，医生说要开刀。磨难接踵而来。手臂开刀时被截掉了 1.5 厘米的骨头，虽然手臂能伸直，但骨刺至今依然存在。

梅知道后，毫不犹豫地迅速赶到医院，梅的无微不至的照顾让吴松录感到无比的温暖和感动！他作出决定，告诉父母他和梅的关系。父母竭力反对，因为年龄悬殊较大。可是，原本听话懂事的吴松录这次却叛逆了。醉过方知酒浓，爱过才知情重。吴松录要坚守着这份情感，

坚持着自己的信念。

于是，他和梅在外租了一套房子，梅细心照顾着他的伤病。

"你别再打了，再打肯定还会造成更多伤病，何苦呢？"梅不忍地说。

"我热爱散打，我不会舍弃它。"

"我可以帮助你找到一份很体面的工作，把你打造成一个成功的男人，一个家居好男人，一个有绅士风度的男人。"

"呵呵，我知道你的心，我也知道你为我好。但是，我真舍不得离开散打，也不可能离开散打队伍。"

"……"梅没有说话，只是心疼地看着他。

"亲爱的，你就放宽心吧。受伤那是运动员常有的事儿，为了给国家争光，为了给家乡父老争光，我必须练好散打。"

"我想问一个问题，可以吗"梅睁着大大眼睛看着他说。

"亲爱的，问吧。"

"江山和美人，你爱哪一个？"

"在我心目中美人和散打都是我的爱人，我谁都不能错过。"

"回答比较狡猾，呵呵。如果两样你非得选一个，你选哪个？必须回答哦。"梅的表情似乎有些怪。

"那我选美人。"他坚决地说。

"为什么？"梅对他的回答觉得出乎意料，原以为他的回答会触到她最敏感最脆弱的内心深处。再说，大多事业心强的男人在两者面前，一般都会选择"江山"，理由是，没有江山，哪来美人？！

"我实话实说吧。江山失去还会再来，爱人失去不会再来。"他的话是真实的，不含虚伪成分。因为他很爱她。

梅含情脉脉地看着他，依偎着他，感受着他的心跳和温暖。"你给我好好养伤养病，早日康复重返擂台，做一个有霸气的运动员，做一个谦和的男人。"

"遵命，我亲密的爱人！"

"你若一切安好，我便是晴天。"

他用充满柔情的眼神看着她，情深意笃，紧紧揽住她，把脸埋在她的长发中，此时无声胜有声。衣带渐宽终不悔，为伊消得人憔悴。若大红尘，怎一个情字了得？

经过一段时间的休养，吴松录伤病痊愈，他又开始了训练。为了第二届世界杯散打比赛，他对自己严格要求，着重练习踝关节、腿部和脚部的力量，提高摔法和抗摔能力。高强度训练结束后，他还给自己开小灶，向老队员讨教一些技巧和经验，在步法和灵活性上弥补自己的缺点。虽然拥有身材上的高度，但和对手之间的较量，是智慧、意念和气势的比拼。只有全方位提高自己的综合实力，才能成长为一名"全能"型战将。进入国家队集训时，张根学总教练问他是否有信心打这场比赛？吴松录毫不犹豫地回答："只要你们给我一次机会，我就会给你们一个惊喜！"总教练立刻说："好！血性男汉，惟我独尊！真正男人就应该有这样俯瞰天下的雄心和气质！"

90公斤级别的吴松录，这次面对的是俄罗斯选手阿塔耶夫。

阿塔耶夫曾连获三次世界冠军，他不但在散打届赫赫驰名，还征战过日本K-1擂台，并且在MMA范畴有着16胜1负，其中10次KO敌手，5次制服对手的出色战绩，可谓是俄罗斯选手中优秀的典型代表。再说，俄罗斯在散打项目上取得的成绩并非偶然，这得益于俄罗斯人先天的体格优势和优秀的格斗传统。俄罗斯人体格普遍较大，中大级别在选材上具有优势，先天力量素质突出，属于高大但并不笨重的类型。相比中国很多100公斤以上的选手几乎踢不出过腰的高腿，重量级的阿塔耶夫在比赛中甚至可以轻松施展腾空后摆腿这样的高难度动作。

尽管吴松录已经做好充足准备，但赛场上拳脚无情，究竟谁胜谁负，

吴松录心里还是有些紧张，张根学总教练也有些担心。众所周知，大级别是中国男子散打的最薄弱环节，中国队从来没有拿到过大级别的冠军。而这位俄罗斯的阿塔耶夫可算是名副其实的世界头号选手，蝉联三届世界冠军，而吴松录和对手相比显然太过稚嫩，再说，吴松录这是第一次与国外人交手，他能够跟俄罗斯名将抗衡吗？似乎每一个人对这场比赛不抱太大希望。

吴松录在张根学总教练的护送下从后台走进赛场。

上一场比赛还没结束，吴松录坐在场边，张根学总教练站在一旁，谁都没说话，凝视着擂台，心事重重。

临上场前，张总教练鼓励吴松录说："真正高手的争夺首先是气势上的争夺，这就是为什么高手会有所谓"杀气"的原因。"吴松录明白师傅话中深意，他怀有满腔热血，坚定地点点头："弟子明白！"

擂台上，双方形象都是身高马大，魁梧彪悍，架势如一林二虎，势不两立，似乎在告诉对方，不是你死，就是我亡。

第一局，俄罗斯选手打法极为凶狠，极具杀伤力，吴松录被对方踢中了挡部，阿塔耶夫因此得到了一次警告。吴松录冷冷一笑，一双灼灼有光的眼睛锐利如鹰。他猛地直拳出击，接着鞭腿踹腿，不让对手有喘气的机会，使对方难以招架。但是阿塔耶夫非等闲之辈，他采取重击，发挥自己拳法的优势，特别是他接腿后不急着摔，而是以重拳击打对手头部的强势打法来击溃对方。虽然吴松录在防守中与对手周旋，但他却对阿塔耶夫的"变摔为打，虚实不定"的打法暗自赞叹。吴松录也采取变化多端的战术，时而用拳，时而用腿；时而打上，时而击下，双方打得难解难分。在裁判判罚平局时，吴松录则因对方的一次警告而赢得了第一局。

第二局双方再次出现僵持。俄罗斯选手阿塔耶夫眼睛充满红丝，眉宇间充满杀气，嘴角带着神秘而诡谲的微笑。突然，阿塔耶夫再以重拳击中了吴松录的下颚，当即，吴松录一阵眩晕，浑身发麻，两眼

发黑脑袋发蒙，耳朵听不见腿也发软，就像踩在棉花上一样整个人轻飘飘的，动弹不得。他告诫自己"坚持住，不能倒下！只要能让五星红旗升上去，让我死也干！"

这时，台下的张根学总教练目不转睛地盯着擂台上的情形，生怕错过每一个细节。当看到吴松录被击中后出现"晕场"，他便冲着吴松录大声喊道："坚持住，一定要坚持住！缠他！揉他！"吴松录耳边如闻声声战鼓催征，心中凛然溅起千尺飞瀑！一股豪迈的感情激流涌遍全身，身上的伤痛被这股激流荡涤了，消融了。他脑神经坚定地指挥着四肢神经，心脏忠实地向血管里输送血液，肌肉顽强地履行着自己的职责。他很好地贯彻总教练的意图，采用了贴身缠抱限制对手动作的战术，并用快速出拳压制对方，一记左勾拳打在对方右侧脸上。对方被击中后急忙凝神静气调整战术，对吴松录发起猛烈进攻，一次次使出绝杀技，丝毫不给吴松录靠近的机会。吴松录一边防守一边寻

擂台上的吴松录

找着对方的漏洞，还做出了要靠近抱摔的挑衅动作，就在对方后退时，吴松录快速向前，他的连膝顶得又快又狠，对方不断地避让，吴松录一鼓作气，一个重拳击中了对方，接着一个高鞭腿将对方踢跪在地。吴松录在危难中顽强作战，在几个回合的进攻中抓住机会拿下了第二局，终于以2比0击败了令人生畏的俄罗斯选手阿塔耶夫，取得了胜利！吴松录看着垂头丧气的阿塔耶夫，嘴角不禁地露出得意的微笑。

沧海横流，方显英雄本色！经磨历劫，伤痕累累，更显枝如铁，干如铜。

张根学总教练含着泪，深深感叹：这就是习武人的品格！吴松录顽强拼搏精神凝结着中华勇士的情操，超越了搏击运动本身的含义，他为有这样光芒四射的年轻一代而感到骄傲！

体育馆里冉冉升起五星红旗，这是中国散打高级别升起的第一面五星红旗！吴松录热泪盈眶，一路走来的艰辛，一路上的伤病煎熬，今天终于登上了散打巅峰！

比赛一结束，吴松录首先打电话给自己的家人，然后打给一直牵挂他的梅。梅一听到他拿了冠军的消息，当时就痛哭出声。他默默地听着梅的哭泣，心里知道这哭声里包含着一个深爱自己的女人的很多不舍和心疼。他不善言表，但他知道，她的每一个笑容，每一滴眼泪，每点真情，每句话语，都已深烙在他心里。

他要用自己一生的爱去守护这个爱着他和他爱着的女人……

此后的岁月里，吴松录浸泡在大学这个充满灵气的空间里边读书边"修炼"着自己。

可是，就在他在大熔炉里锤炼时，他的身体却发生了变化。

尿频，尿急，让他每一分钟都难以控制，进出卫生间的频率简直让人难以想象。经校医检查说是糖尿病，血糖指数超过 30% 以上，必须吃药，注射胰岛素。

这一诊断着实让吴松录感到惊讶，自己平时很少吃甜食，加上自己年纪轻轻的，怎么会得这样的中老年人病？尿频尿急又跟糖尿病啥关系？真是想不通的东西太多了。

吴松录开始服药，输液，打胰岛素。之后，病情仍然不见缓解，他感到非常痛苦，精神几乎崩溃。于是，他又去了北京一家大医院进行检查，结果是脑垂体瘤引发的糖尿病，必须手术切除拿掉病变的垂体瘤，否则后果不堪设想。

别无选择，听天由命，吴松录再次品尝伤病的苦味。

他躺在医院里，每天看着管子里的胰岛素一点点打进自己的体内，药物随着体内而流进血液，仿佛凝聚成了浮躁气体在他的身躯里蔓延，他简直痛苦万分，筋疲力尽。熬吧，忍吧。为了生命，为了没有完成的梦想，为了自己的爱人和亲人，必须挺过去！

开刀前，他的身体被绑带紧紧绷住，当麻药一滴滴流入他的体内，他的神智开始处于半游离状态。他的身体已不由自主地出现失控现象。

突然，有一种声音震荡着他的脑袋"我想要怒放的生命！我要我的生命得到解放！"于是，他体内的热流飞溅开来了，"嘣——嘣"身体上的绑带全部断了！他一下坐了起来！

这突如其来的一幕，医生和护士惊吓呆了！麻药反应？还是此人真的有某种"天机神功"？貌似魔幻大片里的镜头，惊险离奇，让所有医护人员百思不解！

过后，吴松录感觉置身一片柔软的草坪之下，温柔和阳光轻抚着他，好困！他竟沉沉睡去……

困难与折磨对于人来说，是一把打向胚料的锤，打掉的应是脆弱的铁屑，锻成的将是锋利的钢刀。吴松录康复后，感觉自己的身子显得格外的轻盈，体内似乎在涌动着无穷无尽的精力。集训、比赛、再集训，每一次都取得了好成绩。然而，这些战绩却在悄悄地改变着他的命运。

2008 年日本山口先生向吴松录发出了邀请，让他参加一些商业赛事和国际顶级赛事。由于种种原因，学校未予批准。

为了让自己学到更多的东西，以及吮吸更多的新鲜血液，吴松录决定接受日方的邀请，为自己以后的前途打下更扎实的路基，这正是他梦寐以求的愿望。

三月，美丽的樱花飘洒在漫天遍野里，吴松录的身心尤其舒畅，他不仅沉浸在新的环境里，还陶醉在与爱人浪漫的情书里。

显而易见，事业爱情，相得益彰。

就在吴松录春风得意，拥有阳光和美好时，他却没有想到，突然袭来的乌云顿时吹走他心中的彩虹。那份愉悦的感觉会渐渐退去，取而代之的是另一种感觉。

几年没回家的吴松录，一直思念着家人，尤其牵挂着父亲的身体。

自从 1999 年父亲查出患有癌症时，懂事的他伏在父亲的床头边，跟父亲说："爸爸，你一定会好起来的。你一定要等我回来，我一定会让你过上好日子的。"父亲是他童年记忆里最温暖的一缕阳光，最清凉的那份慰藉。多少年来，父爱给了他力量的源泉，使他一步步成长走到成熟。

吴松录从日本回国时，他走出机场，背着大包行李，兴高采烈，归心似箭。

就在跨进家门的那一刻，他才知道父亲已经不在世了。

得知噩耗，他蹲在地上，泪如雨洒！七尺男儿，有泪不轻弹，可又有几个人能忍受如此痛苦呢？父亲的遗像挂在客厅最醒目的地方。

照片上的父亲，目光里满是怜爱和慈祥。

吴松录跪在父亲遗像前，泪诉着："爸爸，你为何走得这么匆忙？我对你说过，我一定会让你过上好日子，让全家人都过上好日子。

爸爸，儿子做到了，儿子今天回来了，就是让你们过上好日子，带你去大医院看病，可是，你却离开了我……"

父亲去世前，吴松录在训练和比赛，没人告诉他父亲病危的消息。父亲要求身边所有人都对他保密，因为怕影响他训练和比赛。

父亲虽然没有等到儿子回来，却看到了儿子举起了冠军奖杯时的辉煌。儿子兑现了誓言，没有辜负亲人的期望。父亲瞑目了，含笑而去。

没能见到父亲最后一面，是埋在吴松录心底最痛的伤痕。吴松录望着因失去了父亲而精神崩溃的母亲，望着还在上学的弟弟，他心情变得沉重，家庭的担子一下子压在了他的肩上。

由于受到心灵的打击，吴松录寝不能寐，卧而复起，熬到天亮，家人惊呼道：怎么头发白了？

深秋的夜，是那么的寂静，静的能听见自己的心跳。

吴松录一个人静静地坐着，沏一杯浓浓的茶，思考沉淀在心底里

喋血雄狼

的东西，自己在短暂生命的时光里，记载着生命曾有过的美好和残缺的梦。

幸福也罢，痛苦也罢，这段旋律将会永远滋润着自己的生命根须，许多年以后，依然会记起那飘柔淡香的长发……

吴松录个人战绩：

北京体育大学硕士学位
2001 年
获中华人民共和国第九届运动会散打 +90 公斤级
预、决赛冠军
被安徽省政府授予"贡献奖"银质奖章
2002 年
获得全国散打锦标赛 +90 公斤级冠军
2004 年
获得第二届世界杯散打 +90 公斤级冠军
获得第一届南北武术散打明星对抗赛 +90 公斤级冠军
2005 年
获得第十届运动会散打 +87.5 公斤级决赛冠军
被授予国际级运动健将称号
被北京体育大学授予"北京体育大学功勋运动员"
荣誉称号
被特授予"安徽省杰出青年"荣誉称号
被安徽省政府授予"贡献奖"金质奖章
2007 年
获得全国散打锦标赛 +90 公斤级冠军
2008 年
被授予散打项目中华人民共和国一级裁判员

NINGZHE
BUWAN

宁折不弯

武坛名将姜春鹏，宁折不弯金芙蓉。
龙象决斗不畏死，誓为国格立奇功。

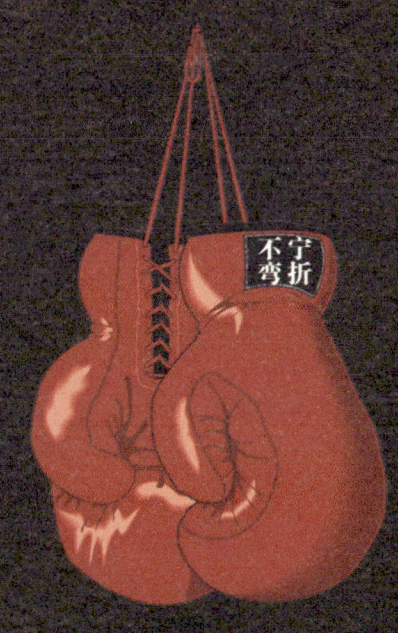

　　散打是我一生最自豪的职责，我复出的原因不是我的梦想没有完成，而是因为我太喜欢这个职业了，我不能离开它，我需要它，就像我需要呼吸一样。——姜春鹏

　　2006 年，全国武术散打锦标赛冠军的领奖台上，他激动地亲吻着手中的奖牌，脸上绽放着灿烂的微笑，场内不断传来呼喊声，一个俊美的身影深深地留在了观众的脑海中。

　　姜春鹏，国家散打队队长。记者采访结束，他激动之余，脑海里的那段经历依然挥之不去，想起就会感到一阵心痛。

　　那是第十届全国运动会散打比赛，也是决定他命运的关键比赛。之前，他已经三年没拿成绩了，第四年，也就是今天，是决定性的一年。如果赢了这场比赛，他就能够参加世界锦标赛，他渴望着这场比赛。如果自己这次夺冠了，以后的路就会走得更扎实，可以朝着自己的梦想去飞翔。

　　在 2004 年全国武术散打锦标赛抽签时，他的运气不好，抽到的对手是世界冠军。他输了。2005 年上半年他又是与世界冠军级别的散打强手较量，打了五场，最后他得了第四名。下半年，也就是 2005 年第十届全国运动会上，他认识了世界冠军柳海龙、邰普庆等实力派运动员。在关键性的争夺冠军赛时，他碰上了江苏实力派对手，这位对手

英姿飒爽的姜春鹏

实力很强，曾是全国散打冠军，世锦赛冠军，世界杯冠军，亚运会冠军。比赛前，姜春鹏看过有关对手的资料和录像，摸清了情况后，认为自己的年龄和体能正当时，与对手对抗肯定没问题。一些老运动员已经开始走下坡路，一批年轻力壮、血气方刚的新人正开始崭露头角。另外，姜春鹏最擅长的是前腿和摔，几乎没有人能够摔倒他，这是他的杀手锏。所以，姜春鹏决心攻破对手。

比赛中，他根本就不把对手放在眼里，信心百倍地认为，肯定能打赢对方。同样，对方对新手姜春鹏也是不屑一顾，自信地认为，这次冠军非自己莫属。

场面很激烈，姜春鹏主动攻击，对方沉着冷静。姜春鹏施展腿法和膝法进行攻击，对方暗自想，这小子的腿法比较厉害，体能也惊人。

于是，对方抡起拳头向姜春鹏挥舞过去，姜春鹏后退几步，知道对手的拳法具有很大的杀伤力，他瞬间调整，接着用前鞭腿攻击对方的大腿，然后将对方摔倒。第二回合，对方直接用拳法向姜春鹏攻击，姜春鹏积极应战，采用连腿扫射，对方连连后退，就在姜春鹏再次用腿法向对方进攻时，对方突然弯下腰，双手捂着裆部，裁判立刻判姜春鹏犯规，被扣分了。

姜春鹏与对手两眼相视，顷刻，他俩各自都非常清楚，其实，姜春鹏根本就没有踢到对方的裆部。而裁判也没看到是真踢还是假踢，只是以看到运动员的动作为准。当然，裁判的视觉角度也很关键。所以，对手以假动作也就是所谓的经验和智慧赢得了第二回合，嘴角不禁露出得意的微笑。

由于姜春鹏受冤被扣分，多少会有些不满情绪，但这并没有阻碍他的正常发挥，他的进攻勇猛，目光和动作冷静而锐利。而经过两局的对决，对手基本掌握了姜春鹏的技能。在姜春鹏不断用腿扫射时，对方避闪，然后抓住时机，以神速将威武气势的猛拳向姜春鹏挥去。生姜还是老的辣。结果，姜春鹏输了。

下了擂台，江苏选手主动与姜春鹏说话："兄弟，你把我的腿踢了一塌糊涂。"姜春鹏根本就不想搭理他，用愤怒的眼睛看着对手。对手心里知道姜春鹏在怨恨自己，也就不再多说，起身离开了。姜春鹏看着对手离去的背影，握紧拳头就想冲上去狠狠地揍他一顿，结果，被几个队友劝阻，说没有必要伤兄弟感情，过去就过去了。这才没有发生不堪设想的一幕。但是，姜春鹏的气还是不打一处来，他越想越气愤，越想越恼火，他用拳头使劲地捶击着地面，发泄着自己心头之恨。这个恨一直压在他的心里，阵阵发痛。

很快，时间到了2006年，全国武术散打锦标赛开始了，姜春鹏做好了一切准备，他要打败一切对手，进行一场复仇之战。

他与"仇人"再次相逢。对手跟他打招呼，他依然不想搭理。

"嗨，兄弟，今天，我们两又打对手了。"对手友好地招呼着。

"你还做假动作吗？"姜春鹏绷着脸嘲讽。

"呵呵，比赛时，除了技能和体力外，也要靠智慧和经验。"对手微笑着说。

"这次，我不会放过你的。"姜春鹏气势凌人。

"好啊，我们擂台上见。"说完，拍了拍姜春鹏的肩膀。

对决开始，擂台上，姜春鹏气势逼人，眼中精光爆闪，复仇之火在他身体里熊熊燃烧。他每飞出一腿，都是力逾千斤，让对手措手不及，他的技能与战术发挥得淋漓尽致。而对手无论是实战经验还是技术发挥，以及心理素质都非常过硬，拳腿摔组合的应用让姜春鹏暗自敬佩。但最终，姜春鹏赢得这场比赛！

姜春鹏领完奖之后，对手向他表示祝贺并和他拥抱。姜春鹏心头之痛就在这兄弟情的感染下愈合了。但这段过往已成为他永恒的记忆。

贰

姜春鹏，具有东北人的天性豪爽，激情张扬，身体硬朗，面堂高挺，内质刚毅，外表强悍的特征。从小就喜欢与同村的孩子们打打闹闹，别的孩子动不动就被打得哭哭啼啼，而他却是"常胜将军"，没有人能够打败他。即使他挨打了，也感觉不到疼痛，这令人出乎意料，连他自己也感到百思不得其解。父母知道后，就在想，难道这孩子有"武功"天赋？再说，这孩子性格坚硬，就让他去体校练武术吧。就这样11岁的姜春鹏进入体校开始学习武术套路。

经过两年多的武术套路练习，教练发现姜春鹏与其他孩子不太一样，觉得他更适合散打运动。于是，13岁的姜春鹏又改学散打。刚学了几天，他的情绪就出现波动，认为自己这样的年龄干嘛学这个？将来有啥出息？还不如好好待在家里，有爷爷奶奶宠着，何必来这里受挨打之罪？教练鼓励他说，好好练，将来你肯定有出路。幼小的姜春鹏不明白教练指的"将来的出路"是什么？两只眼睛巴眨巴眨看着教练，真的吗？教练点点头说，只要你好好训练，不怕吃苦，肯定有前途。教练的一席话，解了姜春鹏心头之惑，加上教练们在生活各方面的悉心照顾，让姜春鹏感到了家的温暖，于是他又重整旗鼓，融入半学习半练武的生活中。

启蒙老师是人生道路上的引路人，我们身上散发的智慧之光，永远闪烁着启蒙老师亲手点燃的火花。姜春鹏没有辜负启蒙老师的希望，训练刻苦，进步很快。有一天，有教练来体校挑选队员，姜春鹏被选上了，他又开始新的征途。

广东省散打队的教练要求非常严格，看到偷懒或不上进的学员就会严厉训斥：不想练或不好好练，哪儿来就滚到哪儿去！这一"滚"字不仅让姜春鹏自尊受到了伤害，也让他明白认识到，一旦自己被赶出训练基地，那太丢人了，太对不起启蒙教练了，如果家乡父老知道了，家里人多没面子呀。如果离开了广东，前途就会一片灰暗。他发誓：不管如何，不管教练怎么骂，只要不撵我走，再苦再累再冤，都得忍着。我必须留下！

于是，姜春鹏刻苦训练，万米跑步，打沙包，当陪练，高强度的训练让年幼的姜春鹏感到身心俱疲，甚至连靶子也拿不动了。

"把靶子拿起来，不要停下。"教练对着姜春鹏大吼道。

老队员看到姜春鹏不好好拿靶子，影响到他的训练，干脆不朝靶子上打，直接朝姜春鹏的脸上打去。姜春鹏一阵眩晕。

"你干嘛打我的脸？"姜春鹏不服气地问老队员

"因为你不好好拿靶子"老队员狠狠地说。

"那你也不能朝我的脸打呀！"姜春鹏不服气。

"那你要学会挡呀！"老队员的冷笑显出得意。

"我挡了，可你还是朝我脸上打。"姜春鹏感到很委屈。

"你是新手，就是要经过这个过程。"老队员咄咄逼人。

姜春鹏无言以对，只好忍声吞气。心里却在说，总有一天，我会让你尝尝我的厉害。谁知，对方再次举起拳头直接朝姜春鹏的脸上打去。稚嫩的姜春鹏还未来得及招架，嘴部就被打裂，鲜血立刻冒出。他很愤怒，一气之下把靶子扔在了地上，捂住鲜血直流的嘴巴。教练看到后，立刻大声训斥，姜春鹏委屈的拾起靶子，心里突然感到很恐惧，他哭了。这时，教练才知他受伤了，赶紧让他去医院治疗，他的嘴巴被缝了三针。

姜春鹏照照镜子，看着嘴巴上的敷贴，心里说："被你打也就算了，为什么非要把我打成这样！我都被缝针了，你们还说是必须的，是正常的。那么啥叫不正常呢？在家好好日子不过，非要受这样的折磨，我这是图啥？反正我这块伤疤永远刻上你的名字，等着吧！"

当经历变为教训，教训变为经验，而经验又犹如一盏明灯的光芒，它使早已存在于头脑中朦胧的东西豁然开朗。姜春鹏经过陪练的历程，逐渐知道陪练的重要性。

陪练不仅能提高自己的抗击打能力，也能提高自己的反应力和悟性。在以后的训练和比赛中，姜春鹏对自己高标准严要求，每一个动作都讲究准确到位，每场比赛都尽力拼搏，技能一次比一次过硬，他成了教练非常看好的队员。

……

自从2006年全国武术散打锦标赛夺冠后，姜春鹏大小比赛蝉联冠军，这是他能量的高峰期，也是他散打生涯的巅峰期。70公斤级他已是独占鳌头！这正诠释了姜春鹏的座右铭：心中有梦想，爱拼才会赢！

　　爱拼才会赢的精神是敢闯、敢拼、敢为天下先的精神在人身上的具体体现，是一种自强不息的精神，是抓住机遇迎接挑战的精神，是厚德载物的精神。爱拼才会赢的升华是时代赋予我们的责任，是祖先赋予我们的使命，是祖国寄托我们的希望！正是这种精神，促使姜春鹏接受了一场新的挑战。

　　第五届中国功夫 VS 泰国职业泰拳争霸赛将在广州天河体育馆再次展开对决。

　　中国功夫是五千年血与火的淬炼，打遍世界各地，威震天下！号称五千年天下第一！泰拳是五百年生与死的搏击，击败过无数世界高手！号称五百年天下无敌！近年来，中泰双方的顶尖搏击高手在国际擂台上多次交手，未分胜负。两国的观众不甘心，两国的拳王更不甘心，双方都想向世界证明，谁是强中之强，谁是王中之王！

　　这是一场万众瞩目的中泰国术大战！这是一场中泰国术间的猛烈碰撞，堪称龙与象的生死决斗！

　　中国功夫 VS 泰国职业泰拳争霸赛自 2001 年开始举行，到 2004 年共举行了四届，各有胜负，但中方多以点数和摔法取胜，泰国则以功力和招法取胜。在过去的三年多时间里，因各种原因，这一最具影响力的经典赛事一直无缘与观众见面，两国的众多武术爱好者一直要求再战。

　　为挑选最优秀的运动员参加本次争霸赛，中国武术散打国家集训队进行了内部选拔。由于 75 公斤选手边茂富在前段时间的全国散打锦标赛中意外受伤，国家武术运动管理中心确定了两个后选名额，一个是来自广东的姜春鹏，另一个是来自前卫的郭允超。出于公平竞争，国家队将两人都同时召入队里训练，通过训练中的综合表现来决定最终派谁参加比赛。最终，姜春鹏以较全面的技术、较强的体能、冷静的头脑以及良好的状态胜出。

　　最后一场比赛是 75 公斤级的姜春鹏对阵泰拳王伶达干。此战，伶达干是带着四年前"KO"中国选手的余威来华再战的。

　　决赛中，经验丰富的伶达干并不急于进攻，而是利用退防和贴身抱缠减少失分机会来消耗姜春鹏的体力，并伺机还击。由于伶达干身材魁梧且灵活，加上长期在澳门训练，对中国选手的风格较为熟悉，所以姜春鹏尽管在战术上占据主动，却无法组织突破性的攻势。伶达干趁机贴身逼近后，施展自己最擅长的膝法攻击，短距离的勾拳击打也开始得分。此时的姜春鹏并不畏惧，他打得极为硬朗，打法甚至比泰拳手更凶狠，频频以低鞭腿攻击对方，并用膝法进行对抗。

　　这两名选手都有着极强的抗击打能力，一时难以分出胜负，经过 4 个回合，两人战成平局。

　　比赛十分激烈，场内十分安静。

　　决战时刻到了，全场观众起立，高喊着："姜春鹏加油！姜春鹏，

姜春鹏勇斗泰国拳王

拼！姜春鹏，制服他！"姜春鹏在加油声中激情高涨，热血澎湃，他迸发出惊人的力量，以直拳和摔法震慑对方。经过一番苦战，姜春鹏最终以 3 比 2 获胜，令泰拳王伶达干俯首称臣。

全场观众再次站起，喝彩声、击掌声、尖叫声响彻天空！

武迷们一轰而上，争先恐后地与姜春鹏合照留影，记者们的照相机"咔嚓咔嚓"对着擂台上的勇士闪个不停，整个场面令人欢欣鼓舞。

经历了挫折和磨砺，在追逐梦想的过程中才能创造属于自己的辉煌，生命总在坎坷中迸发前进的力量。

姜春鹏变得越来越强大，状态越来越好。国家队总教练张根学和众多武迷都看好这位具有潜力和爆发力的勇士。在以后的各种赛事中，姜春鹏夺冠的势头一发不可收拾，成为赛场上的"功夫之王"。从此，"过江龙"的绰号响彻整个武坛。

人生的日历翻过了一页又一页，在时光的河床上不停的奔腾。洒下过汗水和泪水，也经历过喜悦和遗憾。一路走来，留下了一个个美丽的故事，也留下一支支血泪谱成的壮魂曲。

在 2009 年的一次俱乐部联赛中，姜春鹏刚上场一分钟左右，就被对手打晕。顿时，姜春鹏身体发麻，眼睛发黑，大脑里出现短暂的空白，他倒下了。裁判和台下的教练，以及观众们都以为他被 KO 了。就在裁判准备读秒时，突然，他猛地站了起来，摇摇晃晃的像喝醉了酒似的。接着，又见他跳了一跳，晃了一晃。他的对手先是由惊喜变为惊呆，又从惊呆中缓过神来，立刻向姜春鹏冲了过去。他迷迷糊糊中看到一个身影靠近，本能性的避闪呀，抱缠呀，挥拳呀，结果输了第一局。张根学总教练问他是否能坚持比赛，他回答得很干脆，能！

第二局，姜春鹏仍然觉得晕乎乎的，他努力使自己从空洞中挣脱出来，他保护着自己的头部，心想，尽量不要被再次打晕，如果再被打晕，肯定是完了。可是，对手依然寻找机会朝着他的头部攻击，姜春鹏恍恍惚惚的闪避。就在此时，台下有队友喊道："过江龙，坚持住，打倒对手。"

就在对手有些松懈和麻痹的时候，队友的喊声让姜春鹏猛地从恍惚中惊醒，他也不知从哪儿使出来的力量，施展了一个前鞭腿却击中对方的腹部，接着又扫了个低鞭腿，惊险的赢了第二局。

观众们紧张的情绪并未因为姜春鹏赢了第二局而松懈，他们仍然担心姜春鹏能否挺过第三局，此时场内非常安静，唯恐有一点动静会影响到勇士的状态。

虽然赢了第二局，但姜春鹏依然处于眩晕的状态。第三局时，他努力稳定自己的步伐，心里想：今天，我们俩必须有一个人倒下，但是，这个人不是我！张根学总教练在台下对他大声说什么，他几乎听不见，他的意识里只有一个念头，必须坚持，让对手倒下！

只见双方挥舞着拳头，你一腿我一腿，你抱我，我抱你，让武迷们紧张的大气不敢喘一口，对手的每一拳仿佛都打在支持姜春鹏的武迷的胸口上。这时，他的队友们给姜春鹏打气"姜春鹏，加油！过江龙，加油！"姜春鹏在半梦半醒中机械性的挥舞着他的拳头，他用迷迷糊糊的双眼盯着对方，然后一拳打在了对方的下颌部位，对手被击倒了，没能再站起来。最终姜春鹏获得了胜利！

"过江龙"经过艰难险阻，终于以不懈的努力和坚韧不拔的意志成功"过江"了！

多么艰难和惊险的一场比赛呀！让千万个支持姜春鹏的武迷提心

吊胆,又让教练们如释重负。当记者采访时,他只是傻傻的笑,没有应答。因被打晕时所造成的神智部分丧失,使他的脑库里没能储存上这段惊险的经历,完全凭自己的毅力坚持到最后并获得胜利。

然而,这惊险的一幕,却震憾着电视前一位少女的心!

她是个击剑运动员,有着内向和冷静的性格。当看到屏幕里的擂台上宁折不弯的勇士,她的心突然"砰砰"直跳,一种莫名的感觉,使她无法冷静下来。她开始关注他,在百度里搜索有关他的信息。她加了他的 QQ,他们成了好朋友。后来,他们恋爱了。

他的情感是那样的热烈和奔放,不顾训练的疲惫,只为约会相见而陶醉其中。他握住她的手,手心里那细密的汗以及坚定的力量,让她感到踏实。这样的幸福是如此的简单,以至于在现实面前成了奢侈。

因为两个人都是运动员,训练和比赛总是错过相约的时间,所以刻在心里的名字是一份念,心灵深处有一脉热切的心音,激昂澎湃。两情若是长久时,又岂在朝朝幕幕。

风雨送春归,飞雪迎春到。

四年一度的亚运会即将来临,中国国家武术散打队开始积极备战,每个教练员和运动员都容不得半点的分心。

由于超负荷训练,姜春鹏的两颗门牙被打掉了,重新装上后不久,在实战训练中,由于控制体重,营养跟不上,姜春鹏的牙龈开始松动了。谁知,在对打时,刚装上去的两颗门牙又被打掉了。队友不好意思的陪不是。他满嘴是血,笑着说,没事,没事。说完,自己用手将两颗被打凹进去的牙根掰正,继续训练。这次的实战训练不分级别,轮到谁跟谁打,你没有回绝余地。打这样的实战模拟训练,目的是在"无敌似有敌"中训练出"有敌似无敌"的无畏精神气势,为真正的实战打下良好的基础。

75 公斤级的姜春鹏与 95 公斤级的队友打实战演练。前二局还算顺利，可是，意外的发生总是让人措手不及。95 公斤级的队友一拳打在他的眼睛上，姜春鹏两眼直冒金花，立刻肿了起来，只能靠另一只眼睛明确方向。打着打着，他的另一只眼睛又被重拳击中。他捂着双眼，脱下拳套，坐在台下难受的再也无法控制自己的情绪，他哭了。怎么会是这样啊？快比赛了，不是牙断了，就是眼睛软组织断了，太倒霉了。

训练场内的三十几位队友以及教练都围在他的身旁，默默地看着他，没有一个人安慰，也没有一个人说话。相顾无言，唯有泪千行。哭吧，哭吧，哭出所有搏击健儿心中的共鸣。哭吧，哭吧，哭出所有中华健儿心里的酸楚。都说男儿有泪不轻弹，可又有谁知道，男儿流出来的眼泪全是难以咽下的苦水！又有谁知道，一个个光彩夺目的成绩背后，是一幕幕鲜人为知的辛酸画面！

真正的强者，不是没有眼泪的人，而是含着眼泪依然奔跑的人！

十一月的广州，丹桂飘香、秋风萧瑟、黄叶遍地。第十六届亚运会武术散打比赛如约而至。选拔赛中，姜春鹏面对全运会 75 公斤级冠军傲特根·巴特尔，在比赛中用前鞭腿击打对手时踢断了脚趾，但他默默坚持着，比赛中尽管打得艰难，但凭借出色发挥，最终以 2 比 1 获胜。姜春鹏在选拔赛中以出色的表现，赢得了亚运会选拔赛第一名。

虽然脚伤影响了训练的质量和赛前的状态，但姜春鹏依然精神饱满，很有自信。全场的武迷大多是冲着姜春鹏来的，都等着看他的风采，

目睹他如何大发神威，大涨志气。武迷们喜欢姜春鹏的另一个原因是，他平时空隙时间里，喜欢上网，在博客里写一些自己赛事经历和感悟，并和武迷们交流沟通。他没有搏击名将的架子，不故弄玄虚，说真话，得到武迷和粉丝们的喜爱。

今天，姜春鹏这条"过江龙"，一个宁折不弯的勇士，将会掀起一场怎样震撼爆裂的格斗风暴？大家拭目以待。

征战男子散打75公斤级1/4决赛，姜春鹏首战阿富汗选手，顺利晋级。半决赛将迎战来自伊朗的世锦赛亚军哈米德·礼萨·戈利普尔。半决赛是"硬战"，是夺金关键点，也是夺金路上最艰难的一战。

伊朗选手哈米德·礼萨·戈利普尔，身高1.88米，体重80公斤，人高马大，腿长臂长，很强壮，他以往基本都是参加92公斤级的大级别比赛，为打这次比赛，特降体重至80公斤。姜春鹏，身高1.78米，体重75公斤，此前基本上是参加70公斤、75公斤级的比赛，从实际的重量看，姜春鹏与对手相差10公斤，身高也相差17厘米。这对姜春鹏的体能、耐力、意志力提出了更高要求，也是对姜春鹏极大的考验。虽然有着这样的不利因素，但大多武迷和教练以及有关媒体都认定金牌一定属于姜春鹏。

赛前，教练与姜春鹏一起对伊朗选手的视频和资料进行了反复研究，并部署实战策略。当然，对方对中国选手姜春鹏的拳腿功夫也有所了解，并制定了详细的应对策略。

姜春鹏一上场，全场呐喊起"中国必胜！"的口号，令中国健儿精神抖擞，从容不迫。

裁判宣布比赛开始，沸腾喧闹的赛场立时鸦雀无声，每个人的眼睛都集中到了两位选手的身上，赛场上的空气似乎凝滞了一般。只见姜春鹏架势霸气，双眼直逼对方。伊朗选手表情凶狠，样子看起来很狰狞。姜春鹏采取主攻，对方采取防守。姜春鹏直拳技击，对方护头闪避。姜春鹏飞出前鞭腿，对方被击中腹部。姜春鹏施展抱摔，对方倒下。姜春鹏再次采用他的擅长摔法，对方再次倒下。伊朗选手吃尽了苦头，难以招架，败下阵来。姜春鹏先胜一局。

再说，姜春鹏抱摔这样的大块头，是要消耗很多体力的。教练对他说，由于身高和体重的悬殊，第二回合不能采取抱摔。姜春鹏明白教练的意思，点点头，琢磨着实战对策。

第二局伊朗选手采取主攻，出击连发重拳，姜春鹏频频还击，却打不进去。姜春鹏开始采取抱摔法，未能成功。对方见姜春鹏仍然以摔为主，便调整战术，也与他进行摔法较量。姜春鹏感到体能下降，摔不动也摔不倒对方。对方感觉姜春鹏的力量在减弱，开始反击，以点数分取得领先，并取胜第二局。双方打成平手。

教练对姜春鹏反复强调，要他充分发挥自己拳腿快且重的特点，这样才能给予对手以致命的打击。

第三局是决胜局。教练和支持中国的观众们紧张地看着拳台上的姜春鹏，心里都在默默地为他加油，为他祈祷。

姜春鹏经过第二局的搏击后，自感体力超支，发挥明显不如前一局。他立刻调整心态，振作状态，施展出强硬的低扫腿，以鞭腿击中对手腹部。面对姜春鹏凌厉的攻势，伊朗选手反而将双拳放平，似乎在用诱敌深入的姿态吸引姜春鹏漏出破绽。

危机袭来，姜春鹏几次试图采用内围直拳，但收效并不明显。接着他又打出组合拳，对方疲于招架，随后，伊朗选手突然发出隐蔽的刺拳击中姜春鹏的头部，紧接着，对方的转身飞腿震惊全场，姜春鹏随即倒下。

这样的结局，令许多人心冷血凝！

所有的惊叹号都是勇士滴在攀登路上的血和泪！

瞬间，姜春鹏感到好累好累。下了擂台，他一下子跪在了地上。他无颜面对教练，无颜面对他的武迷和粉丝们！看到教练和武迷们失

望的表情，他心里极为难过！

此时，全场响起掌声，为这位钢铁般意志的勇士鼓掌！为中华健儿的拼搏精神鼓掌！虽然你黯然落幕，但为了梦想，你坚持到了最后，你给大家带来了无数的欢乐与感动。在此，向你致敬！向不屈不饶的勇士致敬！

姜春鹏在掌声中走到后台，由于体力透支，由于巨大的压力，由于心情失落，由于旧伤复发，他还未走进休息室，就一下倒在了冰冷的地上……

此时，屏幕前的她，忍不住地泪水夺眶而出。

伍

天黑了，亚运村的周围很幽静。比赛结束后的姜春鹏，他的心一直堵得慌，仿佛被石头压着透不过气。他独自在月光下散步，在月光下哭泣，在月光下沉默。人们都说月亮是位最善良、最易受感动的姑娘，谁有什么不幸和哀愁，她总是怜悯地注视着他，有时还会流下泪来。姜春鹏看着天上的月亮，说："月亮姑娘，我努力了，我付出了，我尽力了，可是，不尽人意呀！我心好痛啊！"

渐渐地，飘来一层云，月亮被云遮住了一半，于是，天开始滴雨了……

这时，手机响了。

"看到你与伊朗选手的比赛，我真想飞到你身旁安抚你那颗伤痛

的心。作为一个运动员，我有过与你一样的感受，我知道这伤痛里所包含的一切。我懂你，懂你所说的，也懂你没说出的。你的痛就是我的痛，你的欢笑也是我的欢笑。坚持，我的勇士！"

姜春鹏看到留言时，以为是幻觉，他揉揉模糊的双眼，认真的一个字一个字的看着，渐渐的感到堵在心里的石头开始融化，他被这突如其来的爱所感动。他以为是月亮姑娘从天上来到人间，来到了他的身边。惊喜之中，他立刻回复说："你的爱，是真正促使人复苏的动力！"

亚运会结束后，因伤势需要更好的治疗，暂时不能参加比赛，他最终选择了退役。

他拿着行李，一瘸一拐地刚要走出学校大门时，他的脚步戛然而止。他慢慢转过身来，看着学院周围的一切，心中有着无限的感慨：感谢你们给我的一切，让我从一个十几岁的孩子成为一名武术健将；感谢你们的培育，才能给我带来无比的荣耀和光辉的一生！

他依依不舍地走出学校，可是，东南西北路，不知自己该去何处？

就在他一筹莫展时，眼前出现了一个身影，她向他微微一笑，毫不犹豫地挽着他的手臂，温柔地说："我愿是你的拐杖，不会让你摔倒。"他感动地紧紧握住她的手说："谢谢你！你给了我更强大的动力，我不会倒下。"

此时，手机响了。

"姜队，有人向你发起了挑战书。"

"是谁？"

"加拿大泰拳不败王者，'超人'马库斯。"

"哈哈，来吧！我接受他的挑战！"

宁折不弯

　　挂上电话，他仿佛听到未来生活的坚实足音，不禁想起了一句脍炙人口的歌词：我的未来不是梦，我的心跟着希望在动……

　　他与她目光相视，两人手牵着手朝着更大的舞台走去……

姜春鹏个人战绩：

2006 年

全国武术散打锦标赛冠军

第五届中国散打 VS 泰国职业泰拳争霸赛 75 公斤级冠军

2007 年

全国散打冠军赛冠军

年伊朗总统杯武术散打比赛 70 公斤级冠军

2008 年

中国武术散打功夫王 70 公斤级擂主

中国武术散打功夫王（KFK）争霸赛 70 公斤级冠军

2010 年

全国散打锦标赛第二名

全国散打冠军赛冠军

亚运会男子散打 75 公斤级冠军

“蓝带杯“中伊对抗赛 75 公斤级冠军

“白水杜康杯”CKA 超级联赛 70 公斤级冠军

MEILI
NVSHEN

美丽女神

形象大使美人妆，英姿劲舞擂台香。
打出红旗渐开起，万众欢呼女拳王。

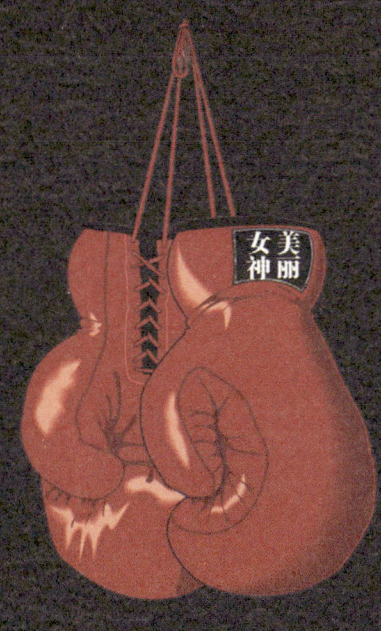

 美丽女神

 壹

　　清澈的海滨浴场，海沙细柔，碧波银浪，群山环绕，花木繁茂。
两个身材高挑的少女穿着泳装躺在金色的沙滩上，虽然是夏天，但鲜
红的太阳照射在她们的身上是那样的温柔,映衬出一道道迷人的光晕。
　　"聪聪，你知道这'棒棰岛'的来历吗？"
　　"不知道。虽然我在海边长大，但从没见过这么漂亮的岛屿。"
　　"关于这个小岛流传着一个动人的传说，令人神往。"
　　"是吗？那你快给我说说。"
　　"传说玉皇大帝的后花园里有一株金棒棰花，五千年开花，五千
年成熟，又五千年结果。一阵清风吹来，把这果实吹落人间，化身为
一位美丽的姑娘，人称棒棰仙子。玉皇大帝得知后，硬是把棒棰仙子
追回了天庭。棒棰仙子怀着对人间美好的回忆，把自己心爱的头针从
空中投向人间,落入大海变成这座小岛。所以呀,棒棰岛就由此得名了。"
　　"啊，好美的故事。"
　　"据说，国家领导人都在棒棰岛国宾馆住过，所以它就更出名了。"
　　"你咋知道这么多呢？"
　　"书上这么说的。"
　　"哦，我真羡慕你，懂得很多知识。"
　　"我也很敬佩你，为国夺冠，获得那么多奖牌。"
　　"嗳，你说，一旦我退役了，该干些什么呢？"
　　"当教练呀，搞俱乐部啥的。"

"别人都这么说，可我倒不是这样想的。"

"那你想做什么呢？"

"我想开个小店，做自己的系列甜点，创出自己的品牌。"

"好啊，尝试一个新的领域新的生活。"

两个少女正说着，手机响了。那个叫聪聪的女孩接着电话，然后，兴奋的从沙滩上跳跃起来。

"啊，我要进国家队了！让我三天内到国家队报到。"

"又要参加国际比赛？"

"国家队大集训，准备参加中法对抗赛！"

"这次度假不仅给你带来心灵放松，还给你带来一个惊喜。"

"说得没错。"聪聪高兴的一个鱼跃扎进了海里，溅起了白色的浪花。

这一夜，聪聪彻底失眠了。她想起过去，也想到未来，思绪万千。有谁知道这份惊喜的背后蕴藏着怎样的激情少女梦呢？

王聪获得2013年世界武术散打锦标赛女子60公斤级冠军

美丽女神

　　曲折的故事还得从一次学校球赛说起：

　　那年，学校操场上正在进行一场篮球比赛，只见一个短发齐耳、身穿白色运动服的女生，她弯着腰，篮球在她的手下前后左右不停地拍着，两眼溜溜地转动，寻找突破的机会。突然，她加快了步伐，一会左拐，一会右拐，冲出了两层防线，一个虎跳，转身投篮，只见篮球"唰"的一声，不偏不倚应声入网。场下同学一片欢呼，不断拍手叫好。同时，有一个人站在跑道边也为女生的虎跳投篮默默地鼓掌。

　　六月的庄河，海洋平静，晚霞瑰丽。此时，一阵争吵声打破了寂静的夜晚。

　　一个女孩正在对着她的父母大声嚷嚷道："不，我就是要去体校。"

　　"你学习成绩很好，应该努力上名牌大学。"母亲满脸愁容。

　　"我喜欢体育，体育是我的爱好。"

　　"体育只是你的爱好，学好文化才是你以后的出路。"母亲平和地劝说。

　　"不，我就是要进体校，要不，我就不好好学习了。"女孩说完将手中的书本重重地摔在了桌子上。

　　"你这孩子怎么变成这样？还学会威胁父母了？"父亲大声训责道。

　　"就两条路，一是学体育，二是不好好学习，你们看着办吧。"

　　"你这孩子怎么，怎么会是这样？"母亲急得似乎说不出话来。

　　女孩平时很懂事，看到母亲着急的样子，心里感到很难过，可是自己确实太喜欢体育了。她控制住情绪对母亲说："妈妈，我求求你，就让我进体校吧，这样，我的学习和体育会两不误的。"

　　"在没有'体校'一说前，你不是一直学习和体育两不误吗？"父亲质疑地问道。

　　"我——"女孩一时被父亲的话给呛住了。

　　父母亲面色严肃，都不理睬她，女孩气吁吁地跑到自己的卧室，

将门"啪"一声关闭，然后，趴在了床上"呜呜呜"哭泣着。

　　女孩名叫王聪。小名聪聪，同学们也喜欢这样称呼她。她出生在一个普通的渔民家庭，家住在海边的一个小镇上。王聪是父母的独生女，更是掌上明珠。平时父亲出海打渔的时间要多些，母亲操劳家务照顾孩子，家境不算富裕也不算贫困，日子还算过得去。王聪不仅学习成绩在班上名列前茅，体育成绩也是榜上有名，是一个德智体全面发展的优秀孩子。这对一个渔民家庭来说，孩子的未来呈现出了玫瑰花朵般的艳丽色彩。

　　可就在前两天的学校篮球比赛上，她的身材和机智让市体校的教练看好，并让她去当篮球运动员。这一消息惊动了学校和家庭，他们都举起了反对票，尤其是父亲坚决反对。这下让王聪原本乖巧的脾性突然变得暴躁和叛逆。可见，她对体育的情有独钟和热爱已胜过一切。

　　父母见拗不过女儿，只好妥协，并对她说："既然你选择了体育，一旦以后前途受挫，不要责怪父母，那都是你自己的事。"王聪见父母妥协，心中暗暗高兴，她拍着胸脯向父母保证："爸爸妈妈放心，女儿自己选择的路就会坚持走下去，即便道路坎坷受挫，女儿就是爬，也要爬着向前。"

　　溪水清澈，雨丝落在上面，激起了一圈圈涟漪。14岁的王聪一路蹦蹦跳跳，一路哼着歌曲，开始了她的体育之梦。

　　大连市田径比赛中，王聪参加了80米跨栏。随着一声枪响，运动员们犹如离弦之箭向前冲去，跑道两旁发出阵阵欢呼和加油声，有几个同学边跑边喊着"聪聪加油，聪聪加油！"只见王聪大步跨越，迅速腾起，稳健落地，在一道道跨栏上留下了完美的弧线，她以惊人的速度飞驰向终点。她的名次不仅引来"死党"们的激动狂欢，还抓住了另一个人的眼球。

这人就是大连市散打队教练辛友（后来是王聪的散打启蒙教练）。他去庄河体校选队员，一眼看上了王聪。她身材非常匀称，梳着短发，看上去很干练，就像个假小子，比较适合武术散打运动。当时，还有几个体育项目的教练也都看上了王聪。面临选择，年小的她该做怎样的决定呢？

就在王聪犹豫不决时，她看到了一双与众不一样的眼睛，他就是大连市散打教练辛友。这双眼睛不仅炯炯有神，而且锐利充满智慧。这双眼睛告诉王聪，他能给她力量，能让她走得更远！虽然王聪还不知道散打是什么样的运动，但凭这双眼睛，她愿意去尝试。

秋风红叶，丹桂飘香，在 2008 年的金秋时节，这位性格刚毅、自有主见、文体兼优的姑娘又背起了行李，走进了专业队。当王聪得知散打是用拳腿摔组合的抗击运动，是中华武术的攻防技击和格斗技能的充分体现时，她立刻喜欢上了，感觉这项运动特别适合自己，冥冥之中感到自己体内有股力量一下子躁动起来。

训练中，虽然男队员的拳头打在身上很疼，但王聪打心眼里喜欢搏击运动，不胆怯，不惧怕。男队员把她的鼻子打出血了，她心里惊了一下，用手摸了摸鼻子，血流了很多，她用纸巾塞在鼻孔里，无济于事，血很快染红了白纸。这时，王聪不由地想起几年前的一次飞来车祸，她的腿部被撞了一个大洞，血肉模糊，能看见骨头。手术时消毒液浇灌的疼痛，麻药过后的疼痛，她都未掉一滴眼泪，她把家人的

一件棉大衣都咬碎了。当她从昏迷中醒来时，感觉自己做了一场很长很长的梦，好累好累。也不知什么缘故引起，她的鼻子突然出血，出血很厉害，医生立刻采取措施紧急止血，但无济于事，血继续从鼻孔里涌出。陪护在身边的母亲吓得浑身发抖，不敢看女儿那张满脸是血的面孔，母亲精神崩溃晕了过去。王聪也很害怕，不知道车祸给她带来什么样的命运。当她被紧急推进 CT 检查室时，王聪哭了，感觉自己的生命也许就随着鲜血的流尽而结束。

检查结果没有异常。鼻血流着流着，也就停了，是什么原因造成的也没有说法。

这次的鼻子出血，是否与那次车祸的病症有关？就在王聪回忆往事时，教练的问话打断了她的思绪。

"王聪，你还行吗？"

"谁说我不行的？"

"鼻子还流血，就暂停训练吧。"

"鼻血流的不多，可以坚持。"

"那好，继续训练。"

王聪擦了擦鼻子，将手上的血迹在衣服上抹了抹，心里却说："奶奶的，父母从来不打我，你打了我那叫没办法，竟然你还把我鼻子打出血了？哼，我就不信了，我的力量也不是吃素的，来吧！"王聪怀有不服输的斗志和不妥协的自尊，继续对打着，狠狠地打着。教练叫停，她不仅没停下，而是越打越猛，欲罢不能。男队员感到眼前的女新手那股坚韧倔强又不屈不饶的凶狠劲，觉得不可小看了。

王聪训练时很刻苦也勤于研习，教练一边讲述训练法一边悉心指导：打拳不遛腿，必是冒失鬼。遛腿，就是踢腿，是武术的基本功之一。无论是初学者还是老练家，都必须坚持练习。因为腿是全身的支柱，务必根基牢固，根基不稳，重心不稳，武术就没有练到家。遛腿的作用很大，首先，将腿遛开，筋骨柔软，肌肉不僵，可减少韧带和关节

的损伤。其次，腿功好利于表现技术动作。腿功好，武术功夫便好，腿功是表现技术的基础。第三，腿功好利于提高拳艺。武术技术多以身体下盘为基础，坚持遛腿，加强腿部力量性和柔韧性的训练，是掌握高难度动作的关键，是提高武术水平的重要手段。从技击角度看，也只有在腿部关节柔韧性高的条件下，才能敏捷而准确的运用各种腿法。

　　王聪对自己严格要求，经常对着镜子不断地对拳腿动作进行巩固和反复练习，很快地掌握了拳与腿的要领。

　　时隔半年，她参加了比赛。这场比赛不仅让她过了一把隐，也引起了一段擂台笑话。

　　那是她第一次参加辽宁省武术散打比赛 56 公斤级别。她对比赛规则还一知半解，就这样上了擂台。当对手进行拳腿摔时，王聪心里"咯噔"一下，这连贯动作好漂亮哦，自己怎么都不会呀？教练咋就不教我呢？她来不及想太多，对方又开始了进攻。王聪摩拳擦掌，来吧，我不怕你！对方来了个直踢腿，王聪本能性反应，单腿屈膝前抬，挡住了对方（后来她才知道她用了一个提膝腿），她心里一阵高兴，嗨，自己的防守让对方倒退了两步，于是，王聪也不知什么是动作规范，什么是扣点分，上前就用两只拳头拼命地向对手打去。直拳打法，拳如雨下，打得对手毫无招架之力，就这样对手被王聪打下了擂台。正当观众要为她叫好时，没想到，王聪也跳下了擂台，继续用拳头打着对手，这时裁判赶紧吹起了口哨，叫停。按照比赛得分规则，一方被打下擂台扣分，而另一方得分。结果，王聪莫名其妙的跳下了擂台，同样被扣分。场下的观众发出"哈哈"大笑声，说擂台上来了一个不顾一切，勇猛直飞的女大侠。

　　其实，教练对王聪跳下擂台的举动并未感到惊讶和责怪，认为一个新的队员第一次上擂台，是一次真正的体验和考验。虽然王聪"追打"

的举动引起了哄堂大笑，但教练为她的拼打精神和力量暗暗叫好。

王聪眨眨双眼，又重新跳上擂台，接着又用直拳打着对手，很快，她又把对手打到了擂台边。有趣的是，眼看对手就要被打下擂台的一刹那，王聪突然停住了双拳，放松了手臂，不打了。她慢慢退回，一直退到擂台中央。这时，观众为王聪不打的举动而百思不得其解，不知王聪的葫芦里卖的什么药？莫不是王聪玩起了"闲着"战术，静等对手出招，然后重拳蓄势出击？其实，王聪哪里知道"下擂"与"不下擂"的因果关系呀。此时，台下的一些老队员着急的对王聪大声喊道："推下去，推下去。"没有比赛经验的王聪脑袋有点懵，她傻傻地看着对手用两只手护着脑袋一动不动地站在擂台边不知所措，王聪也不知所措了，是打还是不打？就刚才把对手打下了擂台，她被扣分了，也不知为何被扣分，她变得有些束手束脚。僵持片刻，教练对王聪喊道："把她推下去，把她推下去。"王聪"啊？""哦"两声，便向对手走了过去。对手看到王聪走过来，赶紧用手紧紧地护着脑袋，害怕的蜷缩在擂台边。王聪走到对手跟前，用拳头"啪"一声，对手掉下了擂台……

对手弃权了，王聪赢了，她高兴坏了。

靠什么赢了？王聪也说不清楚。反正，我就是我，不一样的烟火！

赢了这次比赛，王聪走路说话的气势显得牛气十足，那些同等年龄的队员都很羡慕和崇拜她，她骨子里的血液热得发烫。正是恰同学少年，风华正茂。

落叶漂泊，日子转眼逝去。王聪进入省队集训。总以为自己在体校拿到的成绩很轻松，那些曾经夺冠的老队员，她根本不放在眼里，她信心百倍的跟他们对打，乱打。谁知，打呀打，就是敌不过对手。对手摸透并攻破了她的拳腿乱打"技术"，加上他们的技能高出一倍甚至两倍以上，她每搏击一次就觉得很难，思想无法集中，时时刻刻

在问自己："为什么我的拳腿练得好好的，到了这里怎么就不行了呢？同一级别怎么就打不过了呢？教练一直说我有散打天分，那么，现在的天分哪里去了？难道我不行了？"王聪自信受挫，开始否定自己。她含着泪找到了教练，说出自己的疑虑。教练开导她说："那些运动员曾经跟你的年龄一样，也有你同样经历。现在他们年龄比你大，技术也过硬了。再过几年，你也会有他们一样的本领，也许还会超过他们。"

"教练，那我怎样才能练到过硬本领？"王聪迫切地想知道答案。

教练耐心开导她说："习武是一个漫长的锻炼过程，不可能一下就成功。传统武术里有'三年一小成，十年一大成'的说法，就是人们常说的铁杵磨成针，功到自然成，表达的就是这个意思。"

"漫长，指多长呀？"王聪不解地问。

"不仅要有志气，还要有恒心，这两个是最基本的，作为一个练武者，应该具备这点。历史上也有不少习武者尽管有着较好的自身条件，但由于未能持之以恒，中途停止，因此也就难以取得较大的成绩。"

"教练，我知道了，我一定好好练。"王聪觉得教练的话说得有道理，下决心一定要超过他们。

不服输的王聪在短短的两个月时间，技能便超过了其他同龄的队员，她骄傲的脸上挂着怒放的向日葵，笑盈盈的嘴巴露出两颗小虎牙，有队友说她的两颗虎牙酷似电视剧里的"吸血鬼"，王聪不仅没生气，反而觉得美滋滋的。也正是王聪的刻苦表现和较好的自身条件，她又被省队教练看好，同时，也被其他省队教练看中。当即，王聪再次面临选择，这与她少年时期选择体育项目时的情景很相似，只是这次不是选项目，而是选城市。当时也有其他队员被看好，他们都选择大城市，比如上海、北京、武警部队等。王聪经过考虑后，决定选择辽宁省队。虽然辽宁省队的条件不如其他大城市，但辽宁省队出现了一批散打女精英，多次因在全国和国际上夺冠而闻名。王聪看好这支队伍，相信自己一旦加入了这支队伍，肯定也会成为世界冠军。这就是她选择的

理由。

2010 年王聪正式成为了辽宁省武术散打队一员。同年，18 岁的王聪考入了吉林体育学院，她依然如往常一样怀揣着梦想，一边上学一边训练，不怕千辛万苦，只为心中那份爱好。

人的一生，总是难免浮沉。反复地一浮一沉，这对于一个人来说，正是磨练。因此，浮在上面时，不必骄傲；沉在底下时，也不用悲观。

现在，体育馆里灯火通明，更精彩的故事正在这里上演。

王聪在全国武术散打比赛的擂台上，突然间脑子出现一片空白，比赛前学过的新战术几乎不记得了，手脚不知如何放置。可是，看到对方犀利的双眼，王聪憋不住气了，上前就是一个飞鞭腿，还未踢到对方，就被对方一个漂亮熟练的动作给摔倒。王聪站起后，知道自己丢分了，想主动出击，似乎又找不到感觉，她稍稍镇定了一下，心想，无论怎么打，反正我得拼出全部力量打败对方。王聪又开始走原始的老路了，乱打，追着打。这样盲目对抗，岂有不败之理。对方毕竟是个老队员，不会跟着王聪的节奏走，而是冷静沉稳的避让静观，最后以综合实力战胜了王聪。

王聪失去下半年的比赛机会，心里落差很大，仿佛自己的力量离开了身躯。这时，她不但没有找出失败的原因，而是一味地钻牛角尖，认为自己在省里比赛一直高高在上，却在大的比赛中连第一局都未通过，她想不通，自尊受伤，自信减退。她在心里责怪着教练，流出委

屈的泪水，她的心态又变得反复无常。这时，一些老队员看到她无精打采的样子，便走近王聪，与她促膝谈心。王聪逐渐认识到了自己身上的缺点和不足的地方，她暗暗决心向有经验的老队员学习，调整好心态，重新开始，相信明天的太阳会更加美丽。

　　不经意间，又到艳丽多姿的秋季。2011年的全运会预赛开始了，王聪在武术散打比赛中获得了第三名，她自感满足。其实她可以拿到更好的成绩，可是她的老毛病又犯了，在场上竟给自己算分，抢分，脱离境界，造成该出击时不出击，该抱腿时不抱腿，结果自己的算分与裁判的算分不一样，教练特别生气，批评了王聪。

　　"你怎么在打？乱打，瞎打。"

　　"我怎么瞎打了？不是拿了第三名吗？"

　　"你完全能够拿第一名的，可就是心不在焉，你比赛时在想什么？"

　　"我没想啥呀，就想拼命地打倒对方。"

　　"你不要强调理由了，大家都看出来了，你还不承认？你就是思想不集中，搏斗的时候，讲究的是万念俱空，这才是战胜对手的秘诀。"

　　"我，我觉得攻不进去，对方防守很好。"

　　"那你后来的一脚是怎么得分的？啊？"

　　"我……"

　　"如果你利用身高臂展、速度快，多打变化拳的优势，多移动，完全可以点胜对方。"

　　"……"

　　教练的问话，王聪一时回答不出来了，但她心里仍然不服，情绪仍未平静，她的叛逆心理又复现，她一扭头，走了。教练看着眼前这个好胜心强，脾性犟倔，不听劝说的女娃，心里真是急呀。唉！羽毛未丰的雏鹰，翅膀还没硬呢。

　　接着是一场商业比赛，王聪的手被打成骨折。当时她的思想过于

集中，不知道自己受伤，坚持三局打下来，赢了比赛。下场时队员给她卸手套，她的手已经是有些变形了。到了医院，拍片检查，骨头断后又错位，必须接骨。接骨时的剧烈疼痛让王聪感到窒息，豆大的汗珠从王聪的脸颊上一滴滴的滚下来。疼痛难忍的王聪紧咬的嘴唇松开了，她发出撕裂般疼痛的惨叫声，震惊了楼层里所有的医护人员和病人。几个医护人员使劲地按住王聪的身子，她苍白的脸上毫无血色，满头汗珠比雨点还要大，在无法忍受的疼痛中，王聪晕了过去⋯⋯

王聪绑着石膏的手臂整天就像端着一把冲锋枪似的挂在胸前，来去走动貌似一个巡逻的哨兵，引来队友们的逗笑。王聪总在这时露出她那两颗可爱的虎牙冲着队友们"呵呵"一笑，但撕裂的疼痛却给她造成了心理阴影。

旧伤阴影还未消失，新伤却又接踵而来。

一次训练中，双方抱摔时，王聪的耳朵被挫伤，淤血灌耳，骨肉分离。伤口还未来得及处理，她就接到一个比赛通知。她无暇顾及受伤的耳朵，毅然决然的接受了挑战。

对手是一个美国选手，单单从外形上看便足以为观众带来极大的震撼，狰狞的面孔、健壮的肌肉、冰冷刺骨的眼神，常常未战便已令对手胆寒。加上美国选手是一个拳击运动员，也学过散打，实力较强。此时的王聪并未感到害怕，她是个不服输的人，在她人生字典里从来没有"害怕"二字。再说，多次在拳台上的锻炼，她以拳法多变凶狠而著称。

决战中，双方发挥得都不错，步伐灵活，速度都很快。两个技术流拳手的较量，对决更加锋利。逐渐，王聪的出拳命中率占有优势，美国选手想靠近王聪打，但王聪身手敏捷，组合拳打得很奏效。美国选手似乎感到等待的时间有些长了，一直没有抓到有利的机会。突然，美国选手发现了王聪一只受伤的耳朵，狰狞的面孔发出一阵冷笑，觉得机会来了。于是，对准王聪那只受伤的耳朵重重一拳，王聪立刻感

到"轰"一声，一阵眩晕，耳朵好像失去知觉。战况瞬息万变，情急之下，王聪镇定情绪，活动了下脖子，心想，决不能让对手再打那只受伤的耳朵了，否则，凶多吉少。

比赛接着进行，美国选手太想靠近王聪了，目的就是想打她那只受伤的耳朵。王聪一边避闪移动，一边用侧边腿、飞鞭腿攻击对方。而对方用挑衅的动作"恐吓"王聪，示意准备打你的耳朵了。王聪明白对手的意图，并不在意，正常发挥，继续攻击着对方。美国选手一次次对准王聪的耳朵出击，但王聪导弹般的直拳让对方无法近身，美国选手同样兼备了强大的爆发力，即便在王聪严守的情况下，始终对那只耳朵紧追不舍，一旦机会成熟必定狠狠下手。虽然美国人的攻击对王聪来说构成了一定威胁，但王聪心里也做好了充分准备，大不了耳朵再度受伤，也决不输给对手。就在王聪不断攻击之时，对手一个侧拳终于落在了那只又红又肿的耳朵上。充满淤血的耳朵再也抵挡不住重力的撞击！鲜血火花般飞溅四散！王聪的脸上、衣服上、短裤上、拳套上都是鲜血。血腥之气在擂台上弥漫开来。

场内静得让人窒息，观众没有想到鲜血迸溅竟有那么多怪诞奇异的模样，它像泉水一样喷涌，又像射矢一样疾射，也有刹间的支离破碎的图案。无论是什么样子，它都带着一种震撼人心的恐怖的视觉冲击！

血腥之气在擂台上弥漫开来，血光与灯光相互辉映，形成一种壮丽之美！

王聪被唤台下进行紧急包扎。队医告诉她不能再打了，赶紧去医院。教练也劝她放弃比赛。王聪说自己各方面状况还可以，不能放弃！队医说血流过多会休克，甚至会引起身体其他部位的不适。王聪说自己不怕这些，也决不会因此而退缩。队医告诫她，如果耳朵出血很厉害，或人感到不适必须停止比赛！

王聪怎能放弃？她就是个不服输的人，尤其不会输给外国对手，这就是她的任性!

王聪的耳朵和头部被白纱布包扎着,再次上了擂台,犹如战场上的女英雄临危不惧,傲然屹立,浴血奋战!

观众们沸腾了!全场观众都站立起来,呐喊着"王聪,好样的!""王聪,加油!""王聪,干掉她!""王聪,为中国争光!""王聪,你是英雄!"

尽管受伤的耳朵听不见,尽管头部被纱布裹着不适应,但现场的气氛让王聪血液燃烧,她抱拳向观众们行礼致谢。她举起拳头,告诉观众们,中国人决不退缩!

比赛继续开始,场内一片安静,所有的眼睛都死死盯住了擂台上的血腥搏杀。王聪沉着冷静,双拳紧握,她的眼睛告诉对手,你来吧,我不会怕你,今天就让你见识见识中国功夫!王聪生命里的潜力被激发,只见她时而左直拳右鞭腿,时而右直拳左踹腿,动作快狠准,一个右贯拳打击对方头部,一个右鞭腿袭击对方小腿,接着又是一个右踹腿袭击对方腹部,王聪把拳腿摔综合技术发挥得淋漓尽致。她把身体内的能量爆发出来,产生一股强大的力量,让美国选手连连退步,台下观众一片叫好!最终王聪获胜!

全场再一次沸腾起来,欢呼声震耳欲聋。"王聪,你是中国人的骄傲!""王聪,你太棒了!"高喊声在整个赛场里回响。裁判员举起王聪的手,激动的泪水夺眶而出。教练和队员们都为王聪顽强的毅力而感动。

铮铮硬骨绽花开,滴滴鲜血染红了她!

王聪觉得周围的气氛非常亲切友好,她站在擂台上微笑着,擂台下的观众纷纷跑到擂台上,争先恐后的与她合影,想把巾帼英雄的形象永远定格在记忆里。此时的王聪虽然像个假小子,但是少女般的腼腆显得那样的可爱。

王聪的耳朵还在流血，她被送进了医院。当医生解开被鲜血浸透的纱布时，立刻出现惊讶的表情，血肉模糊，耳朵没了？

啊？耳朵没了？王聪一阵惊恐。

"医生，我的耳朵真的没了？"

"看不见耳朵形状了。"医生表情严肃。

"那咋办？真没了，不就是破相了？"

"你耳朵怎么会伤成这样？"

"被打伤的，而且连伤两次。"

"怎么会打成这样？第一次受伤为何不及时来医治？"

"没顾上，就又上擂台了。"

"是生命重要，还是比赛重要？"

王聪没吭声，然后问医生："医生，我的耳朵还有希望吗？"

医生看了看王聪，放低声音，心疼的问："疼不？"

"不疼！"其实王聪的耳朵被纱布紧裹麻木了。

医生让护士陪同王聪到手术室进行治疗。王聪一听要手术，全身肌肉忽然抽紧，恐惧的颤抖起来，她好害怕，害怕极了，车祸后的手术以及接骨时的疼痛让她至今不寒而栗。王聪害怕的紧紧拽着两个队友的手（陪她一起来医院的女队友）不敢去手术室。队友安慰着她，鼓励着她，跟她说，如果不进行治疗，恐怕连最后一点希望都没了。王聪听后，哭着点着头，战战兢兢地走进了手术室。

尖尖的针头戳进一团肉里，一点点的把血抽出，一点点的抽，一点点抽，一点点……

耳朵开始出现形状了，耳朵有希望了，这对王聪来说是多么的重要啊！

病房门口和病床边拥着许多人，他们手里都捧着鲜花，他们都是比赛现场赶过来的铁杆粉丝，他们很关心王聪的伤情，王聪每一声惨叫声都深深扎痛他们的心，有些女粉丝哭喊着"王聪"的名字，还有

的粉丝拿着写有"王聪，我爱你！"的纸牌，场面令人动容。其中有一对夫妇，被王聪的顽强意志和拼搏精神所打动，便四处打听王聪所在医院，向她伸出了帮助之手，给予她生活中的照顾，王聪为之深受感动。

生命中所有的节奏总在一瞬间让你尝遍了各种的滋味，这种滋味就叫做经历。

肆

薄暮的空气温柔如水，微风摇荡，有稻草香味，有烂熟了山果香味，有甲虫类气味，有泥土气味。一切都在成熟。

经历了一些事后，王聪稚嫩的脸上增添了几许成熟，她开始进入巅峰时期。每天"三点一线"简单而枯燥的生活并未让这位姑娘感到空虚，她的生活变得丰富多彩起来，她有了初恋。尽管在规定中不容许恋爱，可谁敢说自己没有爱情呢？更何况青春萌动期，偷偷的约会，或互相投递钟情的眼神；微信上的问候，或发个示爱表情图；一句深情问候，或对着视频矫情，足以让一对恋人如痴如醉。正是这份情感，在王聪的心里留下了幸福的印迹。

为了迎接2013年的全运会，王聪全身心地投入到紧张的训练中。就在她为梦想努力而奋斗时，她的腰部突然感到不适，好像腰部长了个东西。她把此事悄悄地告诉了男友，说打拳用腿时总感到有阻碍。男友让她把此事告诉教练，最好能去医院检查一下。教练看后，觉得情况不太好，立刻让她去医院检查。

王聪决战"中国真功夫"

　　天有不测风云，受伤，痊愈，再受伤，再痊愈。每一次的痊愈好像都是为了下一次的受伤。王聪又要动手术了，如果不动手术，腰部的肿块就会引起病变，怎么办啊？王聪心急如焚，"老天总是跟我过不去似的，越是关键时刻越是掉链子。临近全运会，我怎能放弃呀！"开刀还是不开刀？纠结中，王聪拿起了电话征求男友的意见。自从恋

爱后，男友就成了王聪的精神寄托，大大小小的事情王聪都会告诉他或跟他商量，他就像大哥哥一样爱护和帮助着她。男友接到电话后，努力做王聪的思想工作，让她及时接受治疗，并告诉她，他会陪伴她身边。尽管王聪同意接受手术，但几次的手术留下的恐惧如利剑般穿心的痛。

就在医生准备动刀时，王聪的心脏突然变为30跳/分种，手术不能进行。怎么办？紧急关头，主治医生想了个办法，让护士与王聪说话，并且不断地逗王聪笑，这样可以使心脏加速跳动。就这样，手术在一说一笑的情况下顺利完成了。王聪对自己说："王聪啊王聪，说你啥好呢。"

在男友的陪伴和精心照料下，王聪度过了漫长的疗伤时期。

世事难料，事与愿违。王聪出院时，却不能走路了，腿上肌肉已经松弛萎缩，没有了力量。她忽然感到很害怕，伏在男友的肩上哭了，哭得很伤心。"我的坎儿怎么这么多呀？老天对我不公平，总是让我饱经磨难。"男友一边背着她一边安慰说："不要着急，好好安心养伤，我做你的拐杖，每移动一步，就是你的进步。经历了风雨后，相信你一定会再次在擂台上闪闪发光。"王聪听着，眼波中充满了感激，她把头伏在男友的背上静静地感受那份温热的爱。

梦幻又温馨的初恋，没有轰轰烈烈的浪漫，却有着淡淡留香。恋人的陪伴，真爱的付出，让王聪时时感于心，动于情。

由于腿部肌肉松弛萎缩，王聪要从初级训练开始慢慢恢复肌能，她要比其他人付出更多的努力。她的双腿软软的，半死不活的找不到感觉，她怀疑起自己是否还能继续练武，心里总在问"我是强者，还是弱者？""我行还是不行了？"她想知道答案，她也想到放弃。教练知道后跟她说："教练都没有放弃你，你为何要放弃呢？你不能放弃！越是逆境时越是要斗志昂扬！"教练的鼓励和细心教导起到了极其重

要的作用，她鼓足勇气，战胜自己，苦战训练。队友们训练结束后都走了，她仍然在训练场挥汗如雨。这一切教练都看在眼里，疼在心里。由于训练强度超极限，王聪出现嘴唇发紫，心脏不适的症状，她害怕自己又会出现新的病情。教练看到这样的情况，立即阻止她训练，必须休息。几天后，王聪感觉身体恢复了，与以前一样充满着力量，教练高兴之下，将复杂的技战术传授于眼前这位有着技击天赋和非常刻苦的队员。

　　然而，又有谁知道，在全运会散打比赛中，王聪接连几次被对手击中裆部。虽然戴有护裆用具，但重力撞击同样会造成伤痛。被踢裆后，瞬间的疼痛并没有让王聪举手暂停，如果此时举手暂停，大家就会知道被踢裆了。因为王聪怕羞。就在这种既说不得，又碰不得的疼痛中，她只有忍住一切，坚持到最后的胜利。下场后，王聪的腹部和腹部以下部位很疼痛，发现自己的隐私部位全部淤青并红肿厉害，走路也不能迈大步，只能慢慢移步。她不能直坐，只能侧坐或躺着。上卫生间更是一件痛苦的事，时而出血，她害怕血，伤痛让她流的血太多了，她躺在床上，咬着嘴唇，低低地呻吟，泪又流下。

　　对运动员来说，踢裆太正常不过了，但对女运动员来说，这是一件难以齿口的秘密。即使男女朋友或男女教练知道此事也不便多问，只有靠运动员自己来疗伤。王聪说："人生就是一场战斗，一种态度。每一个人都会有自己的擂台，即便自己遍体鳞伤，也不能畏惧对手的强大。怕，你就会输一辈子！"

　　弹指一挥间，世界锦标赛又开始向习武者们发出挑战。王聪接到集训通知后，既高兴又兴奋。她终于等到了这一刻，能代表中国参加国际大赛是多么荣耀的一件事情。

　　2013 年 11 月的吉隆坡，树木苍翠茂盛，风光绮丽，空气清鲜，令人心旷神怡。王聪在这样怡人的气候中训练感到很舒适，几场的比

赛都很顺利，王聪以踢拳功底和多次的实战经验胜出。

争夺冠军的比赛即将开战，国家队总教练张根学问王聪："是否作好准备？"

王聪坚定地回答："一切准备就绪！"

"有压力吗？"张总教练关心地问。

"压力肯定有，毕竟是第一次代表中国参赛。"王聪腼腆的实话实说。

"上了擂台要战胜的不是哪个国家的对手，而是自己。擂台就是个考验。"

"明白！"

"好，现在就把擂台交给你。"

王聪挥舞着拳头，很有气场地上了擂台。对手是意大利人，身体魁梧，显露出强壮的肌肉，是一个强悍的老队员。王聪采取主攻，她一个超强力度的蹁飞腿把对手给踢飞了起来，只见对手从空中狠狠地摔在了台面上。台下一片惊叫，王聪以为将对手 KO 了，正暗自高兴呢，谁知，就在王聪麻痹大意时，对手站起，冷静并看好时机，抓住了王聪的破绽，一拳向王聪的脸部打去，王聪冷不防后退几步，然后一屁股坐在了地上。顿时，王聪双眼直冒金花，耳朵也听不见了，仿佛喝醉了酒似的感到迷迷糊糊。裁判走到她跟前时，她冥冥之中感觉到裁判在对着她读秒，她恍恍惚惚地站立起来。实质上王聪是被打晕了，用运动员的话说，是小晕。王聪虽然站立起来了，但眼前还是看不清楚，短暂的失去了意识。她只看见对方的影子在向她靠近，她无意识地跺着脚，挥舞着拳头，吓唬着对方。

恍惚中的王聪已经不知道如何搏击了，但她这一动作，却让对手心头一惊，满以为自己的重力技击能使王聪无法站立。没想到，眼前的中国女孩不仅能站起，还依旧能作出正确的反应。强悍的意大利选手突然变得不敢出击了。就在这时，总教练张根学在台下大声对王聪

发出实战招数命令。王聪似乎有了些意识，她好像一个机器人一样，按照张总教练说的每一句话和每一个指导战术去应付着对手。王聪胜了第一局。

休息片刻，王聪虽然能看清对方，但还处于醉醺醺状态。总教练张根学让王聪深呼吸。并在台下不断地指挥着她："出拳踢腿，进攻防守，组合拳，提膝腿……"王聪一边按照张总教练的指示，一边靠自己坚强的意志去打这场关键的比赛。倒计时开始，双方开始了最后强力进攻，王聪突然清醒，在最后两秒钟，她挥舞直拳，快速飞鞭腿将对手打败。

王聪和张总教练紧紧拥抱，激动和感动的泪水从他们的眼里滑落。这是一场令人难以置信的胜利，这是一场冒险的挑战！当张总教练得知王聪在被打晕的情况下竟没有吭一声，仍然坚持到最后的胜利时，他睁大着眼睛，张大着嘴巴，简直不敢相信眼前这位女孩，意志力竟是如钢铁般的坚硬。

许多人都说命运可以决定一个人的一生，而王聪却认为，决定一个人命运的往往是性格，性格决定一切。王聪成熟起来，不断自勉自励，她的精气体力全都恢复到巅峰状态，从此，王聪开始在国内外大赛舞台上称王封后……。

伍

惊喜的消息传来，王聪还未度完假期，就背起了行囊来到国家队报到。

散打英雄筑国魂

这场赛事，是 2014 年中法建交五十周年，作为两国友好交流的一项非常规赛事。国家体育总局武术运动管理中心对此次交流比赛高度重视，出征前也为全队开了动员会。到了法国，王聪各方面状态极佳，尽管法国选手拳法很好，但王聪的腿法和摔法更胜一筹。随着法国巴黎的兰斯国家体育中心里传来一声声欢呼，一阵阵心跳，一次次震撼！王聪获胜！中国队以七战六胜的成绩完胜法方！

接着，国家队大集训开始，全力以赴备战 2014 年仁川亚运会。女子 60 公斤级别也是第一次入围亚运会。在实战训练中，王聪以熟练的战术和技能赢得了参赛权。当她的父母得知女儿代表国家参加亚运会时，既为女儿感到骄傲，又替女儿感到紧张。骄傲的是，自从女儿选择了体育道路后，没有放弃过，也没有失言。紧张的是，女儿身上多处是伤，不怕一万，就怕万一。虽然王聪从未把受伤的事情告诉过父母，但细心的母亲还是看到了女儿身上的伤痕。天下父母哪有不心疼子女的呀！

进入亚运会会场前，各国运动员都要穿上自己的国服。当王聪拿起西服套装裙和皮鞋时，她犯难了。她从小到大，从未穿过一次裙子和皮鞋。当她穿上裙子时，感到很别扭。咋看咋不顺眼。你说这人吧，运动时穿短裤露大腿没啥，可现在穿裙子露大腿咋就不行了呢？唉！咋办？她想了想，嘿，有办法了。她先穿好西服，再套上运动裤，然后再穿上西裙。她照了照镜子，毛刷子发型，西装套裙外加运动裤，配上一双皮鞋，觉得自己的样子很滑稽，她"扑哧"笑了起来，为自己的创意很得意。

"哈哈，王聪啊王聪，你这一身打扮是跟阿拉伯人学的吧？"队友们哄然大笑。

"我不习惯穿裙子呢。"王聪脸红了。

"女孩子穿裙子好看。不过，你这样穿也太另类了吧？"

"这样穿咋的啦，不就过过场嘛。"

"怕是这个场不让你过呢。"

"我不信。"

话刚落音，团队官员来了，看到王聪的穿戴，叫她立刻脱掉运动裤，没有商量余地。

真是好事多磨。比赛的那天，王聪的例假来了。她着急地责怪自己："你说这叫啥事嘛，早不来晚不来，偏偏这时来，怎么就这么不争气呢。老天总是折磨我，每次比赛总是让我流血。亚运会关系到我一生的命运啊。只能赢不能输，如果抓住了机会，王聪你永远是冠军。一旦输了，王聪，你啥都不是，以后这样的机会再也轮不到你了。"无形之中，所有压力都集中一起，王聪精神处于最差状态。

然而，第一场比赛就碰到伊朗强手，个子高出王聪很多，臂长腿长，王聪顿时紧张起来。再说，伊朗散手和中国的散打有着密不可分的师承关系，吸收了中国散打的优秀技击战术特点的同时，还有大批的中国散打教练去伊朗传授技艺。伊朗把中国散打同波斯的搏击技术巧妙结合，在技击战术特点上，吸收波斯搏击的精妙之处，日臻完美。加上伊朗散打运动员身体素质过硬、作风硬朗、技战术全面等优势，王聪压力很大，思绪很乱，加上生理期的折磨，身体发软没有力量，她的心情糟透了！

尽管张根学总教练及时给予思想上和战术上的指导，但到了场上，王聪的思想不能很好的集中，平时最擅长的动作和技术此时怎么样也发挥不出来。伊朗选手看出王聪的精神状态出现问题，心中暗暗自喜，上来就出招，一个正蹬腿，王聪心里"咯噔"一下，这招数不就是在一次中外散打切磋交流时我教给她的吗？真可谓活学活用呀。王聪一时没反应过来，待她反应过来时，伊朗选手的长腿已经技击到她的脸部，王聪快速闪避，伊朗选手又是一个侧踹腿进行攻击，王聪又一闪避，还是被蹭到了脸部。原本乱绪缠脑的王聪在对方迅猛的攻击下两腿变得更加慌乱，手脚显得笨拙，思想与行动脱节，不知道该如何去打。

此情，张根学总教练很明白伊朗选手的目的，想用腿法进攻压制住王聪，并将王聪 KO。这时，张根学总教练向擂台上的王聪喊话了。

"王聪，把手举上来，先保护好自己的头部和脸部。"

"王聪，别害怕她的长腿长臂，想办法挤进去。"张总教练就像一个将军亲临战场指挥作战。王聪混乱的头脑一刹间清醒过来。

"王聪，贴近她，把你不服输的精神拿出来，用你的直拳冲击她。"

"对，很好，就这样打，把粘贴搂抱缠的全部技能都发挥出来。"张总教练一边指挥一边鼓励着王聪。

王聪在张总教练的鼓励下，心中有股力量催促着她迈向期望的目标。此时，体内有一种温热之感，一定是迸发的血在流。蓦地，冥冥之中有一种神奇力量在王聪的全身蔓延，她一声吼叫，涌动着杀气。伊朗选手被王聪这一爆发力惊呆了，出现了瞬间迟钝。王聪便借对方这一空挡，飞出一个漂亮的鞭腿，正中对方的胸部。伊朗选手后退几步，王聪乘对方立足未稳，一招快似一招，拳脚并用，紧紧相逼。对方一退再退，王聪以惊人的毅力和技能，拳拳重击，威力飞腿，贴身快摔，充分演绎了中国武术散打的魅力！

她就是女子散打 60 公斤级别的第一人！她经历了一场血与火的考验！

她演奏出艰辛与汗水、伤痛与眼泪的命运交响曲！她用青春和热血书写着人生的瑰丽！

……

领奖台上，王聪看着缓缓升起的五星红旗，高唱着国歌，泪水夺眶而出，心中充满无比骄傲，怀有无限感慨！

 美丽女神

　　领奖台下，团队领导由衷地赞叹起来：王聪真像一个中国武术散打的形象大使！张根学总教练一边擦去满眶的泪水，一边大声说："她不仅是中国武术散打的形象大使,她更是中国武术散打的美丽女神！"

王聪个人战绩：

2013 年
全国武术散打锦标赛女子 60 公斤级冠军
世界武术散打锦标赛女子 60 公斤级冠军
年中国真功夫年总决赛女子 60 公斤级冠军
2014 年
仁川亚运会女子散打 60 公斤级冠军

DUJUAN
TIXUE

杜鹃啼血

神灵公主气宇轩，重伤之痛只等闲。

挑战极限擂台上，百强争霸勇克冠。

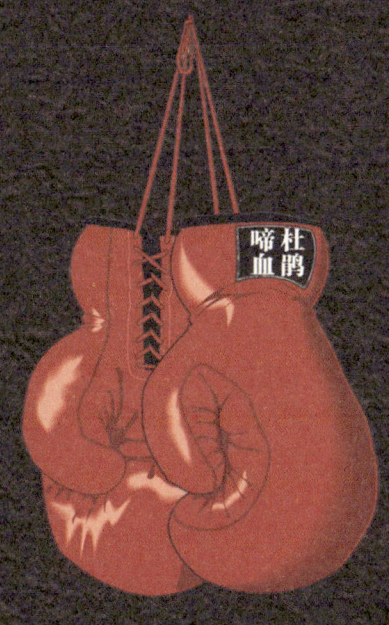

 杜鹃啼血

盛夏，正是收割玉米的好时节。

忙于收割的农人们被一望无际的金黄遮掩，只听到一阵阵"噌噌嘎嘎""咯吱咯吱"重叠的跫音混响声，在田野里流淌着大自然最纯真的演奏。此时，一个女童稚嫩的歌声从远处飘来。

> 春季到来绿满窗
> 大姑娘窗下绣鸳鸯
> 忽然一阵无情棒
> 打得鸳鸯各一旁
> ……
> 夏季到来柳丝长
> 大姑娘漂泊到长江
> 江南江北风光好
> 怎及青纱起高粱
> ……

这美妙的一刻，旷野上最本真的声息照拂着拙朴的灵魂与天籁之音相倾相融，犹如一幅油画，美轮美奂。

"玲玲——"一个农妇在田野边的喊叫声打破了美好的瞬间。

"嗳——"唱歌女童的回应声。

"走嘞——"

"来了——"

随即，"噜噜噜"的声音，田野里出现一个小女孩的身影。她肩上扛着一个箩筐，里面装有刚摘下来的玉米。她的另一只手不断地将玉米杆移开。红扑扑的圆脸蛋儿在太阳的照射下，就像熟透的红苹果。

"哎呦，我的丫头嗳，快把箩筐给我。"这位农妇是女孩的妈妈。

"妈妈，我能行。"

"让你少装点，你就是不听。"农妇边说边要接过女孩肩上的箩筐。

"妈妈，我可以的，你看。"女孩说完就扛着玉米箩筐小跑起来。

"你给我放下，太重会压坏身子的，你还小，正是长身体的时候。"

"妈妈，别家的孩子行，我也行。"

母亲只好摇了摇头叹口气，无奈中含有无限的怜爱。

她叫刘玲玲，小名玲玲。她的童年在烟台的一个农村度过。虽说她是六年级小学生，但她的体力比同年龄的孩子都强，在学校里是一名跑步运动员。她喜欢收割的季节，可以与爸爸妈妈以及村里的人一起享受丰收的喜悦，尤其是她可以扔掉手中的书本和作业，畅快的在宽阔的田野里唱歌。

玲玲与几个孩子在堆放玉米的空地上跳着橡皮筋，唱着歌谣。"小妹妹，长得好，脚又巧，两把剪子对着铰。铰了个鸡，满场飞；铰了个狗，满场走；铰了个小孩打滴溜。"正玩着带劲时，一个与玲玲同村同校同年级的女孩跑过来，

"玲玲，体育老师让你现在去趟学校。"

"叫俺有啥事？"

"说有一个武校校长来我们学校挑选运动员呢。"

"跟俺有啥关系？"

"体育老师推荐了你和俺两人。"

"啊？真的？"

"真的。"

"好，你等着我，我去拿自行车。"

玲玲骑上自行车，在希望的田野上飞快穿行。就这样教练选中了他们两个，到了山东中华武校，有两个项目等待着她们选择。一个是跆拳道，一个是散打。

"玲玲，你选哪一个？"同村女孩问。

"我也不知道呀。先看看人家选啥吧。"

"玲玲，大家都选择跆拳道呢。"

"散打是啥？怎么没人选呢？"玲玲好奇地问。

"就是啊，散打到底是啥？咋就没有一个人选呢？"同村女孩有着同感。

"你报啥？"玲玲问同村女孩。

"她们都报跆拳道，俺也报跆拳道吧。"

"那俺报散打吧。"玲玲想了一会儿决定选择散打。虽然不知道散打是啥，但她想了解和尝试新鲜事物。

武校新生都必须通过试训，然后由教练决定新生的去留。玲玲试训了一个月后，教练认为玲玲不仅有股拼劲，还特别能吃苦，悟性较高，决定把玲玲留下。

玲玲听到此消息，暗暗窃喜，脚步变得轻盈起来，高兴地把这一消息告诉了父母。可是母亲不同意，觉得孩子太小，又是女孩子，练拳打脚踢不雅，还是好好读书将来才有出息。玲玲原本的高兴劲儿顿时烟消云散。她跟妈妈好说歹说，决意要去武校，并告诉父母，这次属于特招，自己只要每年交800元的生活费，其它学杂费全免，机会难得。母亲仍然反对。僵持中，玲玲采取了不吃不喝的抗议举动。父母无奈，只好让步。

　　教练对玲玲母亲说："我能留下玲玲，她就如同我雕琢的一件极为精致的宝物，当雕磨完成之后，希望这件宝物能够发光，让人人称赞。"虽然母女俩对这一席话似懂非懂，但玲玲较好的体能和刻苦精神使教练非常看好她的前程。

　　这些 12 岁左右的孩子哪里知道，他们的教练竟是个"魔鬼教练"。每天训练跑步 10×400 米，天不亮就起床跑，下雨下雪也要跑，要求运动员速度要越跑越快。还未来得及擦拭额头上的汗水，教练就会严厉的命令运动员开始下一个训练项目，不合格者罚练罚跑，偷懒者进行体罚。小小运动员们筋疲力尽，有的后悔莫及，有的怨声怨气，她们真的是遇上了心不慈手不软的"魔鬼教练"。但是，玲玲没有怨言，她每天不停地跑，越跑越快，越跑越轻松，觉得自己的身体快飘起来了，好似武打电影里的大侠一样腾空而飞，这种感觉给玲玲带来无比的快意。"魔鬼教练"特别喜欢玲玲这种与生俱来的吃苦耐劳精神。

　　两年的封闭生活就这样过去了，玲玲非常想念家人，父母也很惦念女儿。一次，玲玲正在训练，转身时，突然发现父母站在门口，她一阵惊讶，然后，她奔跑过去，一声"爸妈"，一家三口高兴的泪水盈眶。父母看到女儿训练时的艰苦，很是心疼，但玲玲已渐渐习惯了这样的生活，喜欢上了这种节奏，迷恋上了散打。后来，玲玲得知父亲生病了，母亲陪同到烟台市医院就诊，顺便来看看玲玲，还给玲玲带来自家出产的苹果、红枣和核桃。玲玲看到父亲的脸色暗黄，精神不如以前，非常担心父亲。父亲说没啥大病，母亲话到嘴边又咽下。其实，父亲已被查出肝癌晚期，为了不影响玲玲的学习和训练，父母也就隐瞒了病情。

　　父母走后，玲玲一直想念着亲人，尤其是父亲那张暗黄的脸和不振的精神，让她非常担忧。一天夜里，玲玲翻来覆去睡不着，总感觉家里要发生什么事情似的，产生一种不祥的预感。她很想回家看看。

第二天，她向教练请假说想回家看看，未获批准。玲玲心里很烦闷，总觉得有一块石头堵在心里慌慌的，影响着她的情绪和训练。晚上，玲玲做了一个梦，她感觉那不是梦，从某种意义上说不是。她越想越觉得不对劲儿，不行，必须回去！于是，玲玲不顾一切的跑出了校门。

数九寒天，冰天雪地，刺骨的寒风钻进玲玲的身体里如刀割一样的疼痛。玲玲走到电话亭给县城打工的姐姐打了个电话，说自己想回家看看父母，但身上没有钱坐车。姐姐让她先坐车到县城车站，姐姐在那里接她，然后把钱付给司机。就在玲玲站在寒风中冷得直哆嗦时，一位摩托车司机来到她跟前，问她是否愿意坐摩托车去县城？玲玲看了看摩托车师傅，犹豫了片刻，便点了点头。摩托车师傅看到瑟瑟发抖的玲玲，便把自己身上的军大衣给玲玲裹上，然后脚一蹬，"呼"一声，摩托车飞快的向前驶去。

很多人都说，亲人之间容易有心灵感应。当玲玲跨进家门，躺在床上的父亲奄奄一息，看到玲玲时脸上露出了微笑，然后一直握着玲玲的手，无助地躺在病榻上。

生命在父亲一寸寸消瘦的肌肤、一根根枯萎的血管、一步步僵直扭曲的身体里慢慢流逝，无论全家人如何地尽心竭力，但还是不得不眼睁睁地看着病魔一刻不停地吞噬着父亲的躯体，眼睁睁地看着生命一点点离开最亲爱的人却束手无策。

寂静的深夜，寒风呼呼的吹。玲玲的手一直被父亲紧紧握着。时间一秒秒的过去，父亲的呼吸变得急促，逐渐失去思维，失去了意识，失去了肌肤，失去了血液，失去了他所能失去的一切，最终带着微笑离开了人世。

啊——啊——！

玲玲哭得几欲虚脱。就是这样的心灵感应，就是这样的父女连心，老天让父亲和女儿见上了最后一面。一切来得很突然，上次和父亲见面时，他还好好的，可阔别短暂的几个月，父亲说没就没了，玲玲难

以接受现实，但不得不去接受这样的现实。她一直跪在父亲灵堂边，看到父亲仿佛在沉睡中，如此安详、宁静、坦然，几十个春秋就这样画上了生命句号。生命太脆弱，生命太短暂！父亲没有留下只言片语，就撒手人寰了，人生如此好像没有圆满，留下诸多遗憾，让生者永远难以忘却啊！

逝者已矣，生者如斯。玲玲带着悲痛返回到训练场上，她化悲痛为力量，她暗暗发誓，一定要做一个令父亲骄傲的人！

乌云散去，阳光灿烂。春天来了，百花盛开。

四年后，玲玲和几个运动员来到江苏省专业队进行实战训练，当看到那些专业队的队员做出漂亮并且专业的动作时，她心里不由自主地犯嘀咕，害怕自己不行。

再说，她在学校和武校里，从未输过，成绩都是名列前茅。今天，看到来自各

生活中的刘玲玲

地的队员实力都比较强，她感到特别紧张。她有些胆怯，开始退缩。一个女队友鼓励着玲玲，你肯定行！别害怕，你越胆怯，越发不出力量。玲玲觉得自己从来都没与强手打过，不知道该怎样打。女队员让玲玲别想太多，自己该怎样打还怎样打，别小看自己，那些对手也没啥了不起的。

玲玲在队友的鼓励下，鼓足勇气，走上了实战演练的擂台。她稳住自己的情绪，发挥自己的技能，几个回合打下来，玲玲的表现超乎教练的想象，一致认为玲玲的抗击力和应变能力发挥得很好，便决定把她留在江苏省专业队。

跟许许多多运动健儿一样，玲玲的路还很长，她走过的路只是长征的开始，目标还在远方，还需要更大的勇气和信心去面对，去拼搏，因为前面还有更大的使命需要去实现。

玲玲在系统训练中，逐步掌握了拳与步法的特点和用法。

步不活则拳乱，步不快则拳慢。步法在拳术中占据着十分重要的地位，因为步法起着调动周身各个部位以实施各种技击战术的重要作用。技击中的进攻后退，拳打脚踢，肩顶臂撞，无不倚仗步法来保持自己重心的稳定，还要靠步法的变化来动摇对手的重心，破坏其平衡。步法对，拳脚则顺，步法精，出势则疾，进退则灵。步法是协调手法、身法、腿法的基础。步法练好，才能保证手法、身法、腿法的施展运用。懂得了特点和用法，玲玲运用起来也就相当顺手。

都说十六岁的花季，十七岁的雨季，十八岁的梦季。玲玲的梦确实多了起来。自从父亲走了以后，她经常梦见妈妈一个人在农田里劳作，梦见妈妈在果园里摘苹果，梦见妈妈一头银发站在田埂上张望。只要梦到母亲，她都会哭着醒来。这些梦萦绕着她，让她常常发呆，心不在焉。几次想跟教练请假回家探亲，但话到嘴边又咽了下去，怕听到"不同意"三个字而感到伤心。有天夜里，玲玲几乎整夜没有入睡，感到母亲的眼睛一直注视着她，对她微笑。玲玲实在忍不住了，她思母心切啊。于是，她走到教练跟前请求批准探亲假，可是未能获得准许。玲玲的心情糟透了，抑制不住的泪水夺眶而出。此时，玲玲心里只有母亲，什么训练呀，什么前途呀，这些对她来说统统不重要了，她决定不辞而别。

　　玲玲这一走，引起了教练的强烈不满，觉得这孩子性格倔强任性，说走就走，没有组织纪律性，这样会把自己的前途给毁了。教练心急之下，与玲玲的启蒙老师取得了联系，启蒙老师得知后，到处找，派人找，都未找到。

　　玲玲披着充溢着阳光香泽的长发,面颊上是太阳裸露的炽烈，奔跑，奔跑在黑色的沃野，回到了阔别已久的家乡，投入了日思夜想的母亲怀抱。妈妈问及为何回来？她说舍不得妈妈一个在家，回来陪伴妈妈一起生活，帮助妈妈种田收果子。说完，拿起箩筐就到果园里收果实去了。玲玲清悦如银铃的歌声又在田野里飘荡。

　　"大婶，你家玲玲长成大姑娘了，人不仅长得俊，歌也唱得好听。"一位农妇夸奖起来。

　　"这孩子就爱唱歌。"玲玲妈微笑地迎合着。

　　"玲玲是个懂事孝顺的孩子，你当娘的好有福气。"另一个农妇说道。

　　"呵呵，俺闺女力气大，做啥事不觉累。"玲玲妈乐呵呵地说。

　　"玲玲妈，你看闺女都十八了，该给她找个好婆家了。"

　　左邻右舍你一言她一语夸着玲玲，还七嘴八舌的给玲玲说亲。玲玲妈更是喜欢在心，心里也在琢磨着，过年里给女儿相相亲，找个好婆家，早点把亲事订下，也好给天堂里的老伴有个交代。

　　正月里的一天,玲玲正在同村的一个女孩家看电视,女孩跟玲玲说: "听俺娘说，过几天，有人要给你提亲呢？"

　　"啊？啥？给俺提亲？"玲玲吃惊的张大嘴巴。

"你不知道？村里人都在说这事呢。"

"俺娘没说这事呀？你不会是听错了吧？"

"哪能听错呢，据说提亲的那户人家公子在县城邮电局里工作，听说人还长得挺帅。"

"管他哪里工作，管他长啥样，俺不愿意相啥子亲。"

"要不，你回家问问你娘去？"

"待会儿回去问。反正俺不想这么早就订亲。"

"玲玲，你出去了几年，是不是有心上人了？"

"哪有啥子心上人，体校管制很严呢，不许谈恋爱，不许请假，要不是俺想娘了，偷着跑出来，恐怕现在已经在比赛场上了呢。"

"啊，还不允许与异性运动员接触？"

"那倒不是。"

"如果与男运动员有了感情怎么办？"

"俺不知道，俺也没想过这事。"

"玲玲，俺也想出去打工，也不想过早的嫁人。"

"那你想好去哪里了吗？"

"俺有个表姐在上海，俺想去找她。"

"上海可是个国际大都市呀，听说，在上海餐厅里打工每月就能挣两三千块钱呢。"

"真的？那俺明天就跟表姐联系联系。"

……

玲玲从女孩家里出来后，并不想急着回家，她在村里转悠着，脑子里重复着女孩说起的"提亲"一事，心里想，如果提亲真的成为现实，自己就永远待在农村了，生儿育女，相夫教子，完成对家庭的义务和责任，如果这样只能与理想和追求挥手告别了。

虽说自己在外待了几年时间，还未尝到真正的城市生活滋味，但城市的品格和特质以及城市人的生活方式，给她留下了深刻的印象，

也让她对将来的生活产生了向往和追求。虽然思母心切而违纪离开了专业队，但心里依然喜欢刺激的搏击运动。玲玲此时的心情开始纠结起来，她独自在田埂上徘徊着，犹豫着，思量着。当她走到电话亭前时，突然停住了脚步，想起正月里还未给启蒙教练拜年呢，于是，她拨通了启蒙教练的电话。

启蒙教练听到玲玲的电话后，火冒三丈，把玲玲劈头盖脸地骂了一通，说她不珍惜，不争气，毁了自己的前程等等，让玲玲大气不敢出一口。待教练骂完，她才松了口气给教练拜年祝福。这时，教练骂完气也消了一大半，口气稍微平和的鼓励着玲玲，让她不要放弃，几个教练都看好她，只要坚持，才会有前程，才能报答父母！教练还跟玲玲说，他在辽宁省队代课，让她跟他去辽宁。玲玲听后，感到很对不起教练，教练不仅没有放弃她，还依然对她充满着希望，她很感动，从内心里感到很愧疚。再说，教练让她去辽宁，也正合她的意愿，她不想也不愿就这么把自己给嫁出去。她决定再次离开母亲，重返擂台。

青春是红色的，青春是任性的，青春能弥补一切。

玲玲重新拾起自己的梦想，年轻人那种热烈的血液又在她身上欢畅的激荡起来。她折了一朵粉色野菊花插在了发髻上……

陌生的城市，陌生的场地，还有陌生的人。

玲玲来到了辽宁队，很快融入了这个团体，并且更加坚定了自己的信心，因为她知道理想要从这里起飞。

可是，谁知这成长之路是如此的一波三折。

玲玲到辽宁队的第一天，就开始了实战训练。对手是个老队员，也是国家队女将。对手一出拳，玲玲就感到力量非凡，还未接招，嘴上就挨了重重一拳，血从嘴里流了出来，她觉得自己的牙不对劲儿，就用手摸了摸，上门牙倾斜了进去。对手问是否要紧，她说不要紧。说完自己就用手把门牙掰正，继续对打。还没打两下，嘴上又被重击一拳，她立刻捂住嘴巴，好痛啊！满嘴血腥味，血顺着指缝流了出来。玲玲感到牙齿不对劲儿，吐出一看，牙不仅被打掉了，门牙也碎了。对手赶紧说对不起，玲玲捂着嘴巴含着鲜血说，你的功夫真厉害，竟能把牙打碎呀，对手哭笑不得地陪不是。

到了医院，打上麻药，然后看到医生拿着一把牙钳，她害怕的闭上眼睛，只听到张开的嘴巴里"咯兹咯兹"，然后吐出一大口一大口血，牙根被拔了。玲玲站在镜子前一照，我的天啊，门牙开门了。

玲玲长得很清秀，面容白皙丰润，两眼水灵有神，唇红眉翠，一笑露出洁白的牙齿，还有两个浅浅的酒窝，漂亮可爱。现在可好了，牙没了，嘴唇肿肿的，真难看，心中有苦真的说不出。她忍着疼痛继续训练，双手总是护着嘴巴，唯恐牙再被打掉。

谁知，一波未平，一波又起。

与男队友对打时，他们的力量比女运动员的力量大出几倍。玲玲护着头，护着脸，护着胸，结果还是没有躲过这一劫，她的乳房被狠狠地打了一拳。虽然玲玲带上了护具，但重力击打还是让玲玲一阵剧痛，不由自主地捂着乳房弯下了腰。男队友赶紧问，没事吧？玲玲怎么好意思说有事？当然说没事。玲玲刚站直身子，乳房又被击中，啊——啊！好痛好痛啊！男队员不好意思的说抱歉，玲玲只好连声说没事，没事，缓缓就好了。可心里却在想，你咋这么狠呢？明知道刚才被你打了乳房，接着还盯着打，八成是故意的吧？玲玲乳房红肿了，有了一些肿块，疼了好几天，咬紧牙关吧，门牙漏风。揉揉乳房吧，又怕羞，唉！

真倒霉。

2010 年的一天，玲玲接到比赛通知，她非常高兴，终于可以登上正式擂台了。为了在比赛擂台上更好地表现自己，玲玲争分夺秒、一刻不息的全身心投入到备战中。

由于兴奋和紧张，玲玲在强烈训练中突然感到身体不舒服，手脚抽搐，晕倒在地，但她嘴里不断地说着："坚持，我一定要坚持，坚持到底就是胜利！"可想而知，比自己生命更为可贵的是理想，理想能使人勇敢而无所畏惧。

玲玲身体恢复后，立刻投入了比赛，这是她第一次正式在擂台上亮相，各方面的状态都非常好，她做好了充分准备。可是，就在她即将上擂台的时候，却碰上了一件令人非常不愉快的事情。教练叫她比赛时做出"谦让"，玲玲不明白其中含义，但是教练的话不得不听，只好在不明不白中做出了"谦让"。

玲玲原本一颗激情火热的心顿时冷却，她站在角落里很难受很委屈的哭了。她那敏感的神经不免对这种具有神秘色彩的"谦让"产生了猜测和想象……

几天后，玲玲郁闷的心情逐渐平静下来，她把那些苦闷和不快都藏在心底，当做生活的历练，然后微笑乐观从容应对这个世界。玲玲振作精神，把所有力量都放在了训练上，她要好好储备能量，坚信下一次女子 56 公斤级别冠军非我玲玲莫属！

不是一番寒彻骨，怎得梅花扑鼻香。果然，成功属于有准备的人！2011 年全运会上玲玲获得了冠军，同年，玲玲进入了国家队，成为一名国家队散打女将，她敏捷的身手和出色的技术让她赢得了更多专业人士的肯定。

为了迎接第十一届世界锦标赛，国家队总教练张根学亲自代课，他不仅在战术上指导学员，还在心理上给予疏导以及告诉学员们武德

精神。他说："遇敌有主，临危不惧；敢打必胜，勇往直前。在搏斗中，精神力量是战胜对手的重要因素。"学员们听后，个个斗志昂扬。

接着张总教练一边说一边做着示范动作。"在技击中，手与脚应当紧密配合，各司其职，一齐出动，攻防同时进行，也就是上下齐到，左右夹攻。手攻上，脚攻下；手攻上，脚防下；手防上，脚攻下。手脚相随，手领脚发，脚出手到。攻中寓防，防中寓攻，攻防兼至，这才是取胜之道。如果手脚不会配合，单一出击，踢腿时，双手回拳位不动，击拳时，两脚立定不移，那就破绽百出，必输无疑。"学员们个个目不转睛，流落出对总教练的敬仰之情。

最后张总教练说："习武者当立志，人无志事不成。强中自有强中手，莫在人前自夸口。"话音刚落，学员们热烈鼓掌，一致认为是一堂及时课，豁然开朗。玲玲受到了很大启发和莫大的鼓舞，她很佩服眼前这位"铁打"的教练，他对事业的执着和对散打的痴迷，深深感染了她。尤其是张总教练深厚的武功和谦逊的态度，让所有人五体投地，肃然起敬。也正是张总教练传授的经验和悉心指导，让一批批优秀的散打运动员登上了世界巅峰。

玲玲何尝不想成为一名世界冠军呢！她认为，尽管在国家队训练中超出强度，超出负荷，但是科学的训练方式能促使体能和技能上的大大提高。这些不仅让她学习了很多东西，也逐渐积累了实战经验。希望就在前方！

临近出国的日期越来越近，玲玲不免担忧起来，自己正常的例假也就在这几天里，她害怕在关键时刻不给力，会影响比赛，尤其是痛经。她不断地自言自语着："红姐，你快点来吧，求你了！"求着求着，红姐来了，玲玲好高兴呀。可是，高兴之余，严重的痛经让她在床上来去翻滚，小腹好像被拽下的疼痛。

再说，集训期间一律不准请假，痛经厉害者可以不做动作训练，但必须待在训练场内看其他运动员训练。玲玲捂着肚子蹲在地上，难

忍的痛经让她面色苍白，阵阵恶心，同时也伴有乳房不能触碰的胀痛。豆大的汗珠滴在地上，身上的衣服一件一件被汗水湿透。回到住宿，她不断用暖宝宝敷着小腹，热敷的肚皮上全是汗珠和红疹，深红的血块从子宫里喷涌而出。每月这样的疼痛简直让玲玲有着生不如死的感觉。医生说这是寒气引起。

　　其实，玲玲在进入散打队前，没有痛经现象。自从当了散打运动

擂台上的刘玲玲

员之后，赤着双脚训练和比赛，经常喝着凉水等，因此，寒气引起痛经使玲玲倍受煎熬。这样的疼痛又何止玲玲一个呢？为了避免比赛当天碰到月经期影响状态，有些女运动员就会服药打针，据说可以推迟月经周期（常吃这样的药和打这样的针会有很大的副作用），也有些女运动员经期紊乱，早不来晚不来，就在比赛那天，看到如约而至的一抹红。无奈无力啊，女人呐女人！

要登机了，玲玲按捺不住激动的心情，世界锦标赛，我准备好了！土耳其，我来了！

玲玲第一次面对国外选手的挑战，心里不免有些紧张，她的对手是越南国家队选手，技术比较强硬。

虽然玲玲是新手，但她的拳腿摔的基本功非常扎实，加上她的反应和速度令人叫好。可是，她上了擂台，手脚却有些发抖，紧张的拳脚发不出力量。越南选手眼睛里露出逼人的锋芒，这分明就是不"友好"的目光。越南选手毫不客气的一个踹腿击中了玲玲的鼻子，又一个踹退击到她的下额，就在她闪避的同时，张根学总教练发出提示命令，让她缓过神来。玲玲瞬间调好心态，使用腿法和抱摔组合进攻，占得先机。对手同样也是不落下风，在抵挡住玲玲进攻的同时，拳腿结合反击。玲玲一个转身挥拳击中对手面部，对手快速避闪，玲玲紧接着一个侧踹腿踢中对手的腹部。

对手并没有被这样的击打所震慑，依旧稳中带狠以追击的态势发起进攻，而玲玲打闪结合，同时以转身鞭拳发起突袭，以出色的技战术有效地遏制住对手的长处并以快摔法击败了对手，赢得了胜利！

玲玲激动地拥抱着张总教练，老师，我赢了！张总教练说："打得非常漂亮，你是好样的！"

玲玲含泪望着缓缓升起的国旗，心里默默地说："爸爸，你看到了吗？你女儿已经站在了世界的领奖台上，为祖国争光了。"玲玲走下台第一个电话打给了妈妈。母亲听到消息后，高兴地哭了，所有牵

挂和心疼并成一句话，你没受伤就好啊！真是，儿行千里母担忧！

这场胜利之后，玲玲被更多的武迷所喜爱，并给予她"神灵公主"的美称。

玲玲在"公主"皇冠的映照下，感觉自己体内有股奇异的力量在涌动，仿佛一把熊熊的火炬在燃烧，形成心境和武力的融合。这种力量慢慢地向四周散发，准备新的一轮冲击！

2012年10月，第六届世界杯武术散打赛在福建武夷山市举行，代表国家队出战的刘玲玲一路过关斩将，勇夺56公斤级冠军！此时的刘玲玲正处在最出彩的巅峰时刻。

创造奇迹，全靠一颗不屈不饶的心。

刘玲玲就是在不屈不饶中度过自己的每一天每一秒，每天万米跑步、击打沙包等项目的刻苦训练，她不仅没有叫一声苦，而是越练越猛，越跑越快，她深深知道，即使取得了荣誉和成绩，那只是新的开始，前方的路依然艰难，无限风光在险峰。

就在玲玲与往常一样，在操场上跑万米时，突然，她感到胸口一阵疼痛，喘不过来气，她以为跑的速度太快，就坐下休息片刻。过后，觉得全身无力，双腿发软。玲玲以为是最近训练强度大的缘故，睡上一觉就会恢复的。谁知，走走路就觉得气喘不过来，打打沙包就感到胸口不舒服，跑步还不到一分钟，就有虚脱感觉。玲玲感到心衰力竭，便去医院就诊，检查结果是心肌炎。

天有不测风云，人有旦夕祸福。必须！立刻！停止训练！

玲玲每天吃药、打针、点滴，手打肿了，就打脚，青一块紫一块。身体的变故给玲玲带来思维的混乱。也许，以后自己不再能搏击了？也许，这是上帝的安排，让自己的散打生涯就此止步？也许……玲玲处于迷惘、软弱、绝望的情绪中。

教练的问候，队友的安慰，温暖着玲玲这颗脆弱的心。胡思乱想不能解决任何问题，除了药物，就靠自己来疗伤，必须提起精神，与

疾病战斗到底。玲玲除了去医院打针，就是卧床，要不就是看队友们训练，要不就绕着小径慢悠徒步，倒也像个清心寡欲的人。这样周而复始，延续半年。

肆

秋天，天高云淡，阳光和煦。

玲玲经过治疗后痊愈，她又重新出现在训练场上，她要恢复全身的技能和体力，她要让大家看到全新的自己。

"教练，我要参加比赛。"玲玲意志坚定地跟张学根总教练说。

"你身体行吗？痊愈没有？"张总教练关心地问道。

"身体好了，没问题。"玲玲说完打了两个直拳给教练看。

"要不要让医生鉴定一下，看你是否能参加比赛？"教练还是有些担心。

"不痊愈能让我出院吗？"玲玲做了个调皮动作。

"嗯，那好，比赛那天，你把所有急救药都带上。"看出张总教练的细心和周到。

"好的，我知道了。"玲玲做好了一切心理准备。

第十二届世界武术散打锦标赛开始了，在玲玲上场前，张根学总教练走到她跟前，问是否做好准备？玲玲说："老师，我准备好了！"接着，张根学总教练亲手为玲玲带上护头帽，并对她说："加油！"

玲玲上场了，粉丝们呼喊着"神灵公主，神灵公主"。玲玲喜欢这个美称，她长长的发丝高高挽起，在脑袋后轻轻摆动，擂台上的强悍，

掩饰不住青春少女含苞欲放的风采。

"嘟嘟嘟"三声清脆的哨声，裁判员宣布比赛开始。只见玲玲挥舞着拳头，跳跃着步伐，看准时机准备进攻。对手双拳抱在前面，原地来回跳跃，准备随时出击和防御。玲玲巧妙利用自己身法敏捷的特点，迅速靠近对手，一记勾拳打在对方的脸上，对手被击中后，急忙凝神静气调整战术，向玲玲发起猛烈攻势。玲玲躲闪之余，寻找着对方的漏洞。忽然，对手的脸上露出了一丝残酷而诡异的笑意，然后，以快速的重直拳打在了玲玲的胸口。眼前一片黑，呼吸困难，天旋地转，玲玲站在那里一动不动，根本没有办法移动，她的胸膛突然向后陷落，然后慢慢地倒下了……

这一刻令人心悸！看台上每个人都目瞪口呆的僵立在原地，非但说不出话，甚至连思想都因这一击而停止。如果用慢镜头回放，这样的场面定会给观众造成难以忍受的漫长心理压力，从而塑造出英雄气概和擂台残酷相统一所产生的动人场面。

肆意的灯光，撕裂了幽暗的夜幕。天地间忽然变得没有了声音，甚至连呼吸声都已经停止。

玲玲倒下了，倒在了阔别半年已久的擂台上。顿时，所有教练和队医以及队友全部涌向了擂台，将玲玲团团围住。玲玲无法动弹，直直的躺在擂台上，眼睛看着张根学总教练，泪水从眼角流下。

一首歌词里这样写道：

在黑暗与黎明之间
你来不及道别
只留下不舍的泪光
思念的烛光点燃了星空
殷红的烛泪滚落在历史的面庞
我要飞我要飞

向自由向光明的天空飞翔

哪怕倒下最后的笑容

"玲玲，你能听到我说话吗？"张根学总教练心疼地问。

"……"玲玲有意识，但说不了话。

"玲玲，如果你能听到，就稍微点下头。"张根学总教练急切地说。

"……"玲玲微微点了点头。

"你能看见我们吗？"张根学总教练又问道。

"……"玲玲微微点了点头。

"赶快送医院！"队医急切并大声说。

救护车一路鸣叫，驶向了医院……

玲玲躺在病床上不断地哭着责怪着自己，"我太丢人了，太丢人了！"

病房，寂寞难忍。没有对手，没有挑战，生命似乎失去了动力。

不行！我必须站立起来！必须挑战生命的激情！

玲玲在接受治疗的过程中，没有放弃臂力和腿力的锻炼，她渴望着自己能够快一点好起来，早日重返擂台，她做梦都在想。没多久，玲玲的病情和体力差不多已经完全恢复,她有足够的信心去面对一切！有一位名人说过这样的话：高尚的人重视荣誉胜过生命！生命，像风雨后的彩虹，经过风风雨雨的洗礼，才愈发绚丽。坚持是毅力，坚持是灵魂，坚持是百般地敲打和磨练。

玲玲倒下，再次站起！她用生命诠释运动，挑战极限！

人生能有几回搏？此时不搏，更待何时？2013年，中国真功夫百强争霸赛上正在进行女子中量级的决赛，玲玲迎战江苏选手，比赛一开始玲玲就抓住对手急于进攻疏于防守漏洞，两次摔倒对手；第二局玲玲在与对手的一番对攻之后，一个背摔将对手掀翻在地；第三局对

手拳脚组合进攻，但是玲玲技术更加全面，摔法干净利索，始终控制住场面，最终三个回合下来，玲玲以较大点数优势获得冠军！

2014 年，全国武术散打锦标赛在长春开战，女子组比赛非常激烈，玲玲在观众的欢呼声中华丽登场，在一片加油声中，玲玲获得中量级的冠军！紧接着 2015 年世界锦标赛上，玲玲又获得女子散打 56 公斤级冠军！她带着荣耀和豪情回到母校（莱州中华武校）看望领导、老师和教练。玲玲自豪地说："这几年的努力，赢得了一些荣誉，这都离不开母校的栽培。'吃水不忘挖井人'，之所以选择感恩节这天回母校看望恩师，就是要表达我对母校和老师、教练的感谢。看到母校今天的发展壮大，当学生的感到很自豪！"。

三次摘得世界级桂冠的玲玲，从一个优秀队员成为了一名国家散打队队长。她没有辜负教练对她的栽培，她勤学苦练，不怕伤痛，不仅在几次重大比赛中取得了好成绩，而且在《中国真功夫》的擂台上将女子散打力量完美呈现。正如张根学总教练在比赛现场为选手们精彩点评时说道："刘玲玲是一个连的兵力，她就是一门大炮，架在那里。"

玲玲，你以顽强的毅力在疼痛中奔跑，在疼痛中微笑。你如战场上的一面旗子，鲜得血红，飘得逸然！你站在中国梦想的舞台上，你站在世界的擂台上，华丽出彩！

新年的钟声敲响，一首《抢不走的梦想》从远处飘来。

我跑向风浪呐喊我不怕
任谁也抢不走的梦想
多累也在黑暗中发着光
要够盼望就会有能量
去跨越阻拦的围墙
……

任谁也抢不走的梦想

我可以不说但不会遗忘

要够痴狂才不会衡量

敢冲过火海去成长

这条路慢慢有阳光在绽放

那些伤慢慢变金色的奖章

……

刘玲玲个人战绩：

2011 年
全国武术散打锦标赛 56 公斤级亚军
全国运动会武术散打女子 56 公斤级冠军
获土耳其世界武术散打锦标赛 56 公斤级冠军
2012 年
第六届世界杯武术散打女子 56 公斤级冠军
2013 年
第十一届世界锦标赛武术散打女子 56 公斤级冠军
中国真功夫武术散打争霸赛女子中量级冠军
2014 年
全国武术散打冠军赛女子 56 公斤级冠军
全国武术散打锦标赛女子 56 公斤级冠军
2015 年
全国女子武术散打锦标赛 56 公斤级冠军
2016 年
全国女子武术散打锦标赛 56 公斤级亚军
第八届世界杯武术散打比赛 56 公斤级冠军

HEIMA
WUSHEN

黑马武神

武学之路探浮沉，踢打摔拿几回拼。
图强搏击呈异彩，黑马精神筑国魂。

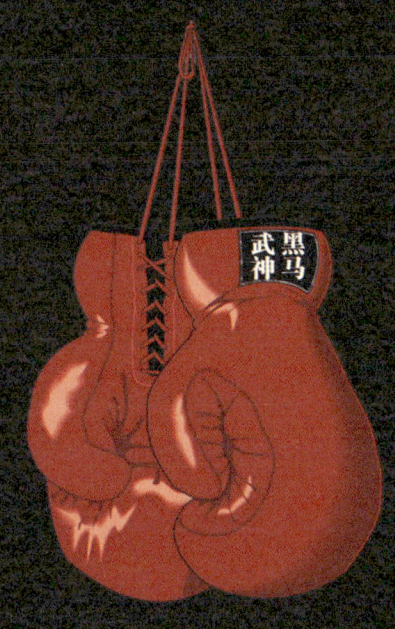

春运尾声，丰县火车站依旧人潮涌动，人声鼎沸。尤其是售票窗口前，人来人往，水泄不通。

有两个十二三岁的孩子在人群里钻来钻去，挤到售票窗口，引来众多人的不满和指责，两个孩子也管不了那么多了，此时，他们心急如焚。其中一个孩子问售票员："去北京的车票还有吗？"窗口传来女售票员的声音："没有了，坐票站票都卖完了。"两个孩子失望地离开了售票窗口。

这时，一个中年男子走到他们跟前问："你们要去北京的车票吗？"两个孩子点点头，接着中年男子说："我手上有两张票，是站票，你们要不？"其中一个孩子问多少钱一张票时，中年男子的脸上露出狡猾的笑容："肯定比窗口里的票贵哦。"两个孩子听后便知此人肯定是个票贩子。

两个孩子中，一个叫张坤，一个是他的同学。

从县城坐火车到北京将近30个小时，同学犹豫地问张坤："站30个小时行不？"张坤回答很干脆："行！咱们年轻力壮，又学过武术，这点苦不能吃，还出去练啥？"走！张坤和同学买下黄牛票，背上大包袱向火车站走去。

没想到，火车站台人山人海。张坤和同学两人也不知怎么就被推上了火车。车厢里更是人挤人，只要有空隙的地方都被人占用了，包括卫生间和行李架上都坐着人。张坤的双脚根本无法着地，只好双手吊在行李架上，双脚悬着，就像体操运动员练单杆的动作。张坤第一次坐火车就碰上了"高难"动作，坚持了还不到两个小时，就已经汗流浃背，非常非常的累。张坤问同学，一直这样的姿势站立可不是个办法，咋办？同学四周望了望，绝望地摇了摇头说，没有啥好办法，唯一的办法就是保持好现在的姿势，要不，只要稍稍移动，就连这样的位置也会被人占领。熬吧！就这样，张坤和同学两人在人与人之间的隙缝里，熬过了30个小时。

火车靠站后，张坤的双腿严重充血、浮肿，他一撅一撅地下了火车。出了火车站，一个北京的老乡接了他们。接着，要去坐地铁。张坤问地铁是啥？老乡告诉说，就是在地底下的"小火车"。地底下还有火车？张坤想象不出那是什么样的火车。他东张西望，到处高楼大厦，大小商场霓虹灯闪烁，感觉一切都是那样的新奇，又是那样的不可思议。再说，北京天安门是张坤一直向往的，如果能够看上一眼，这一生就没有遗憾了。于是，张坤问老乡："天安门在哪里？"老乡说："天安门就在各族人民的心中。"张坤不理解，正想追问时，老乡拍拍他的肩说："以后有机会我带你去天安门看升旗，去毛主席纪念堂看毛主席。"张坤点了点头也没再问什么，可是心里却想，这人吧，到了大城市就是不一样，说起话来也变得文绉绉的。

一声鸣叫打断了张坤的思维，"小火车"进站了，张坤一看，哇！世界上竟有这样精致的火车！老乡推了推他，示意他上车。他上车后，把包袱往座位上一放，人往座位上一躺，头靠在包袱上，双脚搁在地铁门前的扶手上，啊，真舒服！30多个小时的煎熬，他真想好好躺一会儿。此时，他突然发现，车上所有的眼睛都在看着他，老乡推推他，让他坐直身子，要不，别人以为他是要饭的呢。他不管那么多了，别人爱咋想就咋想去吧，反正他兴奋的心情无法言表，激动地大声说着他想要说的话。老乡又推推他，悄声跟他说："不要大声喧嚷，要懂

世界冠军张坤

得文明，这是大城市，是首都。"张坤口中应是，但说话声音仍然高八度，还滔滔不绝地说着他那一口的河南话。可见，此时的张坤喜不自胜，他的心情实在是爽极了！

很快，地铁到站了。老乡催着说，到站了，快下车。张坤猛地起身就往门外走，为了赶时间，他们马不停蹄地赶往长途汽车站。走着走着，突然，张坤发现少了一件行李，是自己的一个包袱落在了地铁上。他想返回去取，同学问包袱里有啥？他说有棉袄棉裤，秋衣秋裤啥的。同学说："算了，不要了，那些都不值钱。"张坤说："虽然不值钱，但到了东北我穿啥呀？"同学说："到了东北会有衣服的，还是赶时间要紧。"张坤只好闷闷不乐，满怀心事的上了汽车。

又急急上路了，不知还要经过多长时间才能到达目的地，张坤觉得这条路可真长。

张坤坐在车上，心情和神态失去了之前的得意。因为丢失的包袱是母亲给他准备的四季衣裳，他心里很难受，责怪自己的大意和鲁莽。他发誓，若有一天自己出息了，一定会买好多漂亮的衣服给母亲，一定买很多好吃的东西给父亲，还有买各种各样的新玩意儿送给家里的每一个人。

想着想着，张坤迷迷糊糊睡着了，他太累了。

他做了一个梦，梦见同村的小伙伴们围着他转，吵着要他教他们练武，他得意地哄着他们，脸上挂着笑容，心里藏着甜甜的梦……

这不仅是一个少年的梦，也是一个真实的故事……

　　河南的某一个村庄，有几个孩子在顽皮地嬉闹着，追跑着，滚打着，站在路头的几个村民看着这帮调皮的孩子不由地摇着头叹着气。

　　这时，有一对夫妇指着其中一个孩子训斥着，那孩子全然不顾，继续与其他孩子打架。妇女非常生气地跑过去，揪起那孩子的耳朵就往人群外走，那孩子涨红着脸"哇哇"直叫。

　　"你就知道整天打架，说你也不听，今天非揍你不可！"妇女恼火地大声骂道。

　　"啊哟，疼死我了。"孩子哀求着。

　　"你还知道疼？你整天打架就不知道疼吗？"妇女越说越生气。

　　"我不打架了还不行吗？啊哟，我的耳朵，我的耳朵。"那孩子疼的直喊。

　　妇女揪着孩子的耳朵一直到家后才放下。孩子用手不停地揉着红红的耳朵。

　　夫妇俩看到孩子打架时弄的又脏又破的衣服，气呼呼地皱着眉叹着气，不知如何是好。男人摇着头低声说："这娃不好好学习，长大以后怎么办？要不，把这孩子送到武校去锻炼锻炼守守规矩吧？"女人听后不吭声。

　　这孩子，就是张坤。

　　听父母说，要送他去武术学校练武，而且是县级武校，张坤欣喜若狂。啊！我要进县城了！我要学少林功夫了！

当村里的孩童们知道他要进县城上武校，个个都羡慕他，整天围着他转，那时，他整个人显得自豪起来，语气也变得老成，认为自己以后学了一身功夫，就不怕别人欺负了，就连做梦自己也会单手劈砖、头顶碎砖这样的绝技。9岁的张坤踏入河南鹿邑县少林文武学校后，周围的一切让他感到很新鲜。这里风景秀丽，环境清新，校内有绿色草坪的体育场，有教室，有男女生宿舍，有训练场，还有餐厅。看到这些，张坤那高兴劲儿就甭提了，他觉得自己比村里其他小朋友幸运。

幼小的张坤对"武术"完全没有概念，更不懂传统武术具有的深刻内涵。他只知道练武术就是练武功，可以防身。再说，他在武打片中看到大侠们个个都是武林高手，一旦他们发出神功，身子不由自主地向上飞起，足足有五六丈高呢！除此，武林高手们还劫富济贫，为民除害。张坤决心要做一个大侠！

张坤就是带着这样的心理和认知开始了武术训练。

一切并不是张坤想象的那样轻松，有制约有限制，有纪律有规矩，除了两星期可以回家一趟，其他时间就是边上文化课边练习武术。那时，他练的是套路，也是他喜欢的项目。至于前途如何，他不得而知，但他知道，如果不好好练，就没有出路，哪儿来还得回哪儿去，这是张坤最不能忍受的事情，他必须刻苦训练。在教练的指导下，他逐渐理解了武术中的一些道理并掌握了武术的基本要领，"拳打千遍，身法自如"，不仅着眼于一招一式、一拳一脚的技术和功力，同时也着眼于整体的劲力、协调、精神、节奏、风格所表现的功力和技巧。通过学习，他也悟到了武术所表现的是一种英勇不屈、坚忍不拔的斗志和气概。

日复一日，年复一年。架子天天盘，功夫日日增。

这盘架子，一盘就是两年。张坤总觉得不过瘾，就要求改练武术散打。一接触到散打运动，他立刻产生了浓厚的兴趣，拳、腿、摔一

并而上，觉得很厉害，认为这就是自己在农村时常用的最简单、最原始的"干架"形式，他觉得好玩、过瘾、刺激，凭自己原有的"基础"练习散打肯定是没问题的。可是，一到训练中，张坤便知道散打并不是简单的"干架"，而是要按照一定的规则使用踢、打、摔、擒拿等方法制胜对方的竞技项目。他开始逐步改变对散打的认知。他体会到，散打就是要眼观六路耳听八方，除了反应要快，还要学会防守、抗击打等技能。在队内对抗训练时，他搏得过几回胜利，当然也输过。胜利时自己感到无比的骄傲，输了，他就躲在角落里哭，心里感到很沮丧，弄不明白自己输在什么地方。教练跟他说，掌握技能的同时，更要有拼搏精神！

两年的时间里，张坤在52公斤级别上渐渐出了成绩，他对自己的成绩和技能感到比较满意。他以为自己的武术已经练到头了，是不是可以当教练了？他带着幻想找到了教练。

"啥事呀？"教练问。

"教练，我觉得自己的武术练到头了。"他正经地说。

"那你想干啥？"教练又问。

"我是否可以当教练了？"他昂着脑袋认真地说。

教练"扑哧"一笑，"你才练了几年就练到头了？你知道上面还有市级体校，省级专业队，国家队吗？"

教练说的这些张坤压根儿就不知道。从小生活在农村的他怎么知道外面的世界？

那时起，张坤开始有了自己的梦想，也开始了对梦想的追寻。

经过努力，张坤赢得了一次去武汉体校学习的机会，他可高兴了，跑回家跟母亲说自己想去武汉体院学习的愿望。母亲听后心情显得沉重，不说同意，也不说不同意。片刻，父亲问需要多少学费？张坤说一万元左右，父亲再也没有说话。其实，张坤心里很明白，父母不表态的原因就是因为钱，因为家里穷，拿不出这么多钱。但是父母亲总

是跟他说，孩子，别着急，慢慢想办法。一个星期过去了，眼看其他校友都陆陆续续的外出学习了，张坤心里那个急呀，甭提多难受了。

时间一天天过去，张坤的心情也随着时间在郁闷和期盼中度过，去外面学习的队友都拿着成绩回来了，张坤好生羡慕。同时，他心里又感到百般无奈和对梦想的迫切。

几天后，张坤的一个同学跟他说，辽宁省辽阳市有个体校在招学员，问他是否愿意去？

"啊，真的？你怎么知道消息的？"张坤惊讶地问同学。

"我一个叔叔在辽阳市的一个体校当教练，是他告诉我的。"同学说。

"哦，原来是这样。"张坤相信了。

"你去不？"同学又问。

"需要多少钱？"这是张坤最关心的问题。

"路费自己出，吃饭不要钱，但必须用面粉换饭票，才能吃到饭。"同学告诉张坤。

"哦。辽阳市在哪里？是不是在很远的地方？"张坤从小没有出去过，心里不免有些胆怯。

"如果这次不去的话，恐怕以后就没有机会了。"同学似乎替张坤着急起来。

张坤想了想，然后他下定了决心，走！

父母知道情况后，看到张坤决心已定，就从家里凑了两千元钱给了他。母亲知道东北的冬天很冷，怕孩子冻着，特地为张坤准备了棉衣棉裤。就这样，张坤怀里揣上两千元钱，手提一个包袱和挎上一只双肩书包，朝着梦想之路出发了……

睡梦中被一阵吵杂声惊醒了。将近 7 个多小时的颠簸，终于到达了目的地。

辽阳体院坐落在城市的外环，院里有跆拳道、拳击、摔跤、中长跑等体育项目的训练场所，唯独没有散打训练场，也没有武馆，这与张坤想象中的大城市体院还是有些差距。但是，教练的一番话，却让他心头一震。

教练叫张涛，曾是一名优秀的散打运动员、世界散打冠军。现在是张坤等八位学员的主教练。训练的第一天，教练就对张坤他们说："你们千里迢迢来到这里，很不容易。学习散打，一是，弘扬武术文化，传承民族精神。二是，强身健体，防身自卫，伸张正义。三是，参加比赛，为祖国争光，为家乡人民争光。既然你们来了，就要好好练，心急吃不了热豆腐！不要走路没学会就想飞。要想拿全国冠军，首先要打败我！"教练的一番话坚定了学员们的意志，大增了他们的志气，也给他们增添了很大信心。张坤从心底里佩服这位教练，他暗暗下决心，一定要好好练，不拿到全国冠军绝不回去！

想要梦想成真，就必须全力以赴，坚持不懈并忍受其中的苦涩和其中的煎熬。

虽然没有散打训练馆，拳击馆也就成了散打馆。每天8小时的训练，从跑步训练到哑铃沙袋训练；从拳击、膝顶、飞腿到轮胎训练；从卧举器械训练到引体向上；从手击腿击对练到户外训练。除此，还有攻防训练，实战条件训练，抗击打训练及协调性，弹跳力，反应力等训练，这一切是散打运动员生活中必不可少的训练内容。

　　一天，教练让他当陪练，张坤不知对手是谁，当教练换上训练服站在他面前时，他心里一惊，毕竟教练是经过多年赛场的老将，有着丰富的经验，而年仅13岁的张坤只是个习武小弟子，是否能经得住教练的搏击？张坤有些担忧。教练似乎看出他的心思，说道："要想飞，就必须经过我这一关，要不，就回去。"张坤被激怒了，"谁怕谁啊，来吧！"话音刚落，对方的一拳就打在了他的胸部，张坤后退两步，紧接着，张坤就如一个靶子被对方搏击着。张坤心里就不明白了，一个教练干吗要让学员当陪练呢？应该是教练给学员当陪练才是啊，这样学员才能提高水平。到后来他才知道，原来教练自己也在训练，准备参加比赛。就这样，张坤给教练当陪练，一当就是整整两年。

　　这两年中，他恐惧过害怕过，可是再躲也躲不掉。陪练时，张坤被打晕过，他的左耳也被打伤了，当时张坤认为，破了点皮出了点血也没什么大不了的，所以也就没当回事。张坤耳朵受伤后，由于没有及时处理，他的耳朵已经变形。当他在镜子里看到自己变形的耳朵时，心里很懊恼，觉得自己本来是一个很健康很完整的一个人，现在却变成了缺陷人。每次队员要求合影时，张坤不是回避，就是侧着身子，避开那只受伤的耳朵。每每想起这事，他心里的怨气和怒气就不打一处来，他把所有力量都放在了刻苦训练上，他要打败教练，他一定要打败教练！

　　张坤是个自尊心很强的人，很怕输，怕被别人笑话，他只有一个念头，就是拼命的练，刻苦的练，与高级别对手打，打不过也要打，被打得鼻青眼肿浑身是伤，也要坚持打。总之，就是打！在训练中，他不仅打掉了胆怯心理，而且搏击技术也在日臻完善，最终参加了比赛。

　　第一次比赛，他赢了，拿了一千元奖金。他兴奋到了极点，这是他第一次挣来的钱，是靠自己的拳头和力量搏来的钱，他能不高兴吗？他傻乎乎地笑了。他拿着奖金跑到小卖部，买了两包方便面，一瓶啤酒，独自享受着，感觉自己像富豪一样，心里美滋滋的。从此以后，不管

大小比赛他都参加，即使碰上高手他也愿意打，只要赢了就有奖金，有奖金就可以寄回家，就可以自己生活。

　　就在张坤技能进入最佳状态时，一个坏消息传进了他们的宿舍。

　　教练要离开辽阳了，要丢下八位弟子了。他们不知教练为何要离开体院？怎么办？八位弟子不知何去何从。他们提不起精神，情绪低落，对前途感到一片迷茫。他们问张坤是否回河南？张坤说，不！他们又问张坤想干什么？张坤说，出去打工，当出租车司机或者去当个保镖门卫啥的，挣点钱再回去。就这样，八位兄弟各奔东西。

　　一天，张坤闲着没事干，就在一个队友所在的武校里练练武，打打沙包，或陪一些小学员们踢踢球什么的。这时来了一群习武人，都是沈阳一家武校的教练和学员，他们是来借此地训练的。习武之人通常用武艺来进行切磋交流，张坤与他们也就一回生二回熟了。沈阳教练看张坤武术技能较好，又比较刻苦，就建议他去陕西散打队。当时，张坤并不以为然，认为自己一路走来，最后都没有结果，所以也不抱太大希望。

　　一个星期过去了，张坤对自己的梦想已心灰意冷，他准备出去打工了。就在他准备要离开武校的时候，队友的手机响了，说是找张坤的。

　　"你是张坤吗？"对方问到。

　　"是的。"张坤不知道对方是谁。

　　"我是陕西省武术散打队的张教练，有人向我推荐了你。"对方说。

　　"哦。"张坤没反应过来。

　　"你明天能来西安吗？"对方问。

　　"啊？哦，能。"张坤像结巴样地回答。

　　"那好，明天你直接到陕西省体育训练中心来找我。"对方说。

　　"好。"张坤回应着。

　　手机挂了。张坤放下手机后，楞了半天，面部表情有些僵硬。

"刚才是谁的电话?"队友问。

"是陕西省武术散打队的教练打来的电话。"张坤告诉队友。

"啊?!"队友听后感到惊喜。

"……"张坤有点懵。

"这下好了,你有去向了。据说陕西省散打队在全国很有名气,再说是教练亲自打电话给你,你这下牛了。"队友说完,捶了一下张坤的肩膀。

队友的一番话,张坤如梦初醒。难道天上掉馅饼了不成?他不知所措。过后,他又后悔起来,队友问为何?

"没想到,是陕西教练亲自电话给我,我很惊讶,又很紧张,大脑里一下没了意识,就稀里糊涂的答应明天去呢?"

"明天就去呗,有啥好后悔的?好好练。"队友鼓励他说。

"哦,好!"张坤经队友这么一说,心里立刻敞亮起来。

真是,时来运转,天赐良机,充满幸运! 19 岁的张坤又上路了,向西安出发,继续他的追梦之旅。

2010 年的冬天,西安虽然很冷,张坤却是满腔热血。

陕西省体育训练中心面积很大,环境优雅,不管是训练场馆,还是操场都分布合理,就连食堂也分级别。部队式的管理模式,训练器械及辅助护具都很正规也很到位,这里的一切让他很满意。

第二天就投入训练了。之前,张坤在辽阳打过各种级别,训练时

啥也听不见，周围的一切也看不见，就只看见对手的脸庞。一个心理素质正常的运动员是不可能出现这种情况的。

张根学教练再次对张坤进行训练，尤其专对最后十秒钟进行反复训练，并且在技术上对张坤更加严格要求，一边进行指导一边做着示范动作："什么是武术？武，就是勇猛，气势。术，就是技艺，方法，动作。武术是以技击动作为主要内容，以套路和格斗为运动形式，注重内外兼修的中国传统体育项目，是中国传统文化的组成部分。一个散打运动员首先要做到心静，排除一切杂念，时刻保持头脑清醒，把擂台当作战场，把自己看成是一名冲锋陷阵，战无不胜的战士。在实战中要做到手似流星眼似电，身似游龙腿似箭。手疾、眼快、身滑、腿捷是战胜对手的重要因素。眼到手必到，手到眼必到，手眼身法步法浑然如一，以快制慢，以快制快，以快制柔，以快制刚，乃克敌制胜的原则之一。看一个人武功高低，首先是观察他的步法是否清晰、稳健、正确，其次才看他的拳脚是否合乎法则。因为步法好坏是一个人武功高低的标志之一。"

张坤经过刻苦训练和心理素质调整，在 2012 年全国武术锦标赛 75 公斤级别的预赛中拿了第二名，他终于舒了口气，心里总算有了底气。

在下半年冠军赛争夺八进四的比赛中，张坤与张开印狭路相逢。

张开印是我国优秀散打运动员，以腿法技术闻名。曾多次在全国和世界武术散打重大比赛中获得 75 公斤级和 80 公斤级的冠军。让张开印真正名扬神州的一场比赛是 2009 年底在佛山岭南明珠体育馆举行的中泰搏击争霸战，当时泰拳高手蓝桑坤的实力很强，在比赛中蓝桑坤在场面上也略占上风，但张开印在防守中冷不防一记转身鞭拳后再接一记摆拳将蓝桑坤打倒在地，直接 KO 获胜。接着在 2010 年与当时世界排名第一的澳大利亚人韦恩的比赛，对手以功底扎实和拼打凶猛著称，但张开印的中国武术功夫更胜一筹，他没有与对手硬拼，而是

发挥出散打的特色和节奏，并凭借灵活的步法和多变的技术，以巧妙的截击处处压制对手，最终让韦恩输得心服口服。这场比赛后，张开印在散打圈的地位更加稳固。

然而，在争夺八进四的比赛中，对卫冕充满信心的上届冠军张开印首次遭遇陕西 90 后无名小将张坤，三局过后，张开印不敌对手，没想到，竟落败于小将之手。而小将张坤则一路过关斩将，赢得了最后冠军，这是所有人都没想到的。当裁判员举起张坤的手时，他的泪水已模糊了双眼，他的汗水已湿透了全身。就在张坤下擂台时，张根学教练叫住了他说："小子，我跟你说什么来着？我说你是 75 公斤级冠军就是 75 公斤级冠军！"张坤面带喜悦连声说："是！"

张坤奋战擂台

　　记者采访他时问道，全运会结束了，你的下一个目标是什么？张坤回答说，当然是争取成为国家散打队一员。进入国家队，对我的水平和实力的进一步提升肯定大有裨益，也会拥有更多出国比赛的机会，我希望通过自己的努力，让更多的人认识武术、喜爱散打，把武术这项国粹发扬光大！

　　从此，75公斤级成了张坤的主打项目，一时成为武术界关注的焦点！

　　接下来，张坤不负众望，在高手中强势突围。接连获得全国武术散打冠军赛75公斤级冠军，2013年第十二届全国运动会武术散打75公斤级冠军。

　　一匹黑色骏马在武术领域里飞驰狂奔！

伍

　　生命的意义不仅在于奋斗，更在于创造和挑战。

　　时隔半年多，2013年"中国真功夫"揭幕战在西安打响，功夫明星悉数登场，世界冠军全力奋战，中外高手精彩博弈。在这个见证散打梦想的舞台上，终极王者之间的争夺将会更加残酷，中国散打顶级高手为了最终的"中国真功夫王"必将拼死战斗。巧合的是，张坤和张开印两人首站就抽到一起，顿时火药味十足。张开印能报一箭之仇吗？

　　双方的首回合比赛，小将张坤给人留下了深刻印象。张开印游刃而余，步步紧逼，凭借老道的经验多次获得抱摔机会。略显稚嫩的小将张坤一次次倒下，又一次次站起寻找新的战机，张开印眼看摔法无法奏效，不得不重新调整策略，展开拳法和鞭腿进攻。张坤无畏不惧，积极应战，在架住张开印的鞭腿后，将对手推下了拳台。

第二回合，士气大振的张坤进攻愈加凶猛，老道的张开印逐渐稳住阵脚打出自己的节奏。在张坤急于进攻的空挡，张开印频频施展摔法，并在近身战中依靠自己的重拳给张坤施以重击。最后一回合，连续的进攻让张坤的体能透支，战至最后时刻，张坤的进攻已经无法给张开印造成任何威胁，而张开印的重击此时也发挥了威力，主动权牢牢控制在了张开印手中。面对霸气十足的老将张开印，张坤最终遗憾输掉了比赛。

然而，在这个见证散打梦想的舞台上，小将张坤最终开启了自己成长为75公斤级王者的道路，他的这个目标能实现吗？

2013年9月在中国散打最高级别赛事全运会现场，张坤在"中国真功夫"揭幕战败给张开印后，这是第三次和张开印交手，而这也是最为重要的全运会冠军争夺战。赛前，教练为张坤做了很详细的分析，指出张开印的摔术相对较弱，让张坤一定要抓住对手的弱点，在比赛中采取主动出击、抱腿摔的技术。

另外，张坤在比赛的最后阶段，教练让他多用擅长的刺拳来击打对方的头部，以便取得有效的进攻分数。在比赛中，第一局张坤占据了主动，以微弱的点数优势击败张开印。第二局比赛，背水一战的张开印放手一搏，但张坤稳扎稳打，最终将优势保持到最后，以2比0击败张开印，获得了当晚散打赛场含金量最高的一块金牌！这也是张坤用实力证明了自己才是75公斤级新的王者！他成为擂台上新的风云人物！

竞争是激烈的，也是残酷的，艰辛的付出终于收获成功的瑰丽。

2014年的元旦，距离"中国真功夫"年终总决赛只有十天的时间，

十名选手正式进入国家散打基地，入围的散打选手积极备战，开始了最后十天的赛前备战。作为年终总决赛焦点大战中的重量级选手，张坤的对手是许振光。他俩一进入基地，教练便为他们安排了周密的训练计划，希望他们能够发挥出更好的水平。

进入"三九"的古城西安，尽管气温较低，但体育馆内的观众却热情似火。决赛开始了，张坤披上红袍，在一片掌声中华丽登场，他向四周观众抱拳行礼。第一回合，双方似乎在试探着对方，打得比较拘谨。第二回合，张坤进行了调整，打得比较积极主动。第三回合，张坤一个踢腿，力量如利箭穿革，有着极强的穿透力，加上张坤擅长快手攻击，在自己与对手旗鼓相当的情况下，他判断准确，看准破绽，抓住时机，果断进攻，零距离的摔法将对手许振光撂倒。

张坤获得了"中国真功夫"年终 75 公斤级别总决赛冠军！

当张坤举起胜利的双手时，台下观众情绪高涨，狂热的欢呼声震耳欲聋。陕西第一个真功夫冠军诞生！此刻起，张坤无疑成为中国散打界 75 公斤级新一代王者！

上升势头很猛的张坤展现出了自己志在必得的王者之风，他用踢拳法、踢法的结合运用，以及抱腿迎摔的独门绝技征战武林，在 2014 年 1 月张坤击败徐吉福加冕"中国真功夫"散打百强赛 (CFC) 中量级年度王中王桂冠。同年的 4 月张坤又获得全国男子武术散打锦标赛 75 公斤级冠军。"黑旋风"再一次证明了自己，奠定了霸主地位！

陆

理想与热情，是你灵魂航行的舵和帆。

2014 年 9 月韩国仁川亚运会即将拉开帷幕，国家队散打运动员们摩拳擦掌，时刻准备着。这是中国运动健儿再展雄风，超越梦想的时刻！

仁川亚运会散打决赛前，张根学总教练问张坤是否想拿冠军，张坤显出傻傻的样子，他觉得脑子里老是想得到冠军心里反而紧张，这样会把自己限制在一个框框里，会影响到自己的情绪和心态。干脆不去想，以平常心去对待。可是在决赛前的晚上，张坤躺在床上辗转反侧，感慨万千。明天就要决赛了，这是我散打生涯中最重要的一场比赛，也是我命运的一个重要转折点。自从习武以来，从县级武校到体校，从体校到省队，再从省队到国家队，直到现在，这么多年的付出，这么多年的艰辛，万一决赛打不好怎么办？他想了很多很多……

决赛开始了，第一局，张坤表现神勇，发挥正常，他把技术发挥得淋漓尽致，以快准狠打得东道主选手柳尚勋毫无招架之功。第二局，张坤信心百倍，他的每一记重拳出击时力量和速度超人，使出少林罗汉技连环腿，对方阵脚有些乱，"冲"法也再次落空，抄抱住张坤的腿后却毫无办法。张坤却善于借势，一个接腿摔将对方摔倒。张坤获胜！他为中国散打获得了金牌！当嘹亮的国歌奏响时，张坤深情地望着冉冉升起的五星红旗，一个铁汉流下了柔情的泪水。这么多年走过来，他就为了一个理想，为国争光！

岁月无声，来也匆匆去也匆匆，一个转身一转眼又是一年的行走。

　　张坤每天一如既往的晨起迎接朝阳东升，晚上目送夕阳西下，于昏黄的灯光下伸展疲惫的四肢，一切就是这样按部就班进行着。静夜，起风了，风夹着雨敲打着窗户，张坤头靠在床边，翘着二郎腿，遥望天空，想着心事。就在中国散打争霸赛中自己成功卫冕后，又面临第十三届世界武术锦标赛即将开赛，这对于他来说，是第一次参加世锦赛。在第十三届世锦赛集训动员大会上，张根学总教练说："中国武术的金牌不能丢！随着我国武术在世界各地的推广，奖牌竞争日益激烈，特别是在讲究身体对抗的武术散打项目上，对抗更加残酷。中国选手和外国选手之间的技术差距也在一直缩小，体力、神经类型、肌肉类型等生理性因素并不占上风，运动员必须做好充分的技术和心理准备。"张坤感觉自己在技能上仍有些不足的地方，需要细心学习，取长补短，来完善自己的竞技水平。集训中他认真执行教练的训练计划，争取在比赛中展现自己的最佳状态，为中国争光，为陕西争光，实现自己夺冠的愿望。

　　2015 年 11 月 19 日，张坤领衔国家武术散打队出征印度尼西亚第十三届世界武术锦标赛。这次比赛主要对手是伊朗和俄罗斯选手。

　　之前，张坤认真分析自己与国外选手的技术特点，在集训中积极备战，信心百倍。但在比赛中却发生了意外，在争夺八强时，他的脚面撕了一个大口子，鲜血一下涌了出来。当时队医建议这样的伤口必须缝针，但缝针后肯定会影响比赛或不能比赛。张坤却强烈要求一定要上场比赛为国家争得荣誉，于是，张坤强忍伤痛继续打了三场比赛。特别是决赛中，面对上届冠军得主俄罗斯名将时，尽管对方力量明显强于自己，但张坤放平心态，凭着过硬的技术和多年的比赛经验，昂首挺进了 8 强。最终，张坤以顽强的毅力和拼搏精神首获世锦赛 75 公斤级冠军！

　　这是他的首枚世锦赛金牌！

　　当有人问起他的成功秘诀时，张坤面带微笑说："我心态放松，不会太在意比赛的结果，但却会认真的总结每一场比赛。"不以成败论英雄，但绝对以百分之百的努力去争取胜利，这就是张坤的战斗哲学。

2016 年对于张坤来说是至关重要的一年，不仅因为他再次夺得全国散打冠军，更是因为他踏入了"散打天下——中国武术散打职业联赛"的赛场。

"散打天下——中国武术散打职业联赛"是经国家体育总局武术运动管理中心授权的国内顶级散打赛事，所有参赛运动员都是国内全运会和世锦赛前三名成绩的选手。

赛事规则方面，不同于以往散打赛事，"散打天下 - 中国武术散打职业联赛"在竞技散打基础上引入膝部攻击，让选手缠抱的可能性降低，增加了赛事的激烈程度、精彩程度以及可观看性。

除此，"散打天下"可以调用各省队及参加过国家集训队的所有现役选手，也就是说强大而"神秘"的国家队选手们将一同在"散打天下"赛事中出战，这不仅是国家队选手们表演的舞台，他们需要更职业、更开放、更与国际接轨的规则下对阵来自全国各地的强大对手。这对张坤来说无疑又是一个严峻的考验。

"散打天下"淘汰赛以及第一轮积分赛中，张坤取得连胜，则一路高歌猛进，势如破竹般杀入第二轮积分赛。张坤的竞争对手是一位实力派选手，不仅基本功扎实，战术灵活技术全面，而且在 2015 年的全国散打锦标赛中获得冠军。强手相碰、气氛紧张、对抗激烈、击打凶猛，表现出来的体能与斗志震撼了现场观众，让观众领略了散打选手的威力和风采。比赛中，在去掉头盔的规则下，张坤显得更加如鱼得水，他采取主动进攻，拳法精确而且威力强大，全面压制对手。而对手面对张坤的强烈攻击似乎招架不住，连连后退。最终，张坤以绝对优势获胜！

2016 年 11 月，第八届世界杯武术散打比赛在古都西安举行。能在家乡父老面前比赛，让张坤心里充满斗志。比赛伊始，埃及选手默

罕默德进攻犀利，并屡次用搂抱的"诡计"干扰张坤。但张坤调整心态，以组合拳加鞭腿让对手毫无还手之力。最终，张坤以 2 比 0 完胜对手，取得本届世界杯武术散打比赛 75 公斤级冠军。这是张坤继取得 2013 年全运会冠军、2014 年亚运会冠军、2015 年世锦赛冠军后，夺得的又一项大赛冠军，实现了散打领域的"大满贯"。

　　一个农村的孩子成为今天光彩照人的散打明星，他经过多少个春秋轮回，始终用自己不懈的信念和追求，坚持着自己的梦想，搏出生命的无愧和精彩！

　　梦想有多远就要追多远，梦想有多高就要飞多高！张坤在追寻梦想的路上，始终保持奋力冲刺的姿势，时刻迎接新的挑战……

　　张坤，你是当今散打界 75 公斤级最具统治力的王者！你是一个捍卫梦想的真正勇士！

张坤个人战绩:

2012 年
全国武术散打锦标赛 75 公斤级亚军
"白云山杯"全国武术散打冠军赛 75 公斤级冠军
2013 年
第十二届全国运动会武术散打 75 公斤级预赛冠军
第十二届全国运动会武术散打 75 公斤级冠军
2014 年
加冕"中国真功夫"散打百强赛 (CFC) 中量级年度
王中王桂冠
全国男子武术散打锦标赛 75 公斤级级冠军
韩国仁川亚运会男子散打 75 公斤级冠军
2015 年
全国武术散打锦标赛 75 公斤级亚军
第十三届世界武术锦标赛 75 公斤级冠军
"中国真功夫"冠军
2016 年
第八届世界杯武术散打比赛 75 公斤级冠军

铿锵玫瑰

铿锵玫瑰似彩霞，笑傲天涯不问家。
告别双亲离愁去，唯有擂台摘新花。

菏泽的冬天格外冷，寒风刺骨，大雪茫茫。

呼呼的北风从墙缝钻进屋里，亮着的一盏灯不断地在摇晃。

一对夫妇坐在床沿边，妇人怀里抱着一个面黄肌瘦的小女孩。小女孩不断地咳嗽，妇人一边拍着小女孩的背部一边焦急地说："这孩子又发烧了，咳嗽很厉害，药吃了，咋就不管用呢？"男人看了看咳嗽的小女孩，在屋里不断来回走动，心里非常着急。

小女孩叫孟欣，由于家庭贫寒，在她出生后一直没有足够的营养，造成抵抗力低，体质差，经常感冒生病。别人的孩子蹦蹦跳跳好热闹，小孟欣却力不能支。父母急得团团转，忧心忡忡。

一天，小孟欣的父亲听别人说，孩子学武术，能够增强体质，少得病。于是，他想让孩子去练武术，看看是否能让体质有所改变。母亲虽然心里很不舍，但这也是没有办法的办法。

市体委老师看到孟欣面黄肌瘦，毫无力气，觉得这孩子连最基本的身体条件都达不到，不愿收留。孟欣的父母哀求地好说歹说，体委老师才勉强同意。

母亲对孟欣说："欣欣，你要好好练习，这样身体才能好起来，不会再生病了，也不会再吃药打针了。"可怜的小孟欣点点头，看到其他小朋友们有说有笑，蹦蹦跳跳，很想自己也能融入到这样的氛围里快快乐乐地成长。

武术基本动作有很多讲究，背后都蕴藏着有趣的自然、文化、历

史的小故事。老师讲解的武术故事，除了让孩子了解动作方法（包括用力方式、顺序、力度和难点等）和要点外，还用形象生动的语言给孩子简单介绍每个具体动作的缘起和相关的历史典故。6岁的小孟欣哪里听得懂武术文化，但老师用有趣的语言讲故事，加上用丰富的肢体语言去模仿故事里的人物动作，小孟欣觉得很神奇，听得很入神。当她看到训练场的墙上都贴着武术冠军的海报时，多么希望自己快点强大起来，也能成为冠军运动员。

笑容绽放　青春飞扬

幼小的孟欣每天早上五点钟去武校跑步，然后再去上学，放学后再接着练。她一点点的练，一点点的练，她感到自己的身体起了些变化，开始变得有力量了，也不经常感冒和发烧了，咳嗽也逐渐好了。父母看到她的这些变化，从心眼里感到高兴。武术老师也赞扬她从小好学，不怕吃苦，勇于克服困难的精神。

孟欣清楚地记得，在她七八岁时，有一天，同村的一个老太太在路上看到孟欣与母亲手搀手地走着，怀疑地问："这是小欣欣吗？"母亲回答："是的。"老太太很惊讶："这丫头还给养活了啊？"母亲说："是啊，吃药打针不见好，就把她送去学武术了，没想到，这武术确实能够增强身体素质呢。"老太太高兴地说："好啊好啊，这孩子总算挺过来了。"孟欣从老太太的话中听出自己学武前的体质差到极点了，而自己现在却是一个小武术运动员了，她感到很庆幸。

通过几年的学习，小孟欣渐渐长大，进步很快。她不仅增强了体质，还锻炼了意志。有一次参加全国青少年武术集训，孟欣被王志华教练看上，就推荐她到陕西省队。孟欣一听自己被推荐到陕西省队，她无比兴奋，欣喜若狂，立刻将这激动人心的好消息告诉了父母。同时，她也知道母亲怀孕的消息。

来到了陕西省队，无论环境还是训练场所都比自己想象的要好。她兴奋地说，这就是我的梦想之地！

孟欣长得漂亮，相貌清秀，身材高挑，浓黑的头发扎成一条"马尾巴"，往台上一站，亭亭玉立，精神抖擞。训练或上台时总喜欢将额前散发撩至耳后，她自己不曾觉察，可在别人眼里觉得这个动作好酷，加上台上比赛时她美丽飘逸，惊艳全场。

在全国青少年武术套路比赛上，只见台上的孟欣身穿青色服装，按剑在手，收敛笑容，刷地亮开架式，两只眼睛像流星般一闪，眼波随着手势，伴随着幽幽的琴声，身影如同雏燕般的轻盈，行云流水，潇洒飘逸。只见她手腕轻轻旋转，剑也如同闪电般快速闪动，真是剑法清晰，吞吐自如。她的动作柔和缓慢，轻灵圆活，像流水绵绵不绝，与她那青色纤弱的身影相融合。台上的观众拍手叫好！太漂亮了！把中华武术阴柔之美演绎得美轮美奂！

就在孟欣在台上表演时，台下有两个人已经坐不住了，他们都看中了这位刚柔相济的女孩。

春花烂漫，古城春浓。它的美不只在于古老沧桑，也在于细节和风骨。

孟欣与往常一样，早晨跑步结束后就去训练场。走在体育中心的小径时，张根学总教练叫住了她。那次的全国青少年武术比赛，孟欣所具有较好的武术气韵让张根学总教练眼前一亮。"孟欣，你今天开始就去武术散打训练馆吧。"啊？孟欣感到很突然，想问为什么，却咽了回去。她知道，有着军事化管理的体育中心，总教练的决定，君命无二。她也知道，这位张总教练是中国国家散打队金牌教练。可是，孟欣的心里仍然很好奇，自己柔柔的性格很适合练剑法，教练怎么就看上自己能够胜任散打呢？孟欣带有好奇和疑问走进了散打训练场。

散打训练与剑法训练反差很大，孟欣要从柔美的剑法改为激烈的身体碰撞的搏斗，自己能行吗？

"孟欣，你上去跟对手打一打。"张根学总教练对孟欣说。

"啊？我还没学呢，就上去打？"孟欣一脸的诧异。

"你有套路基础，上去打一打，感受一下散打的魅力。"张根学总教练平和的说。

军令如山。端庄矜持的孟欣带上拳套，走上了训练擂台。当她一站到擂台上，顿时有种说不出的感觉，而这种感觉很特别，能瞬间激发力量，很有兴奋感。可是，自己又觉得很尴尬，不懂技术，又不懂规则，怎么打呢？不管了，既然来了，也站台上了，就打呗。只要不被打晕，只要把对方摔倒，就赢了呗。于是，对手出一拳，她也出一拳，对方攻击，她闪避并出击，然后趁对手不备，孟欣抓住机会将对手搂抱，把对手摔倒在地。然后，她愣愣的站在那里，看看台下的张根学总教练，见他面无表情，不知道自己是行还是不行。

待她走下训练擂台时，张根学总教练问她"怎么样？感觉如何？"

"还不错。"孟欣一边卸下拳套一边回答。

"你的力量和悟性就是你所具有的不同于别人的散打天分。"张根学总教练肯定的认为。

"……"孟欣抿嘴一笑，不知道说啥，除了有那种特别的感觉外，就觉得刚才打打摔摔好像打架似的，很搞笑。

"好好练，我相信你一定能打出好成绩。"张根学总教练鼓励着说。之所以张根学总教练让孟欣站到散打实战训练的擂台上，就是想激发和增强孟欣对散打的兴趣，促使她产生对胜利的渴望。作为国家散打队总教练，仔细挑选和挖掘武术散打的好苗子，尽全力培养和打造出一批中国武术散打发展潮流的先锋军，是应尽的责任和义务。

15 岁的孟欣于 2005 年由武术套路转向了武术散打。

在打沙包训练中，她感到自己体内有一团火沿着手臂向外扑出，出拳有着爆发力，自我感觉很好。除此，她还学习了很多散打知识和技能，她了解到，踢、打、摔三位一体是武术散打区别其他搏击项目的重要特征，她逐渐掌握了拳法、腿法、摔法技术的运用。尤其让她感到有意思的是，散打搏击中还须动脑子，如何得分？得了分如何不丢分？这种斗智斗勇的运动，孟欣一下喜欢上了。

学散打还不到一个月时间，太极教练找到了孟欣。也是那次全国青少年武术套路比赛上，孟欣的剑法也让这位太极教练印象深刻。

"孟欣，你比赛时，我看到你的剑法很有张力，架子大，动作漂亮，适合练太极。"

"嗯？我刚到了散打队呢。"孟欣没想到太极教练也看中了自己。

"啊？你进了散打队？"教练似乎不相信自己的耳朵。

"是的，是张根学总教练让我去的。"孟欣实话实说。

"哦。其实你很适合太极。你学了十一年的武术套路，说放就放了，太可惜了。"太极教练惋惜的语气好像在说，自己还是来晚了一步，到底是散打厉害呀，下手快准狠。

晚餐结束后，孟欣与套路队友们在寝室里聊天时，她提起了遇见太极教练之事，队友们便七嘴八舌地发表起自己的意见。

"孟欣，你练套路都十几年了，剑法又如此扎实，动作又如行云流水般柔美漂亮，干嘛要去学散打呀？"

"对呀，我就不明白了，你性格比较温柔，学散打不合适呢。"

"孟欣，你到底为什么呀？"

"大家别问了，我知道怎么回事。"有一队友神秘地说。

"那你快说说，孟欣为什么改学散打。"队友们起哄着。

"孟欣肯定认为，散打教练是国家队金牌教练，只有被他看中了，就一定会拿到全国冠军和世界冠军。"这队友胸有成竹地说。

"嗯，说得有道理。据说，这个张总教练散打技术一流，在比赛时，只要经他一点拨，准能打赢对手。"

"据说，张总教练的眼睛可毒了，训练时，你的细微动作发生错误，他一看就看出来了，在他面前你别想蒙混过关。"

"是的，我也听说，张总教练经常会在各种比赛场上看人、选人。说不准，哪一天，我们中间的谁也会像孟欣一样，被选上呢。"

"嗨，如果我被选上，我肯定不去。你说一个女孩子学啥散打呀，弄不好就被打伤了，那以后怎么办？"

"就是嘛，要是我，我也不会去。"

看到队友们你一言我一句的议论，孟欣轻声一笑，"你们说的都没错。但是，要问我为什么好好的要改学散打，说实话吧，连我自己都不知道为什么。"

"这话咋说？"有队友不理解的问。

"那天，张根学总教练让我去练散打，并且让我直接在擂台上与对手抗击，当时我就懵了，这咋打呀？"

队友们个个伸着脑袋，睁大眼睛，聚精会神地围着孟欣。孟欣不紧不慢地讲述着自己散打第一课的经历。

"你们说，总教练叫你上去打，你能说不打吗？"孟欣故意制造悬念似的。

"是啊，能不打吗？"其队友有同感。

"我当时想啊，既然来了，不就是打吗？散打散打，就是你打我打。"孟欣继续说着。

"那你是咋打的？"有一队友迫不及待地问。

"张根学总教练似乎看出我的心思，对我说，你上去感受一下散打的魅力。"

"散打有啥魅力？太极，刀剑才有魅力呢。"有队友不服气地说。

"不容我多想，我便带上拳套，走上了擂台。嗨，往擂台上一站那，忽然有种兴奋感。只听一声'开始'，对手的拳就向我扑来。我也不知道怎么回事，估计是本能反应吧，我很快的一挡，然后，我也出拳了。"

"你怕不怕？"有队友担心地问。

"我一点都不害怕，反正也不懂技术，也不懂规则，就'啪啪啪'对打着。接着，对手踢我，我也踢她，可是我踢不到她，毕竟她是老队员，懂得如何防守。那我就在想，踢不到你，那我就摔你。我也不知怎么就抱住了对手，然后就这么一摔，结果，对手倒地了。"

"啊！真的？"队友们异口同声发出惊呼。

"真的，我就这么一用力就把她给摔了。"孟欣一边示范着动作一边自豪地说。

"哇，你好厉害哦。"

"开始我认为就是打架，谁把谁打趴下，谁就是胜利者。我赢了之后，特别有成就感，心里特别的兴奋。"

"那张总教练咋说？"

"你们知道不，张总教练对我说了一句话。"孟欣又故意吊口味的神态。

"说什么了？快说呀，别磨叽了。"

"他说,你的力量足以说明,你就是一块散打料。"孟欣加重了口气，说完她看看队友们表情。

"……"谁知，队友们一时没说话。

"嗨，你们咋就不说话了呢？"孟欣感到纳闷。

"我们服你了，你就是散打的一块料。"有一队友半开玩笑半认真的说。

"对，你是散打的一块料，啧啧啧。"所有队友边说边嬉笑着。

要说孟欣为什么喜欢散打，她还真说不出为什么。她只知道，在上擂台的那一刻，感到自己就像英雄一样，威武挺立，特别自豪。练散打还不到一年时间，教练就让孟欣参加正规比赛。第一次参加西安全国青少年比赛打 65 公斤级，取得了第二名。但她看着对手站在冠军的领奖台上时，心里特别羡慕。在争夺冠军赛中，她看到自己的对手技能全面，动作干净利索，出拳踢腿非常漂亮，知道自己的技术确实有着很大差距。她暗暗决心，一定要好好练，争取下一次比赛拿第一。

转眼之间，又到了 2007 年的全国青少年锦标赛，孟欣碰上的对手

不仅是上一届的冠军，也是与她较量过的安徽选手。当时，她心里有些紧张，因为从 65 公斤级上升了 70 公斤级，对手无论从身材还是技能都比她强，大家都认为这场比赛孟欣必输无疑。作为孟欣来说，知道自己的实力还很稚嫩，但她并不害怕也不退缩，而是认真冷静地观察对手的技能动作，然后为自己怎样打好比赛而摸索着。在擂台上，她脑子里想的就是按照张根学总教练指导的步骤和技能去打。对手拳法很好，孟欣就采取低头进，搂抱，推擂。虽然推擂不容易做到，但她会抓住机会先得分，然后乘对手踢腿之际，她瞄准机会一下就将对手摔倒。结果，孟欣赢了！这是她没想到的，也是教练没想到，更是对手没想到的。

孟欣激动地拥抱着教练，教练为擂台上又一颗闪烁之星的冉冉升起感到高兴。

"孟欣，论拳，你不如别人，论腿，你也比不过别人，论技术，你更不如别人。不过，你也很厉害呀，竟然赢了！"张根学总教练说。

"我也不知道，在台上，我根本就不害怕，都说对手拳法好，我想，她拳法有多好呀？我也学过拳，那我就试试。都说她腿法好，我也学过腿法，那我也试试。就这样，我摔倒了她。"孟欣如实说出自己所想的。

"哈哈，好！你不仅心态好，还凭自己的智慧以巧取胜。继续努力！"张根学总教练发出爽朗的笑声。孟欣高兴的认为，能得到总教头的表扬是件很不容易的事情呢。

三月的初春，乍暖犹寒。

孟欣步履轻盈地踏着微薄的寒露，细腻柔和的气韵拂面而来，她喜欢在这样的季节里独享繁华嫩绿，风光绮陌。尤其是今天，十八岁这个既美丽而又神圣的字眼，对她来说意味着人生起步的始点；意味着自己将承担更大的责任和使命；意味着依靠变为自立自强；意味着坚定、毅力、意志将进一步磨练和刚强。更值得让她兴奋的是，今天，她将登上成年人的舞台，将特别的日子送给特别的自己！

全国武术散打比赛的擂台上，孟欣信心满满，充满着无比的力量，她冷静沉稳，发挥正常，拳法腿法都运用得很好，教练在台下激励着她保持这样的打法。孟欣身体耐力和心理素质都不错，她机灵的与对手斗智斗勇，见对手出现破绽，她立刻发出进攻，将对方摔倒在地。就在她胜券在握，教练和队友们为她欢呼时，结果裁判宣判孟欣输了。瞬间，孟欣和教练以及其他队友们傻眼了。怎么可能？明明是孟欣得分了，怎么会输了呢？判出的决定是不可改变的，往往这样的判决总会给运动员带来心理打击。孟欣的心一下掉进了冰窟窿里，冰凉冰凉。

真是没想到，特别的日子竟是对她如此残酷，孟欣非常恼火，神情沮丧，伤心落泪。

第二天，队友们看到她的双眼哭得又红又肿，纷纷劝说并逗她开心，可是，孟欣却在心底里记住了这难以忘却的特殊日子。

花季少年的天空，有着绚丽的梦想，也有着成长的烦恼。

2009 年的全运会是国内最大规模的比赛，是最受重视的比赛，也是含金量最高的比赛。在女子散打小团体的比赛中，70 公斤级、60 公斤级、52 公斤级分别是孟欣和其他两个女运动员组合。比赛时，孟欣她们不被看好，因为全运会散打运动员基本都曾是冠亚军选手，孟欣她们三个女孩刚满 19 岁又属于新手，所以大家对她们并不关注。这也许是女孩子比较敏感的缘故吧。于是，孟欣这组的三个女选手互相拥抱，相互鼓励，相互加油，争取获得好成绩，让大家刮目相看。

哨声响起，比赛开始，19 岁的花季女孩打得非常积极主动，步伐稳健轻盈，动作机智灵活，你拼我打，很轻松的进入了决赛。她们的脸上充满了无限喜悦，知道更关键更艰难的比赛还在后头，她们要全身心投入比赛训练，要在擂台上绽放自己的美丽青春！

决赛开始，孟欣这组碰上的选手曾是冠亚军强手，第一个出场的是 70 公斤级的孟欣，她的对手是去年刚获得冠军的实力派，不管是身材还是技能，都比她强。孟欣不顾一切，保持好心态，充满信心。上场前，她与姐妹们互相鼓励，加油！

孟欣上场了，她的架势很霸气，双眼紧盯对手，步步为营找出战机。对手出击凶猛，似乎对孟欣不以为然。此时，孟欣也在想，你再凶猛，我也不会怕你，来吧。孟欣开始还击，直拳，鞭腿，打法灵活。对手技术全面，经验丰富，拳腿组合协调流畅。孟欣在移动中擅于判断，时刻注意攻防距离，以左直拳阻止对手的前进。就在对手一个鞭腿接近孟欣时，她一下抱住对方的腿将其摔倒。孟欣赢了！

英姿飒爽战擂台，昂首屹立添威风！这场青春对决，孟欣赢得大气、漂亮！教练不断地说"好！好！"她的组合姐妹在后台看到孟欣赢了，情不自禁地跳跃欢呼，为孟欣打响第一炮而拍手叫好！有粉丝在网上这样说道："柔美的外表下，随时都可以爆发出惊人的力量！"

接着第二个队友上场了，双方均以拳法试探对手。对手的技术显得更加全面立体，拳法和膝法的配合十分流畅犀利，令队友有些慌乱，让对手抓住了战机，将队友摔倒。

此时，第三个准备出场的队友有些紧张，因为三人组合对抗，有两人赢了，获得胜利就在眼前。前二人中已经一赢一输，所以第三个出场的队友自然压力就很大。只见第三个队友做了个深呼吸，两腿跳跃步伐坚定稳健，摆拳姿势看出稳定心态。对手一开始就以直拳技击队友面部，队友迅速以前臂阻挡对手的袭击。对手采用直鞭腿和侧鞭腿技击，队友迅速以膝腿法抵挡，然后快速攻击，用拳腿组合法向对手技击。就在第三局最后读秒时，队友的一个动作在可判不判的情况下，裁判还是决定判了。就差那么一点点啊，可惜啊，太可惜了！

队友神色暗淡的走向后台，控制不住"哇"的一声大哭了，孟欣赶紧跑上前去抱着队友，安慰着队友。

队友泣不成声地对孟欣说"孟欣，对不起，对不起！"

"没事，没事。我们都尽力了，我们都努力了！"一语末了，孟欣泪水夺眶。

"呜呜呜——孟欣，就差一点点啊——呜呜呜——孟欣，对不起啊！"队友伏在孟欣的肩上痛哭流涕，组合三姐妹抱在一起哭了。

熄灯号响了，她们三人没有丝毫睡意，明天还要比赛，争夺第三名。

在月光和星星的照射下，组合三姐妹围着操场跑步，她们发泄着内心的酸楚，她们向前奔跑要追回失去的一切。

就在这时，孟欣感到腿很疼痛，肿得很厉害。其实她在组合赛时就已经受伤了，当时全身心投入比赛，感觉不到伤痛，队医让她用冰敷，可她对冰过敏，只好用绷带绑住受伤的腿。训练不到一会儿，她的腿钻心的疼，实在不能训练了，经检查，严重骨折，旧伤重演，必须手术。

　　孟欣是个好学的姑娘，养伤期间，她不会让时间白白流逝，她拿起英文课本，跟着录音自学英语口语。她认为，要传播和弘扬中华武术，学好外语语言是必修课，这样才能更好的与更多人交流。就在她跟读英语时，寝室门"吱嘎"开了，她抬起头的瞬间，惊呆了。

　　母亲来了！母女相见，喜出望外。

　　母亲从老家带了很多孟欣爱吃的食物，还特地买了猪骨给孟欣熬汤养伤，女儿的伤痛牵连着母亲的心，母亲坐在女儿身旁，低着头，眼泪便如断了串线的珍珠，扑簌簌地落满了胸襟。母亲的眼泪里包含着太多的不舍和对女儿思念。孟欣搂抱着母亲，安慰着母亲。看到母亲的眼角增添了许多皱纹，看到母亲粗糙开裂的双手，不禁怆然饮泣，感慨万千。多少年来，在自己悲伤时，母亲是慰藉；在自己沮丧时，母亲是希望；在自己软弱时，母亲是力量。孟欣始终牢记母亲的教诲，告诫自己"不管做什么，都要有持之以恒的精神和自信力，做好自己，努力为祖国做出贡献！"

　　母亲走了，在母亲暮然回首的一刹那，孟欣看到母亲的泪水悄悄地滑下，嘶哑的说了一句"欣欣，照顾好自己！"孟欣控制不住了，眼泪随着母亲的背影飞转而去……

　　时光荏苒，已是寒冬。残叶凋谢，皑雪飞舞。

　　孟欣光着脚站在冰冷的地上，好冷！寒冷从脚底延伸到体内，刺

激着她的子宫，盆腔内血管痉挛收缩，好痛！她面色苍白，嘴唇无色，她弓着腰，捂着肚子，跺着冻得发麻的双脚，眼睛时不时的看着门外，期盼的眼神里好像在说，你怎么还不到啊，我快受不了了。时间一分一秒的过去了，期盼的眼神变为失望。

决赛开始了，孟欣要上场了。队医不知何故，没有来到现场。这该死的痛经！

队医此时正被堵在路上，心里很着急，因为每个运动员都离不开他。

孟欣多么希望有颗止痛片来缓解她难忍的痛经，多么希望能喝一碗热乎乎的红糖姜丝茶来温暖一下她的宫寒啊。

由于小腹坠痛，孟欣浑身发冷，冷得她全身发软，软得拳出不了，腿也踢不了。她唯一的念头，就是，靠顽强意志来拼搏，靠微弱的力量来战胜一切。打了三局，打得很艰难，孟欣几乎是撑到了最后。虽然获得第二名，但这个成绩对她而言来之不易啊。比赛结束，孟欣浑身颤抖，教练和队友赶紧给她披上大衣，搀扶着她走下擂台，并将她

孟欣奋战擂台

送进了医院。没想到，除了煎熬的痛经，高烧也让她从咽喉到鼻腔都在撕裂的疼痛。医生让她别参加比赛了，这样的身体状况不仅不能出好成绩，而且很容易引起其它病变。孟欣只是淡然一笑，打完点滴，她又以矫健的步伐回到了擂台。

一个人只要对自己充满自信，即使遇到最大的困难，也会有勇气去应对，所有的遗憾，会以完美的结局来弥补。

2013年十二届世界武术锦标赛在吉隆坡举行，来自近八十个国家和地区的"武林高手"前来参赛。出发前，中国国家武术散打队总教练张根学对参赛运动员说："最近几年，世界各国和地区的散打选手水平有较大提高，尤其和欧美的运动员相比，中国散打队员从肌肉类型和神经类型上来说，要逊色于对手。这次我们参赛的八名选手都没有世锦赛经验，但我相信，你们会以最好的状态参加这次比赛，要以你们的实力向世界显示中国功夫的超强实战威力，在世界舞台上，不仅使中国散打扬眉吐气，还要大大提高中国散打的国际知名度。希望这次不仅能捍卫中国武术的霸主地位，更能通过这种高水平的赛事展示中国武术的博大精深魅力。这次世锦赛不仅是给你们锻炼的机会，对你们更是一次严峻的考验。你们将挑起中国散打未来的大梁！你们有信心吗？"

"有！"

"你们准备好了吗？"

"准备好了！"

"好！现在我把舞台交给你们！"

"老师放心，我们属于这舞台！"

"出发！"

运动员们信心百倍，斗志昂扬，孟欣更是热血沸腾，英姿飒爽。

十二届世锦赛散打项目共设男女18个级别的比赛，中国散打队派出5名男选手和3名女选手参加8个级别的争夺。经过激烈争夺，8

名中国选手无一例外，全部进入各自级别的决赛。女子散打决赛率先进行，中国队出场的是 56 公斤级选手毛雅怀，她不负众望，以 2:0 轻松击败巴西对手，为中国散打队夺得了首枚金牌。随后，中国队王聪和孟欣在女子 60 公斤级和 70 公斤级的比赛中，均以 2:0 战胜意大利选手和印度选手，为中国再添两金。再说孟欣，比赛时，她状态很好，发挥正常，拳腿组合法让印度选手猝不及防，不停后退，孟欣快速追击，一次次抢攻，让对手无法喘气，直至崩溃。

桂冠上的飘带，不是用天才纤维捻制而成的，而是用痛苦和磨难的丝缕纺织出来的。经受了火的洗礼，通过每场比赛的磨练，孟欣把自己各方面素质和技能推向了新高度。

第七届世界杯武术散打比赛于 2014 年 11 月在印度尼西亚雅加达拉开帷幕。中国国家武术散打队总教练张根学带领中国散打队 5 名男子选手和 3 名女子选手前往参赛。之前，参赛选手在山东济南集结，进行赛前一个月的紧张而严格的封闭训练。

世事难料。孟欣在训练中左臂出现脱臼现象，这让她感到很郁闷，越是不想发生的事情它就偏偏发生。她尽量保护好受伤的臂膀，使之在比赛中不再重演。

可是，它还是发生了。令她担忧并害怕的痛经又缠上了她，真让人烦心。不过，止痛片的服用总算让痛经消停了。但是，在 70 公斤级的比赛途中，孟欣左拳出击时，臂膀再次出现脱臼。她埋怨着自己，怎么这样倒霉。孟欣瞬间做好心理调整，从逆境中找到智慧，以拼搏精神决战到底。

一个真正的战士，是绝不会把不良的情绪带到战斗中的。

孟欣努力做出左右拳技击，让对手摸不着头脑，真假难分。她尽量发挥右臂拳法，采用腿法和推擂。她告诉自己，千万不能被打倒，一定要战胜困难，挑战自己。张根学总教练知道后，问她伤势如何，是否还能继续比赛？孟欣坚定的回答，老师，我能！于是，张根学总

教练鼓励着她并给她进行战术部署，使孟欣斗志大增。铿锵玫瑰瞬间点燃擂台，她使出右臂全部力量，将拳头猛向对手挥去，然后，趁对手闪避之际，她一个鞭腿将对手击倒，接着，趁对手还未站稳，她又一拳向对手挥去，只见对手跟跄后腿，摔倒在地。经过顽强拼搏，孟欣咬牙坚持到最后，最终战胜对手，取得了女子 70 公斤级的冠军！

铿锵玫瑰纵横四海，笑傲天涯永不后退！

她展示出中国人不屈不饶的武德精神，感动了现场观众，尤其是华人，他们举起国旗，呐喊着"中国胜利！中国胜利！"，令所有中华儿女热血沸腾，心潮澎湃！

当五星红旗升起，主持人大声宣布"冠军，是来自中国的孟欣"时，她流出了无比自豪的泪水。从此，这颗璀璨的星星在武迷的心中闪闪发光。

孟欣把这一好消息告诉父母的同时，也得知弟弟的身体发生了变化。弟弟身体超出正常人的肥胖，体质很差很差，超乎自己的想象。孟欣看到弟弟这样的状况，很心疼，非常着急。怎么办？她想了好几天，想出了一个办法，她想尝试让弟弟去学习武术，希望通过习武能让弟弟的身体好起来。因为自己小时候也是体弱多病，习武后才有了健康的身体。当父母知道孟欣的想法后，瞪大着眼睛半信半疑，但孟欣毅然决然的作出了这个决定，于是，她搀扶着弟弟离开了家乡，坐上开往陕西的列车……

数九寒冬，积雪冰封，腊梅怒放。

孟欣微笑着带着弟弟向散打队走去……

你是坎坷中不倒的巾帼英雄，你是磨砺中美丽的铿锵玫瑰。你将奋斗、追求、付出默默地写在人生旅途上，刻在所有取得的荣誉背后。你的飒爽英姿，你的顽强拼搏，你的永不屈服，你的自我挑战，都深深地烙在武迷们的心中！

孟欣个人战绩:

2007 年
全国青少年武术散打锦标赛女子 70 公斤级冠军
2011 年
全国武术散打女子 70 公斤级冠军
2013 年
第十二届世界武术锦标赛女子 70 公斤级冠军
武术散打百强赛决赛女子 70 公斤级冠军
2014 年
第七届世界杯武术散打女子 70 公斤级冠军

SHAOLIN
XIONGYING

少林雄鹰

南拳北腿少林魂，救世扶危为根本。
武门辈出真勇士，雄鹰展翅见精神。

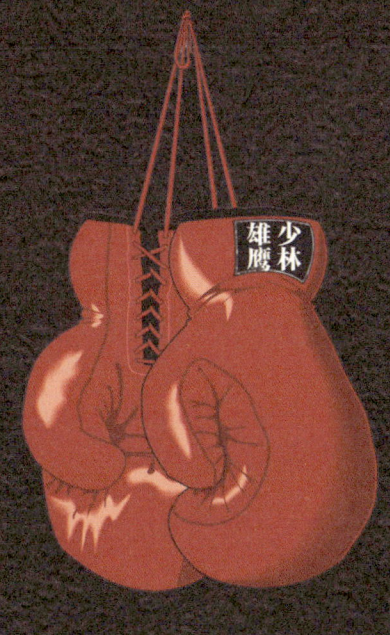

壹

　　2011 年的深秋，王鹤松正在训练，突然接到指令去河北打比赛，缘由是北京一家散打俱乐部在河北要与伊朗选手进行一场对抗赛，但看到伊朗选手在做赛前准备时，显出个个体格健壮，技能过硬，怕中国选手会在力量上处于下风。为了不给国人丢脸，急电请求增援。教练得知后，便一声传令，王鹤松等几个散打后备力量明晨六点准时出发，务必赶在比赛前到达目的地，速战速决！

　　王鹤松等几个人一路颠簸，马不停蹄，坐了十几个小时的车终于到达了目的地。还未休息，对抗赛开始了，王鹤松还没热身，就上了擂台。

　　伊朗选手见到王鹤松很稚嫩的模样，不由地发出冷笑，刀锋般的双眼射出一股杀气。一出场，伊朗选手就以猛烈的组合拳向王鹤松发出挑战，其威势雷霆万钧，十分惊人！王鹤松虽然第一次与伊朗选手较量，不知对手的底细，但他的脸上依然是平静、镇定，充满自信，并没有被对手快拳猛拳所震慑！他的目光冷静而锋锐，心态和身形丝毫不乱。王鹤松打得很放松，他施展拳法、膝法、腿法连续攻击，把伊朗选手的腿踢伤了，这使对手暗中吃惊。可是，就在王鹤松防守松懈的空隙，暴躁的伊朗选手一个前鞭腿击中了王鹤松。王鹤松顿时一屁股坐下，但又很快站起，紧紧握住拳头，准备迎战。可是，就在此刻，王鹤松突然感到嘴巴不听使唤了，牙齿根本咬不住了，好像牙齿全部掉了的感觉，鲜血一下涌满口腔。他的下巴被打掉了，这下王鹤松可

气坏了。就在这危急关头，教练问他是否能继续比赛，他大声喝出——继续打！一定要打！

这样的场面，这令人荡气回肠的喊声犹如威武壮士在烽火弥漫的战场上发出的冲锋讯号，令人慷慨激昂！这样的情景深深震撼了台下所有的中国人，他们热血沸腾，激情高涨，他们为中国勇士加油鼓劲，齐声呐喊："打，一定要打！中国万岁！"

鲜血染红了衣襟，染红了擂台！王鹤松张开满口鲜血的嘴巴，挥动着勇士的拳头，笑着上了擂台。顿时，全场掌声雷鸣，群情激昂。

王鹤松奋战擂台

伊朗选手看到王鹤松满口的血，仿佛汹涌的血液开始要吞噬他全身每一寸地方，感到脊梁骨阵阵发凉。顷刻，王鹤松心想，虽然我的牙被你打掉了，但我的拳和腿极有力量。王鹤松感到整个身躯已成了一把熊熊燃烧的火炬，来吧，任凭暴风骤雨！由于伊朗选手的腿受伤，显然不敢轻举妄动，好像在等待时机。王鹤松却加强了拳的攻势，采

用连续鞭腿，在对方连连后退之际，他像一匹无法约束的烈马任性地向对方冲去，这一速度让对方来不及细想，便摔倒在地。伊朗选手的状况明显不如前两局，不知是腿部伤痛受阻，还是因为看到王鹤松满口鲜血感到畏惧而迟迟不敢迈进。王鹤松已等不及了，他从嗓门里发出吼声，鲜血喷洒，以强韧的体魄，拼搏的毅力，爆发的力量和骇人的声势让对手根本失去了招架能力，惨败于场。

王鹤松获胜！他的鲜血见证了中国人威武不屈的精神和力量！

他唇边一滴一滴划落的鲜红，那是晶莹般的渴望，那是不息的追求！

中华武士用鲜血和生命谱写了惊天地泣鬼神、气壮山河的英雄诗篇！

救护车急速地飞驰，王鹤松被送进了医院。他下巴两边全部断了，牙齿与牙龈脱离，必须立刻手术！

手术经过了数小时，王鹤松牙龈里被装上了硬硬的钢钉。他的面部已变形，因肿胀而显得扭曲，乍一看上去令人毛骨悚然。医生说："钢钉是进口的，到时候，你想拿出就拿出，不受时间限制。"他说："不拿了，留着做个纪念吧。"医生还说："你不能再打了，要不下巴就真的没了。"他说："怎么能不打？下巴长好了就行了，再说里面还装了钢钉呢，比原来更结实了。"医生被他的幽默逗笑了，从心里佩服这位年轻的勇士，称赞他是个乐观、勇敢的人！

说起与武术散打的缘分，在王鹤松的童年习武时期，就曾发生了一个小小的插曲，恰恰正是这个小小的插曲让王鹤松与武术散打结下了不解之缘。

中岳嵩山，群峰挺拔，气势磅礴，景象万千。武术学校就坐落在翠绿诱人的群山之中。

数十名习武弟子在场地上练着武术，他们个个如雏鹰展翅，威风凛凛，虎虎生威。

弟子们齐声口号，声震山谷：

南拳北腿少林魂，爱国护家健自身，崇文尚武遵祖训，救世扶危为根本。

止恶扬善兼济困，软硬功夫铸风骨，弘扬中华武林风，自强不息当英雄。

就在师傅宣布"收工"后，名叫王鹤松的弟子快速地离开队伍，向另一个练武空地跑去。

有一位小弟子看见后，便追上王鹤松问道："嗳，王鹤松，你去哪里呀？"

王鹤松边跑边回应："我去看老大哥们练武。"

小弟子气喘吁吁地说："原来你练完武就是要去他们那儿呀！"

王鹤松回应："是的。看他们练武真过瘾。"

小弟子好奇地说："那我也去看看。"

练武场上，习武人正在进行散打训练，个个快速勇猛，强劲有力，气势逼人。

少林雄鹰

小弟子看到这种场面后表情惊讶："啊呀，真厉害呀！"

王鹤松目不转睛地看着这些老大哥们练武。

"这叫啥功夫？"

"好像叫散打。"

"散打？"

"我听老大哥说的。"

"哦，其实不就是打架嘛。"

"跟打架有区别。"

"有啥区别？动拳动脚抱着摔呗。"

"嗨，跟你说，你也不懂。"

小弟子歪着脑袋看看王鹤松，也就没吱声。这时，一位散打队员向他俩走过来。

"你又来了，练武结束了？"队员跟王鹤松说。

"嗯，结束了。"王鹤松回应着。

"嘿，想不想玩玩？"散打队员问道

"不是，我只是来看看。"小弟子抢先说。

"我想玩呢！"王鹤松立刻站起身来说。

"好，那就玩玩吧，过把瘾。"散打队员把拳套递给王鹤松。

"老大哥，你能不能教我两招？"王鹤松认真地说。

"好，教你两招。"散打队员显得很牛气。

"嗳，王鹤松，你真的想学这呀？"小弟子充满疑惑。

"嗯，我想学呢！"王鹤松坚决地点头说。

其实，王鹤松在武校看过体育频道中的搏击比赛，只见搏击运动员个个勇武彪悍，拳脚凶猛。激烈勇战的场面让王鹤松感到很刺激，随之对搏击运动产生了浓厚兴趣。这也许跟他的性格有关，比较好斗，这项运动很适合自己。后来，看到武术学校里的老大哥们练散打，更激起强大的欲望，体内有种无形的力量蠢蠢欲动。

"来，戴上拳套。"散打队员边说边拿起拳靶。

"嗳。"王鹤松开始戴上拳套。

"你用拳腿击打我的拳靶，看看你是否能练散打？"散打队员说完，便站好了姿势。

王鹤松真的来劲了，他模仿着散打队员的样子，向拳靶打了过去。

"唷，力气还不小呢。来，继续打，使出你最大力量。"散打队员鼓励他说。

王鹤松继续对准拳靶，一拳接着一拳。

"好，不错。再用腿踢靶子。"散打队员说。

王鹤松立刻伸出右腿向靶子踢去。

"好——再踢——对——再踢。"散打队员一边后退一边激励着他。

王鹤松拼命地打，拼命地踢，幼小的身体充满着神奇的力量。

"嘿，还真行啊！好了，停下停下！"散打队员怕王鹤松受伤，毕竟他没有经过专业训练，只是打着玩的，万一受伤了，那就不好交代了。

王鹤松这才停下，然后喘着气，绯红的脸上淌着汗。

"你这小子，打出瘾来了吧？呵呵。"散打队员笑着说。

"王鹤松，你不赖呀！"小弟子在旁边也跟着凑热闹说。

王鹤松站在原地，一双大大的眼睛发出一道光芒。突然，他坚定地对散打队员说："老大哥，我想练散打！"

"你真的想练呀？是因为刚才打靶子觉得好玩儿吧？"散打队员逗笑着说。

"不是的，我真的想练散打。"王鹤松表情有些严肃。

"不过，就刚才你踢打靶子的时候，我也感觉你蛮适合散打的。"散打队员发表了看法。

"真的？老大哥你也这么认为？"王鹤松听老大哥这么一说，心里暗喜。

　　"你真的想练散打，要经过你们师傅同意才行。这边，我也帮你跟我们师傅说说。"散打队员跟王鹤松说。

　　王鹤松听后点了点头，然后说："我这就去跟师傅说去。"

　　谁知，王鹤松刚跟师傅提起想练散打之事，师傅先是满脸吃惊，然后怒瞪虎目，狠狠地说了两个字："不行！"。

　　王鹤松站在师傅面前，一会儿低着头，一会儿抬起头，不敢正眼看师傅。他心里知道，师傅很喜欢自己，突然说要离开，师傅肯定会是大吃一惊，或是被师傅大为恼火的骂一通。其实要离开师傅，他心里也不是滋味。但是，他对散打运动是一见钟情，极其喜欢，欲罢不能。可是，如何说服师傅同意自己的选择呢？王鹤松心里像热锅上的蚂蚁，七上八下。

　　师傅看着眼前这位弟子不仅没有退缩的意思，而是坚定地站在那里动也不动，心里确实很恼火。

　　"你武术套路都练三年了，练得非常好，也出成绩了，你就不想练了？"师傅严厉地说。

　　"师傅，我觉得自己更适合练散打。"王鹤松说。

　　"你怎么就知道自己适合练散打呢？"师傅提高了嗓门。

　　"我——我跟散打老大哥练了两招。"王鹤松说出了实说。

　　"哦，原来你已经偷偷在学了呀？"师傅显得很生气。

　　"师傅，我开始只是跟那些老大哥们打着玩玩的，后来我越发感觉自己很适合散打项目，再说，我非常喜欢散打。"王鹤松态度非常诚恳。

　　"看来你是非去不可了？"师傅紧接问。

　　"师傅，你就让我去吧，我的力量属于散打。"王鹤松哀求般的跟师傅说。

　　师傅看着眼前这位让他打心眼里喜欢的爱徒，竟有如此大的决心要离开他，心里真的不舍呀！但考虑弟子的选择，又奈他何？托尔斯泰有一句名言：成功的教学所需要的不是强制，而是激发学生的欲望。爱徒心意已决，怕是留不住了！

　　王鹤松站在原地一动不动地看着师傅，也不知师傅在想什么。但他心里却在想，随便师傅如何数落自己，也不能动摇自己的决心。忽然，师傅闭起的眼睛睁开了，睁得大大的。王鹤松感到惴惴不安。

　　"还不快走，还楞在那里干嘛？"师傅提高嗓门说。

　　"啊？哦。"王鹤松被师傅突如其来的高嗓门吼得有些不知所措。

　　"臭小子，乘我还没改变主意，再不走，你就没机会了。"师傅严厉的表情中略带着苦笑。

　　"谢谢师傅！不管徒弟走到哪里，决不会辜负您的期望！"王鹤松缓过神来，一颗悬着的心终于放下来了。他向师傅发誓，自己选择的路一定会勇往直前走下去，决不退缩！

　　"快滚！"师傅怒言刚落，就用腿在王鹤松的身上狠狠地踢了几下，王鹤松感到一阵疼痛，惊恐的双眼看着发狠的师傅，连退几步，然后，他含着泪拔腿就跑……

　　由于之前练过武术套路，王鹤松很快就掌握了散打基本功，进步很也快，刚练了三个月，教练就让他参加武校运动会散打比赛。一听要参加比赛，王鹤松可来劲了。比赛中他神情自如，也不显得紧张，对手是个老队员，是学校散打尖子，看到王鹤松是个新队员，不以为然，

露出很轻敌的神态。王鹤松不怯场，他就一个想法，今天一定要把对手打下去！王鹤松发挥正常，步法手法的协调性掌握的比较好，力量也很强，让对手顿时感到王鹤松不是那么轻松好对付的。逐渐，对手明显感到体力不支，败下阵来，经过这次比赛，教练们都觉得他是一个有前途的散打运动员。

参加了几场比赛，王鹤松都获得了 48 公斤级第一名。那段时间里，他风光了好一阵子，在武校里也算是个尖子队员了。

又是早春季节来临，山山岭岭，阴云遮住了太阳，迷蒙的暮色笼罩着山野，来不及化冻的积雪让那枝枝叶叶挂上了冰凌玉片，那团团的云雾还悠闲地沿着山谷漂浮。散打队员们一如既往的训练着。这时，一个队员跑过来说，教练要走了，说是教练被调走了，武校要与其他学校合并。这突如其来的消息让王鹤松他们感到很震惊。

武校合并后，地址迁移到了嵩山脚下，那里山清水秀，景色怡人，山林与飞瀑汇合出一幅美丽的图画。可是，就在几十个学员刚到新学校不久，又一个消息传来，散打教练暂时空缺，学校决定暂由技能比较好的，并且出过成绩的老队员代替。结果，王鹤松被任命为散打代课老师。这是王鹤松没想到的，他心里并不开心，因为他心里正琢磨着另选一所武校继续好好练散打，想在散打的道路上走得更远。

王鹤松闷闷不乐地对队友说："自己功底很浮浅，技能只是达到基础水平，怎能去教别人？"

"嗨，让你代课，说明你的水平还是得到认可的。"

"教练不是谁都能当的，我太稚嫩，不能胜任。"

"反正是暂时代课，说不定两三天就有新教练来了呢。"

"关键是，我不知道怎么代课呢？"

"教练怎么教我们的，你就模仿呗。"

"没有较强的专业技术，学员们会服从我吗？"

"你行的，肯定能行。"队友始终鼓励着他。

"考虑将来的前途，我自己还想好好练呢。"

"代课只是暂时的，你也不用多顾虑。"

"看来我是推脱不掉了，顶着头皮上吧。"

以上对话，可以看出王鹤松满腹心事，一脸茫然，但有队友们的支持和鼓励，王鹤松的心里还算欣慰。16岁的王鹤松就这样当上了散打教练，稚嫩的肩膀上挑起了重担。

晚上，他睡在床上反复在想，这也许是命运对一个人的考验？或是命运给了一个人锻炼的机会？如何当好代课老师，他只能是摸着石头过河了。

王鹤松把传统武术套路的基本功和武术散打的基本功结合起来教新学员，再做些示范动作，让学员们知道自己的技能力量，起到了树立威信的作用。同时也是给自己磨练毅力，锻炼技能的机会。

时间过去两个月，王鹤松想走的念头依然存在。之前，他经常听到那些老队员提起"国际健将""特招上大学""散打王中王""功夫王"等等的荣誉称号，自己很羡慕，也经常鼓励自己一定要走上更大舞台。可是，学校目前的状况，再看看自己现在的样子，离想象中的目标相差甚远，他心里很不舒服，也很压抑。就在这时，学校终于来了一位女教练，王鹤松郁闷的心情顿时明亮起来，他可以放下包袱了，决心离开学校，去寻找属于自己的梦想舞台。

王鹤松选择了少林鹅坡武术专修院，它是全国十大武术名校之一，环境优美，文化底蕴丰厚，武学渊源流长，是莘莘学子学文学武的好地方。当教练一看到王鹤松的形象，觉得他就是一个搏击运动员，就让他打实战对抗演练。王鹤松早已等不急了，体内的热血即将燃烧！虽然他没有打过65公斤级和70公斤级，也没得到相应的训练，但他觉得良机只有一次，一旦错失，就再也得不到了。于是，他跳上实战对抗擂台，将浑身的力量爆发出来，很轻松的将65公斤级和70公斤

级的对手打败。教练很震惊，觉得眼前的王鹤松天生就是个搏击运动员，立刻喜欢上了他，决定让王鹤松打两场比赛。王鹤松听后非常激动，他太需要这样的机会了！事实在证明，仅仅靠天赋的优势并不能造就英雄，还要有运气相伴。

"有问题吗？"教练问王鹤松。

"没问题！"王鹤松充满信心地回答。

"好，那就打70公斤级吧"教练喜欢像他这样有信心的学员。

"知道了，教练。"王鹤松回答很干脆。

"还有两个月时间就要比赛了，抓紧时间好好训练。"教练很看好他。

"放心吧，教练！"王鹤松露出坚定的表情。

机不可失，失不再来。王鹤松非常珍惜这次机会，他刻苦训练，虚心学习，他把每个沙包当做对手，把每一次实战训练当做战场，他要朝着梦想之路进军！

功夫不负有心人！2009年，王鹤松荣获河南省武术散打比赛70公斤级冠军！学校不仅授予他奖状，还给予他优秀运动员应有的待遇，王鹤松兴奋极了，他唯一的念头就是，要让自己站在更高的舞台上！

王鹤松体内一股力量仿佛奔突的岩浆汹涌喷发，一发不可收拾。然而，一发不可收拾的力量却给他带来意想不到的后果。

冬训的一天，王鹤松与校友在操场上打球，一不小心，他的球打在了校友晒在操场上的被子上，校友看见了，便开口骂人，王鹤松赔不是，校友却不领情，于是，双方发生了口角，然后，双方打起来了。结果，王鹤松把那校友打伤了。校友被送进了医院还惊动了家属，说要赔钱，王鹤松只好向同学们东拼西凑了几千块钱。可是，这几千块钱不管用，王鹤松想不出更好的办法，只好打电话给家里。母亲借了一万元钱让哥哥和王鹤松给受伤者赔礼道歉。

大家以为陪了一万多元钱，可以息事宁人了。但是，事情并不是想象的那样简单，而是大大出乎人的意料。

"王鹤松，那人不罢休，要让你坐牢呢。"有一个同学跑过来跟他说。

"啥？坐牢？我不是陪了钱嘛。"王鹤松不相信同学的话。

"据说那人家里有背景。"同学把听来的消息告诉他。

"真的呀？"王鹤松露出紧张的表情。

"你快去找教练吧。"同学也替他着急。

"嗯，好，我这就去找教练。"王鹤松说完，飞一样的跑去。

"教练，我是不是要坐牢？"王鹤松上气不接下气地问教练。

"……唉！"教练想说什么却没说出口，只是深深叹了口气。从表情和眼神里能看出教练很喜欢王鹤松，但又显出很无奈。

"教练，我怎么办？"王鹤松急着问。

"你跑吧！"教练想了想，然后对王鹤松说。

"跑？往哪儿跑啊？"王鹤松一脸的紧张和恐惧。

"跑回家！"教练语气坚决的说。

"啊……"王鹤松不明白。

这就叫性格决定命运！王鹤松回到家后，心里一直想着那笔赔偿的钱，觉得自己应该出去打工赚钱，还上同学们的钱，还上母亲所借的钱。

数九腊月，王鹤松原本一颗火热的心仿佛被冰雪盖住，感到很冷。他曾有的美好理想就这样化为泡影，他曾经奋斗过的一切都成了一场空，他恨自己不争气，恨命运的捉弄。理想可以被几小时内发生的糗事而毁灭，那么命运是否也可以在短时间内被改变呢？王鹤松想不明白……

电话铃响了，是鹅坡武院教练打来的。

"喂，是王鹤松吗？"

"教练，我是王鹤松。"

　　"你去北京吧。"

　　"啊？去北京？去北京干吗？"

　　"叫你去，你就去，先别问那么多。"

　　"哦……"

　　"买好了火车票，告诉我一声，知道不？"

　　"哦……好……知道了。"

　　挂了电话，王鹤松一颗冰凉的心似乎在融化。尽管教练在电话里没有告诉自己去北京干什么，但他知道北京是一个人人向往的地方，他更坚信教练今天打来电话让去北京肯定是对自己有帮助的。家里人给他凑了些盘缠路费，也给他买了一张去北京的火车票，嘱咐他不管发生什么事，家永远是最好的港湾。

　　王鹤松上路了，这是他第一次坐火车，兴奋地一夜未眠，满脑子都是幻想。

　　火车靠站了，北京站到了，王鹤松背着行李好奇地四处张望，随着人流出了站口。突然，他发现在拥挤的人群中有人高高举着牌子，上面写着"王鹤松"三个字。啊，北京还有人接我？自己竟有这样的待遇？他一阵激动就跑了过去。

　　接他的人是北京散打队的教练。当王鹤松来到了北京队，一下惊呆了，这是啥地方？环境优美漂亮！教练告诉他，这是北京散打队，你在这里好好训练吧。啊！我的梦想王国，原来你在这里呀！我太幸运了，我太感谢师傅了！王鹤松喜出望外，眉开眼笑，心花怒放。

他刚放下行李，教练就让他下午开始训练，王鹤松没有怨言，心里想，不管是千辛万苦，我一定要坚持下去，一定不能辜负师傅和家人的期望。下午的实战对抗，共打了三场，王鹤松发挥得不错，虽然他已经两个多月没有练散打了，但他的拼搏精神让他占据上风，以抱摔获胜。最终，五个新学员里只有王鹤松一人被留在了北京队。

高兴之余，赚钱还债一直是他的一块心病。再说，还有几天就要过年了，他很想回家去打工，尽快把钱还上。可是，教练不批假，说他刚来北京队没几天，不准请假，叫他待在队里好好训练。王鹤松不仅不听教练的劝说，还在教练身前身后转悠着，一会儿拉拉教练的衣服，一会儿跟教练矫情，说想爸爸妈妈了。教练被王鹤松的纠缠弄得不知如何是好，再坚硬的心也软了下来。

"这么想家呀？"

"嗯，快过年了，特别想家。"

"那就破例一回，下不为例哦。"

"好，以后不再闹了。"

"过完年就赶紧回队，知道吗？"

"知道了！"

王鹤松从北京坐火车返回了河南老家。

王鹤松性格刚毅好胜，讲义气，也有着一人做事一人当的大男子主义。为了还钱，他把教练吩咐的话撂一边了，准备外出打工。这时，父母接到了一个电话，说是北京教练打来的，要求王鹤松赶紧回队，王鹤松处于两难之中。

深夜，王鹤松睡不着，他耷拉着脑袋惶惶不安地走进母亲的床边。

"妈妈，我睡不着。"

"还是为教练电话的事吗？"

"是的。妈妈，我想出去打工赚钱，好减轻家里的负担，但我又很喜欢散打，心里很纠结。"

"儿子，你在武术的路上已经走了一程，再继续走一程，就会看到光明了。"

"妈妈，那要等到什么时候啊？！"

"儿子，不管做什么事情，都要持之以恒，不要半途而废，要不，永远都会一事无成。"

"我想赚钱尽快还掉借同学的钱，到时，我再去练散打，这样不好吗？"

"儿子呀，你曾经跟妈妈说过，机不可失，失不再来。如果你放弃了这次机会，以后就难说了。再说，教练很看重你，你要多听教练的话，好好练，相信你一定会有前途的！"

"如果我练不好呢，出不了成绩咋办呢？"

"只有你努力了，就能成功了。"

"妈妈，你不懂，出不了成绩，我啥也不是，啥也没有。"

"儿子，你以前的那股冲劲哪里去了？"

"我，我也不知道自己怎么了。"

"到时真的啥也没有，再去打工也不迟。"

"……"

"但是，你必须挺起胸，勇敢地站在擂台为国争光，这才是你的出息！"

母亲最后几句话，王鹤松深感母爱是迷航的灯塔，指引着他前进的方向。他再次回到北京。

又是一年芳草绿，阵阵春风，洗去了冬日的沉重，吹活了百般纠结的桃枝，吹绿了紧锁眉心的柳叶。春天的音符，开始在岁月的琴键上跳跃。经过几番周折，十八岁的王鹤松渐渐明白，人生就是一方沃土，播下什么，就收获什么。人生的路绝非坦途，成功的路更是布满了荆棘和坎坷，只有勇者、智者、有大毅力者方能过关斩将。王鹤松经过自己不断努力和刻苦，技能进步很快，在 2010 年里的几场商业比赛中都获得 70 公斤级冠军。

伍

　　故事再连续到前面。王鹤松牙龈里被装上了硬硬的钢钉后，话不能说，东西也不能吃，只能靠流食来度过艰难的日子。可年少的王鹤松对武术的酷爱，激励他战胜所有的痛苦和艰辛，面对训练时的多次伤痛，他总是能用坚韧、乐观的心态去面对，这与他对武术的热爱和不畏吃苦的性格关系极大。

　　过了一段时间，他的伤势基本痊愈，他已经等不及了，又返回到了训练场，但受伤带来的伤痛令他心有余悸，每次对方出拳，他就会条件反射地抬高双臂护着自己的下巴，偶尔碰到了，整个牙齿就会酸酸的，嘴巴就会麻麻的。也正是这样的条件反射，他的防守技术变得越来越好。

　　接着，王鹤松参加了"亿阳杯"海峡两岸联队 VS 欧美武术搏击对抗赛。中国大陆和中华台北的 7 名搏击选手联合对抗来自美国、哈萨克斯坦以及瑞典等国家的对手。

　　王鹤松对阵的对手又是伊朗选手。面对伊朗选手阿萨里，王鹤松以娴熟的技法，凌厉的腿法，狠辣的进攻，令在场所有人对这名 21 岁的小将刮目相看，都说他颇有当年"柳腿劈挂"柳海龙的风范。只见他闪电般的快腿，稳、准、狠，使对手防不胜防。他狠辣的攻势咄咄

逼人，他的鞭腿让对方吃尽了苦头。伊朗选手虽然努力扭转战局，但面对强大的王鹤松显得有些力不从心。在尾回合较量中，纵使伊朗选手如何闪躲、进攻都被王鹤松克制住，并以高超的摔法几次将对手摔倒在地。最终，王鹤松以绝对优势夺取胜利！

威武的将士叱咤风云，演绎了疆场上英雄的骁勇！

要说青春时代是个激情燃烧的时代，那么王鹤松就是这个时代燃烧激情的青春舞者。这种激情是他对理想的追求和对散打的热爱和执着。

沉着应对　勇挫强敌

时间如流水，转瞬间又到了 2013 年全运会，运动员们个个龙腾虎跃，勇往直前，锐不可当。散打团体决赛时，王鹤松打 70 公斤级。第一场，团队选手打得比较轻松。第二场，王鹤松被对方用膝顶了屁股，开始他并不在意，仍然很放松的去打。待比赛结束后，回到了宾馆，王鹤松发现屁股肿了很大，就像个大气球。

"啊哈，王鹤松，你屁股变得好大好大。"队友逗笑着说。

"屁股肿这么大，怎么比赛呀？"王鹤松苦着脸。

"快用冰块敷吧。"队友提议。

"对，别着急，冰敷很快就会消肿的。"队友们安抚着他。

"看来，我今晚是不能穿裤子了。"王鹤松幽默地说。

"还穿啥呀，屁股要撅一个晚上呢。"队友玩笑着说。

"哈哈……"大家都大笑起来。

冰敷了一个晚上，王鹤松的屁股依然像个气球，一点都没消肿，这下他真的很着急。

"啊呀，这样还怎么打比赛呀？"王鹤松急坏了。

"王鹤松，今天可是夺冠赛呀，咋办呢？"队友们也很着急。

"唉！咋办？只有坚持打呗。"王鹤松皱着眉。

"看来，你只有撅着屁股打了。"队友逗笑着说。

"只要屁股撅着不被挨打就行。"王鹤松认真并幽默地说。

"嘿，王鹤松，你不会玩老鹰捉小鸡的游戏吧？"队友话音刚落，便引起哄堂大笑。

王鹤松被搀扶着走进了赛场。所有人的眼睛都盯着撅着屁股走路的王鹤松，不知他在这场关键的比赛中能否坚持住。此时的王鹤松心里非常清楚，这场夺冠赛的胜负就在他身上，他必须咬牙坚持！

其实，对手已经知道王鹤松的屁股昨天已被顶伤了，有些幸灾乐祸，认为王鹤松肯定输定了。于是，对手采用了腿法和摔法进攻王鹤松，并且盯住他的屁股不放，只要有机会，就会再次让王鹤松痛上加痛。王鹤松虽然受伤，行动不方便，但并没有影响他激昂的情绪。他也知道，对手肯定会盯着他的屁股不放，他不断提醒自己，要保持头脑清醒，决不让对手钻空子。王鹤松咬着牙忍着伤痛，以顽强的毅力拼命抵挡着。

对方消耗了较大体力，也没取得预想的结果。王鹤松的防守发挥得相当不错，在座的老队员们都暗暗称赞，如此的防守技能，谁能够打倒他。

是的，王鹤松撅着屁股，微微弓着腰，还真的像老鹰捉小鸡的姿势。这样的防守不仅在消耗对方的体力，还确实让对方难以得逞。就在对方松懈时，王鹤松像一头愤怒的公牛，不顾一切地冲了上去，一下将对方抱摔在地。王鹤松获胜！整个团体获胜！

教练和队友们齐声欢呼，观众席上一片掌声。

王鹤松呀王鹤松，你简直太神奇了，你把大家的心都吊起来了。

他举起拳头，乐呵呵地绕场一周，当记者采访时，他说："我只有一个念头，就是不让对方打我的下巴，更不能让对方踢我的屁股。"哈哈，好一个厉害老鹰呐！

之前，王鹤松台下台上的表现早已被国家队张根学总教练看在眼里，心里发出感叹，这些年轻的武者，他们的辉煌战绩不仅是国内武术散打圈里的奇迹，更会引起世界武林人士的关注。他们不俗的表现，让大家看到中国武术散打后继有人。

比赛结束后，有些俱乐部和武馆看中了王鹤松，让他去当教练。就在王鹤松犹豫不决时，他接到了指令，让他速到国家队报到，接受新的任务……

擂台上的巅峰对决会越来越激烈，越来越残酷。总有一方遍体鳞伤，血流拳台。总有一方，军号嘹亮，胜利在望。2014年中土散打对抗赛上，王鹤松获得男子70公斤级冠军！

赛场永远是刚刚开始的结束，
赛场永远是刚刚结束的开始。
你用生命的血泪琴弦，弹唱着今日辉煌的旋律！

王鹤松个人战绩:

2008 年
江苏散打王 70 公斤级冠军
2009 年
辽宁锦标赛 70 公斤级冠军
2010 年
北京市散打锦标赛 70 公斤级冠军
"武林风"中泰对抗赛 70 公斤级冠军
2012 年
"武林风"中泰对抗赛 75 公斤级冠军
北京市散打锦标赛 70 公斤级冠军
2013 年
泰山国际武术节散打比赛 70 公斤级冠军
2014 年
中土散打对抗赛 70 公斤级冠军
2015 年
在"中国真功夫"上对阵泰拳王奥雷获胜

WANGZHONG
ZHIWANG

王中之王

强中再胜强中手，傲视苍龙美名传。
工藤勇树尤击败，晋级八强再攀登。

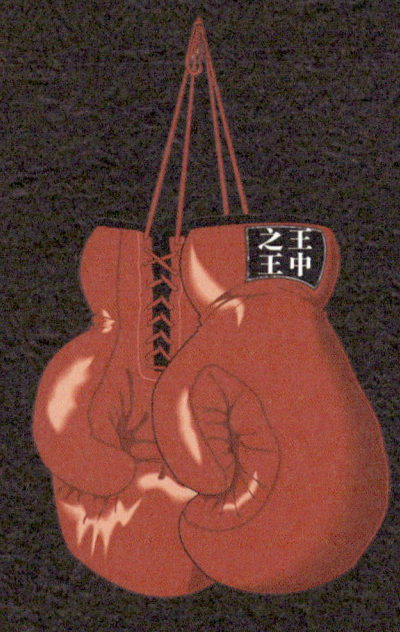

天空一片蔚蓝，云雀在嬉闹地鸣叫，燕子在轻盈地飞翔。空气中散发着植物与果实的清香，还有辣椒、草莓长得茂盛，红得好看，空气中漂浮混杂着白色莲藕和绿色芦荟的气味。

一家不起眼的小二楼院子里，摆着一条结实的长凳，猫儿蜷缩在长凳上警惕地竖起透明的耳朵，高高的门槛后面，清凉的屋里一片幽静。面色红润的妇女从二楼的窗子里探出身来，不知是由于听到了有人说话，还是因为看到了有小孩子的嬉闹，她笑了。

院子里，有位白胡子老爷爷穿着一身黑色土布衣裳，正在练着武功，一个小男孩围着老爷爷身前身后不停地转着，嘴里还不停地说着要跟爷爷学武功。只见老爷爷慢慢收起功力，然后问小男孩，是否真的要跟爷爷学武功？小男孩点点头。于是，老爷爷开始教小男孩踢腿、拉筋、手法、步法等基本功。谁知，小男孩叫闹起来，说不要学这些，要学拳法。老爷爷显得有些生气，说不学好基本功，怎么练拳？小男孩不明白，老爷爷告诉他，基本功的练习可以锻炼并增强下肢各肌群、韧带的弹性和力量，故而脚步落地生根，稳若磐石，又轻快捷便，足下生风，稳而轻，是武术重要的基础。你要学武功，就要不怕苦。小男孩不理解爷爷说的这些大道理，他认为只要学到武功，就可以壮胆。

小男孩名叫黄磊，小名磊磊，出生武术世家，年龄才五岁。虽然听不懂爷爷说的这些，但他知道爷爷是丰县梁寨闻名的洪拳大师，有很多人来向爷爷学拳术，他从心里羡慕并敬佩爷爷。黄磊的父亲曾是一名军人，也有一身很好的拳脚功夫。所以，磊磊从小就受到影响，打心眼里喜欢武术。

丰县是个武术之乡，秦汉时期的丰县，就是练习武术的热土，民风尚武好勇。《汉书·地理志》上有"其民至今好带剑"的记载。武术在丰县又称"武艺"，也称"功夫"，或称为"把式""打拳""拉架子"等。除此，丰县还是六步架大洪拳的发祥地。新中国成立后，武术在丰县得到更进一步发展，二郎拳、十路少林拳、八极拳、八卦掌、太极拳等在丰县先后传开。由于丰县民风豪爽，民间习武风气浓厚，习武的孩子也多了起来，他们几乎个个都会劈叉翻跟头。可是黄磊踢腿拉筋，摆架子还可以，但翻跟头就不行了。有一次，几个习武的孩子爬上一棵大树，再从树上跳下来，然后翻一个跟头站起。这些孩子一连串的动作对黄磊来说，觉得他们就像武打片里的武侠威风凛凛。黄磊呆呆地看着他们，简直羡慕死了。

"磊磊，你敢不敢像我们一样从树上跳下来？"一个孩子挑衅地说。

"他呀，只有花架子，却没有胆子。"另一个孩子嘲笑地说。

"磊磊，让你爷爷先教你胆子。"一个孩子说完，其他几个孩子都大笑起来。

站在一旁的黄磊红着脸，不知说什么，但心里却憋着气。他跑回家，偷偷地跑到灶间，从灶台上拿了一瓶白酒，心里想，武打片里的大侠在发威前都喝白酒，然后才有胆量。所以，他也想借酒壮胆。喝了几口白酒，体内像火一样的燃烧，以为功夫即将显灵，他便一下子爬上了树。可是，上了树好一会儿却不敢往下跳，他以为是自己白酒喝少了的缘故。

"磊磊，喝酒壮胆了，跳啊。"那帮孩子又开始起哄了。

"跳啊，要当英雄就跳啊。"

"不跳，我们以后就叫你狗熊啦。"

"哈哈——哈哈"

黄磊被激怒了，怎么样也不能背上狗熊的外号。他闭上眼睛，不管三七二十一，跳！"啪"的一声，黄磊跳下来了，也不知咋跳的，肚皮先着地，好痛啊！他怕那帮孩子会笑话他，赶紧捂着肚子跑回家……

黄磊从小在家很受宠，尤其妈妈宠爱有加，生怕他伤着、累着、跌着、摔着，所以黄磊的胆量较弱。自然翻跟头是他害怕的一件事情。

成长是缓缓流淌的溪流。不知不觉地，黄磊长大了，个子也越长越高，白皙的肌肤，清澈的眼睛透着热情和睿智。眼看那些习武孩子们都要去河北练武去了，其中有孩子问他是否也去河北？黄磊没吱声，从心里上说，他不想去，因为母亲很疼爱他，他也舍不得离开母亲。期间，他也试探过母亲的态度，母亲当然不同意，说在家练练就可以了，别去那遥远的地方。

母亲的话是他预料之中的。虽然他没有与其他孩子一起外出习武，但他对武术的兴趣愈加浓厚，有时甚至不愿去上学也要练武术，母亲常常为此事叹息，唠叨着："这孩子，啥时候给我得一张奖状回来就好了"。爷爷和父亲看到黄磊对武术的执着，也考虑他以后能有更好地发展，决定将他送到丰县文体局业余体校刘邦武术院。在选择项目时，有老师看到黄磊身材均匀，便提议他学散打。黄磊不知道散打是什么，还以为散打是要高空翻，落地摔的那种武侠功夫。想到这些，他心里不免有些害怕。

父亲带他走进散打训练房时，黄磊一看，啊？武术里竟然有这样的项目！原来散打是这样的呀！动作不多，不复杂，也不难，只是动动拳头，踢踢腿，摔摔跤就行了。觉得比自己学的武术套路要来得爽快和霸气。他一下就喜欢上了。

当父亲和老师问他看上哪个项目时，小小的黄磊眨了眨眼睛，然

霸气外露的黄磊

后显摆出大人样子，口气老成地说："我虽然个子高，但协调性和柔韧性却不太好，武术传统套路要求动作好看潇洒，没这两点不行。而散打项目，我觉得蛮适合自己的。"老师听后点了点头，觉得这孩子心细，悟性较好，也有自己的想法。可是，父亲心里略有些顾虑，怕黄磊的母亲不同意。在黄磊的坚持下，母亲也只好顺从儿子，抱着让他试试看的态度勉强同意。于是，1999年14岁的黄磊在丰县刘邦武术院跟着院长侯敬峰学习散打。

黄磊看到学院里有个宣传栏，上面贴着男女运动员在各级比赛中获奖的照片，这时，母亲的话在他耳边响起"你啥时给我得个奖状回来"。幼小的黄磊天真地问教练，自己的照片能不能贴到宣传栏里？教练回答并鼓励他，只要勤学苦练，让自己变得更强大，从武校升级到更高级别的队伍里，就能成为散打领域里数一数二的高手。教练的一番话，让黄磊悟到了"奖杯"路程的艰难。他暗暗决心，总有一天，自己也会得到一个奖杯，自己的照片也会贴在宣传栏里。

追求理想是人生动力的真正源泉。人只要有一种信念，什么艰苦都能忍住，什么样的环境也都能适应。黄磊勤奋好学，刻苦训练，经常加班加点。有时师兄弟出去玩了，他还在练，练力量，练技术，直到把学到的动作练熟。这一切，教练看在了眼里，对这位刻苦的弟子寄予了厚望。

练了一年时间，黄磊就参加了全市范围的比赛。虽然是主场作战，但毕竟第一次参赛，他心里很紧张，脑子里一片空白，拳腿不知如何出击，第一场就输了。黄磊心里非常难过，心里不断怨恨自己不争气。就在他无颜面对教练时，却忽然发现坐在台下的父亲和姐姐。啊呀，他的心里简直难过透了！

"儿子，不要难过，第一次比赛给了你锻炼的机会。"父亲鼓励他说。

"爸，我好丢人呀。"黄磊哭着说。

"磊磊，不要哭，习武人的眼泪是不轻弹的，你能站在这个舞台上，说明你已经战胜了自己。"姐姐勉励着弟弟。

黄磊擦擦眼泪，看着父亲和姐姐说："你们怎么来了？我不愿让你们看到我打输的样子。"

"你却让我们看到了与以前不一样的磊磊。"父亲边说边拍拍儿子的肩膀。

"姐姐看到了勇敢的弟弟。"姐姐边说边为弟弟擦去脸上的泪水。

"爸，姐，你们回去后不要告诉妈妈擂台上的情景，她知道后会很难过的。"黄磊是个懂事的孩子，心里总是惦记着家人。

"放心吧，姐不会说的。"

"姐，我以后一定要拿奖杯和金牌给妈妈。"说完，黄磊的泪水又情不自禁地流下来。

从此，黄磊的任何比赛都没告诉过家人，散打毕竟是个残酷的对抗项目，他不想让家人为他担心。

失败是成功之母。不经历风雨，怎能见彩虹？

黄磊把第一次失败作为前进动力，他对自己严格要求，技术上刻苦钻研，在镜子前进行各种拳法腿法组合练习，检查自己的动作是否正确和流畅。他以沙包为假想敌进行进攻，保持严密防护以及拳腿组合技击。他也时常对自己的心态进行调整，有不顺心的事情，他会冷静思考，找出原因，然后自我消化。正是这样的状态，黄磊在几次的比赛中战无不克，令他的恩师侯敬峰教练也刮目相看。

2001年北京体育大学的教练到刘邦武术院挑选人才，一眼就看中了身体条件出色、训练刻苦努力的黄磊，同时，其他各省的教练也看中了他。那时候，黄磊真的成了香饽饽。面对选择，他该有如何的打算呢？

他躺在床上，翘着二郎腿，望着天花板，想着心事。

"嗨，全国最大的城市在什么地方？"黄磊突然想到这个问题便问寝室的队友。

"最大城市肯定是北京呀。"队友说。

"北京在什么地方？北京是啥样？"黄磊问队友。

"北京离我们这儿很远。国家领导人就在北京。"队友说。

"那俺就选北京！"黄磊边说边猛地拍了一下大腿。

"你决定去北京队了？"队友们异口同声地问。

"是！俺就选择全国最大的城市，北京！"黄磊感到很兴奋。

夜深了，黄磊没有半点睡意，他还在想北京到底是啥样？其他城市是啥样？他想了很多很多，在脑海里刻画着如诗如画的未来，计划着自己未来的人生目标和远大理想。

次日，教练问他到底选择哪个城市？他说，先到几个城市去看看，然后再做出最后的选择。虽然"北京"已经在他心里，但为了自己的前途还是多了解一些城市为好。

他到江苏连云港，觉得不是自己想象的那样。他又来到广东，广东话听不懂。接着又到了武警部队，觉得不适合自己。到了北京体育大学，他一看，这个地方好！校园内像个公园一样幽静，四周环境优美，不仅吃住条件好，训练场所也好，各方面条件都好。黄磊又是兴奋又是激动，这地方就是自己的梦想之地！这儿就是自己雄图大展的地方！

教练和领队问黄磊有何打算？黄磊拍着胸脯表态："我两年之内给你们拿下前五名，三年里一定给你们拿冠军。"

"呵呵，你还有这样的想法？"领队看到黄磊拍着胸脯表决心的样子，心里立刻喜欢上这个孩子。

"不过，我有个条件。"黄磊转了话题。

"啥条件？"教练笑咪咪地看着他。

"如果我明年给你们拿了冠军，你们得给我钱。"黄磊一脸认真的表情。

"哈哈，好！你有这个能力，就给你嘛，没问题。"领队和教练也拍板叫应。

黄磊觉得自己特别幸运，北京体育大学不仅各方面条件好，教练也特别爽快，他像做梦似的，一个农村的孩子能到首都北京，简直是不可想象。他立下誓言，一定要在北京这个大都市里，尽情地施展自己、提高自己，让更多的人认可和赞赏自己。他越想越高兴，越想越激动，心里像掉进了蜜罐里一样甜滋滋的。

2002 年，也就是黄磊进入北体短短的一年时间，他就开始在各项赛事中崭露头角。

2004 年，获得全国武术散打锦标赛 85 公斤级亚军，他很高兴，不仅认识了散打界里各届冠军选手，还让很多武迷认识了自己。尤为激动的是，因为他跟领队和教练的"誓言"已经实现了，就看教练他们是否兑现承诺。

训练结束后，教练走到了他跟前说："黄磊，这次的表现不错，第一次参加全国锦标赛就拿了第二，祝贺你！"

"谢谢教练，是你们指导的好。"

"好好努力，相信你以后还会更好，变得更强大。"

"教练放心，我会更加努力的。"

"嗯，好好练。"

"教练，我说过两年内拿前五名，现在我拿了第二名。"

"是的，成绩不错。"

"教练，成绩好是否有鼓励奖？"

"鼓励奖，当然有。"教练明白黄磊说的"鼓励奖"的意思，认为这孩子将来一定有出息。

黄磊每月可拿 200 元奖励，他眼开眉展。之所以他有赚钱欲望，是因为姐姐在上大学，他想赚钱给姐姐上学用，让姐姐能与其他城市的大学生一样，吃好穿好，缺啥买啥。他还要赚很多钱给父母亲，让

他们生活得更好一点。为了这个愿望，他除了吃饭睡觉，其他时间都泡在训练场里。

就在 2005 年的一场比赛获得亚军时，黄磊有了新的想法，对自己的要求越来越高，他认为除了不断提高自身散打专业能力外，还须给自己补充各方面的新知识，不断地增强自己的实力。他想上学，想圆自己的大学梦。

教练得知他的心事后，笑着告诉他，你通过努力和拼搏取得了很好的成绩，决定让你在北京体育大学深造。黄磊听后非常高兴，作为一个农村孩子，上大学是件不容易的事，更何况，黄磊还获得了"特招"机会,他高兴的劲儿就甭提了。北京体育大学是全国重点大学,国家"211工程"重点建设院校,中外著名的高等学府，学校隶属国家体育总局。黄磊有幸成为北体大莘莘学子中的一员。

黄磊是一个积极进取，不断上进的人。他进入北体大后，一边学习文化课一边参加训练。他有着一颗谦虚的心，不断地向周围的同学和教练学习，想通过学习让自己的思想提升到更高层次。他要更深层地理解武术的内涵以及在追求梦想过程中的坚定信念，使自己以执着的心态和坚强的意志，一步一个台阶去实现自己的一个梦又一个梦。

攀登山顶的脚力，生于"欲穷千里目"的壮心和"不到长城非好汉"的意志。

2006 年黄磊相继在全国锦标赛、南北明星散打争霸赛中获得 85公斤级冠军。顽强的拼搏，辉煌的战绩，立刻引起国家武术散打队张根学总教练的注意，发现黄磊身上有着对武术超强的悟性，是个非常有潜力的散打运动员。同年，黄磊被选入了国家队。

迈上了更高的台阶，意味着必须要有过硬的技能水平，要追求更高的人生目标，黄磊清楚地认识到，每登上一层台阶，就会面对各种各样的困难和挑战,自己必须勇敢面对和战胜它们。黄磊在日记中写道:

驾驭命运的舵是奋斗，不抱有一丝幻想，不放弃一点机会，不停止一日努力。

黄磊有了第一次代表国家出国比赛的机会。国际拳台上鸣鼓激战，来自多个国家的世界冠军与明星拳王巅峰对决，残酷、紧张的气氛激起黄磊满腔热血和极大战斗欲。他一场接着一场，连战四场，身体里蕴藏的一股罡烈无匹之劲力呼啸而出。就在他左右拳对着伊朗选手狂吐之时，显然对方有所防备，黄磊的肋骨被击中。他知道自己受伤了，心中暗骂了一声："来吧，俺不怕你！"黄磊听从张根学总教练的指示，迅速调整好战术，以变幻不定的步法和稳健的防守扰乱对方，让对方难以招架。最终，黄磊获得男子散打 85 公斤级冠军！

对于首次参加世界级比赛，黄磊就能取得如此骄人的成绩，张根学总教练不仅非常满意，还对他充满了更大期望。

回国后，黄磊的伤势还未痊愈，紧接着一场场比赛向他招手，他跃跃欲试，蠢蠢欲动。2007 中日散打对抗赛中，竞赛规则进行了修改。如在国际散打大赛中，摔倒对手得 2 分，这次比赛只得 1 分；先后倒地，后倒地积 1 分，这次比赛不得分。此外，得分点也进行了修改。赛前，张根学总教练跟参赛运动员做了简要动员："你们必须尽快适应修改规则，抓住有效击打机会，做到科学分配体力。这次比赛中，我们中国队看似在规则上吃了亏，但这并不重要，关键是作为一名优秀的散打运动员，必须拥有全面技术才能以不变应万变！你们有没有信心？""有！"运动员们齐声呐喊。此时，黄磊心里想，规则虽然有了变化，但除了摔法，拳腿法也很重要，我必须掌握好拳腿摔组合技能，决不输给日本人。一定要打出中国人的威风。

黑龙江的冬季是寒冷的，鹅毛大雪漫天飞舞，一切都笼罩在白色穹窿之下。然而，在青色的冰光下，中国散打健儿用不屈不挠的意志谱写出气势恢宏的生命旋律。

这次比赛，日方队员全部来自日本搏击职业联盟，是日本搏击领域的顶尖高手。与黄磊对阵的日本选手是工藤勇树。工藤勇树今年二十三岁，虽然参加大赛经验不足，但是步法灵活、技术娴熟，在日本散打联赛中取得过3战3胜的战绩。他的眼神中带着一种傲气，好像从未将任何人看在眼里。黄磊刀锋般的眼睛闪出剑光，以试探性的进攻找到对方的弱点，直接切中对方要害。日本选手暗暗心惊，中国选手的动作如此犀利狠辣，干净利索。日本选手使用腿法攻击黄磊，黄磊采用连环腿加长距离直拳重击。在黄磊一浪高过一浪的猛击下，日本选手毫无还手之力，直楞楞地站在那里当靶子，黄磊的速度快得惊人，连连重腿KO了日本选手工藤勇树！

随着裁判员的宣布声，黄磊自豪地举起了双臂！他可爱腼腆的笑容表达了自己坚定的信念和向世界挑战的决心！掌声，鲜花，欢呼，尖叫在冰城的天空中飞扬！"傲视苍龙"的名号将随着他的足迹四处传播！

更值得高兴的是，在庆功会上，黄磊获得了12万元人民币奖励。这是黄磊没有想到的，当听到这消息时，他顿时懵了，不敢相信自己的耳朵，在一片掌声中他才缓过神来，这是千真万确的好消息呀！他喜出望外，欣喜欲狂！这么多钱啊！他从来没见过这么多钱。他要把这个好消息告诉父母，告诉家人。

"妈妈，我这次不仅拿了冠军，还拿了好几个冠军奖杯。"黄磊高兴地打着电话。

"好啊，儿子，你是好样的。"母亲还没说完，就哭了。

"妈妈，你是为我高兴而哭吧？"黄磊最怕听到母亲的哭声。

"是，是，妈妈高兴，妈妈高兴。"母亲心疼儿子，思念儿子。

"妈妈，还要告诉你一个好消息，国家奖励了我12万元人民币。"黄磊的笑容仿佛绽放的向日葵。

"啊？奖励那么多钱呀？"母亲似乎也不相信自己的耳朵。

"是的，妈妈。"黄磊肯定地回答。

"哦，好好好，你以后要更加努力，多为国家做出贡献。"母亲鼓励着儿子。

"妈妈，你放心吧，儿子不会辜负大家的期望。"

"儿子，受伤了没？"这是母亲最想知道和最担心的事。

"没有，放心吧，妈妈，别人打不到你儿子，呵呵。"黄磊从来都是报喜不报忧。

"哦，那就好呀，妈妈和你爸爸也就放心了。"母亲松了口气。

"妈妈，我明天就把钱邮回家，你和爸爸买点好吃的，再买几件新衣服。"黄磊是个孝顺的孩子。

"不用，儿子，你留着自己慢慢花，你还在长身体，又是靠体力拼打，你要多买些营养品补充身体，有了强壮的身体才能为国争光。"母亲心疼地说。

"妈妈，我在国家队生活和伙食都很好，花不了多少钱。我明天给邮回去。另外，你收到钱后，也给爷爷买几瓶好酒，也给他老人家买两双好鞋。还有，再给俺姐姐寄些钱，让她在学校里吃好一点。"黄磊吩咐着母亲。

"哦，也好，妈妈把钱给你存着。"母亲听后，哽咽地说不出话来。爷爷去世的消息没有告诉黄磊，怕影响儿子训练和比赛。此时，儿子提起爷爷，母亲很难过。

"妈妈，不用给我存，是儿子孝敬你们的，以后儿子还会挣很多钱，让爸妈和姐姐都到大城市里来生活。"黄磊没有觉察母亲哽咽的话语，孝敬地说。

"儿子，我们都知道你是个孝顺的孩子，不要老惦记着家人，我们一切都很好。"母亲对黄磊说。

"知道了，妈妈，很快我就会回家看你们，你们一定要保重好身体，

王中之王

妈妈再见。"黄磊说完，依依不舍地挂断了电话。

高尔基说：世界上的一切光荣和骄傲，都来自母亲。然而，这些荣誉却是年轻勇士们在"自从离开家乡，就难见到爹娘"的寂寞和思念中收获的。

肆

转眼间，又是一年岁暮，又一次冰城之战开始。黄磊再一次站在刺骨冷峻的寒风中，他打开双臂，仰天呐喊：让暴风雨来得更猛烈些吧！

2008年中国武术散打功夫王争霸赛擂主赛决赛在黑龙江拉开帷幕，新老强者交相辉映的擂台上，胜者为王！

经过了八个月一百二十余场海选赛，经过了激烈争夺的艰苦鏖战，即将进入决赛阶段，四场巅峰之战将决出四个级别的冠军，即本年度功夫王争霸赛四个级别的"王"。能够杀入决赛的选手个个技艺超群，所以观众们将欣赏到绝对高水平的拳台对垒，而且经过几轮的鏖战，选手彼此都有了一些了解，所以比赛结果将更加扑朔迷离，难以预测。

中国武术散打功夫王争霸赛，由国家体育总局武术运动管理中心主办，是中国当时最顶级的武术散打个人联赛，也是中国最具权威、规模最大、水平最高、影响最广、奖励级别最高的武术搏击类赛事。赛事分为初赛、擂主赛、功夫王争霸赛三个阶段进行，整个赛事贯穿全年。比赛除了拳套外不穿戴护具，打满三局，每局三分钟，实行单败淘汰制。赛事不仅囊括了国内散打界最优秀的一批选手，中国武术散打功夫王争霸赛裁判阵容更是空前强大。真可谓高手云集，堪称业界盛事。

经过一路拼杀，黄磊进入了总决赛。

之前，黄磊听说功夫王争霸赛是中国最大、最顶级的比赛，他一下情绪高涨，摩拳擦掌，决定在这个最享有盛誉的赛事中展现自己。另外，高额奖励更是让黄磊倍受鼓舞。

"据说，功夫王争霸赛总冠军的奖励是 100 万呢。"有几个队友在寝室里议论着。

"啥？100 万？"黄磊很惊讶。

"是啊，在 2000 年首届中国武术散打功夫王争霸赛上，获得中国第一位"武林至尊"的就是"劈腿王"柳海龙。"

"他拿了 100 万？"黄磊问。

"当时广告上写的就是百万巨奖。"

"那俺也想拿 100 万呢。"黄磊认真地说。

"谁不想啊？100 万呀！但是，这百万巨奖不好拿哟。"

"嗯，确实是，这就是真正比实力，比体力，比耐力。"黄磊说。

"没错，一路拼杀，就怕关键时受伤。"

"是啊，运动员最怕的就是伤痛。"黄磊似乎想着心事。

黄磊躺在床上似睡非睡，心里在给自己鼓劲儿，为了打 90 公斤级别，他开始每天吃肉，猛吃猛喝，保持体力充足，一定要摘得功夫王桂冠！

年终总决赛开始，首先出场的是 90 公斤级的"傲视苍龙"黄磊和 70 公斤级的"过江龙"姜春鹏，上演了"小龙"战"大龙"的对决。开局姜春鹏被黄磊连续两次摔倒在地，虽然姜春鹏在第三局被击倒后依然全力以赴，但黄磊以绝对优势战胜了姜春鹏而晋级决赛。正如姜春鹏说："输了比赛没什么遗憾，对手实力太强了。"

第二场比赛异常激烈，80 公斤级擂主"盖世虎"边茂富挑战 90

公斤以上级的王者"中原黑马"的陈彦召。面对"大块头"陈彦召，边茂富表现得毫不示弱，凭着丰富的比赛经验和"以小制大"的"游击战"打法让对手措手不及。经过三个回合苦战，边茂富成功演绎了"四两拨千斤"，挺进决赛。

接下来这一场尤为紧张，"傲世苍龙"黄磊与"盖世虎"边茂富之间展开了终极巅峰对决。体重占优势的边茂富开局就以一击抱摔给了黄磊一个"下马威"。黄磊面临强力对手，他冷静沉着，采用组合拳、膝法攻击对方，边茂富开始发威，黄磊抵挡着"暴风雨"袭击，然后，抓住对方破绽组织进攻，双方打得让人眼花缭乱，不分上下。在观众的摇旗呐喊声中，两人拼尽全力，打满5个回合，真正上演了一场"龙虎斗"。最终，黄磊问鼎冠军宝座！

黄磊举起拳，仰天长啸，发出一种威震天下的王者之气！

"功夫王"是象征着中国武术散打至高荣誉的王冠和权杖！

你就像冬天里的一把火，熊熊火焰燃烧着武迷们的心！

一次刺激的搏击盛宴，一场顶级的搏击旋风，见证了"傲视苍龙"今晚的最高荣誉！

虽然黄磊得到了一份丰厚的奖金，但他却少了以往的兴奋与满足，因为他知道爷爷已经去世的消息，令他悲痛无语，泣声低吟："爷爷，你说走就走了，走时怎么不跟我说一声啊？爷爷你知道吗，我每次比赛前都会想起你常对我说的一段话，'磊儿呀，你要好好练武，不仅能练你的身体，也能练你胆量，更能练出你的智慧。等你出息了，就回来给爷爷表演一番，爷爷看看你到底有多大本事。'爷爷，我现在身体棒棒的，在擂台上打90公斤级别，厉害吧。爷爷，我的胆量也大了很多很多，虽然能翻跟头，但身高体壮，翻起来不好看。爷爷，我拿到了'功夫王'的最高荣誉，想给你个惊喜，并好好孝敬你，可你却走了，走的好遥远呐，我再也看不见你了。爷爷，你能听到我跟你说话吗？你在天堂还好吗？"黄磊闭上眼睛，任泪水长流。人间最是伤心的事，就是失去了最亲的亲人。

　　黄磊取得了辉煌，更是多了许多感激和成熟。他要感谢的人很多很多，没有他们，就没有自己的今天；没有他们，就没有自己如今的辉煌。同时，他也渐渐地领悟到了武术的真谛，他要把握生命里的每一分钟，全力以赴自己心中的梦！

黄磊奋战国外选手

　　随着时间的推移，岁月在无声中一点点划过。

　　散打运动员们心中的梦想就是能获得含金量最高的全运会冠军，

黄磊也不例外。再说，他去年刚获得"功夫王"的称号，名声大震，状态极好。虽然在前几次的比赛中腿部受伤，但这点伤痛对他来说算不了什么。黄磊是个性格内向、刚毅的男孩，训练和比赛时遇到了无大碍的伤痛，他从不告诉任何人，自己默默地扛着。即使腿上有伤，他也不屑一顾，带着疼痛驰骋擂台。

一场场比赛都很顺利通过，晋级八强，进入四强，离争夺冠军只有一步之遥了。

可是，就在半决赛时，他的腿突然不听使唤，无法发出力量，而这种现象一下被对手觉察，抓住机会击打黄磊。尽管黄磊使出拳腿摔的全部力量，但伤痛却大大减弱了他的爆发力。他倒下了，真是不尽人意啊！

这是所有热爱和崇拜他的武迷们没想到的，这也是教练没想到的，这更是黄磊自己没想到的。坐在休息区，他脸上掩不住落寞。自从走上散打之路，虽然比赛胜败乃兵家常事，但作为一名选手，输了比赛还是难免会伤心难过。正如他对记者说的那番心里话："散打运动是个比较残酷的职业，你在台下所有的咬牙训练、苦累，大多数人是看不到的，只有胜利才能证明这些付出是值得的，并且你的所有信心，也是从这一场场的胜利中建立起来的。"难过之余，黄磊更愿意冷静地分析失利原因，觉得自己总体发挥还不错，只是自己的伤痛来得不是时候，加上拳台上的情况瞬息万变，稍一松懈就容易被对方抓住机会。自省之后，他从心里称赞对手各方面素质都非常出色。

唉！就差那么一点点，一点点就成功了，遗憾呀！四年一次的全运会关系到运动员的命运，以后，自己是否再有机会与它相约呢？黄磊的情绪出现了波动。

他不想与任何人说话，也不想接任何人的电话，他对酒当歌，人生几何？他微醺中絮絮叨叨着逝去的时光，追忆着过往的酸甜苦辣。他抱着犀牛石像自言自语："牛啊牛，我的名字什么时候能刻在你的

身上？"在若即若离的梦中，有人告诉他，你的名字很快就会刻在牛的身上。

虽然只是一个梦，但梦中人的话却一直索绕在他的脑海。

然而，他的鼻子开始出血，一低头就流血，一直不停地流。很多伤痛也相继复发了，训练无法进行下去了。医生说，鼻子要开刀。

黄磊躺在床上眼看着时间滴滴答答流逝，他越来越感觉到，许多东西越来越无法满足自己精神上的渴望，他不愿看到岁月在叹息中飞逝，人生能有几多时日供自己浪费？他决定继续读研。虽然读书可借以修养精神，但他更多的是想在知识的海洋里与优秀的同学交流，使自己的思想提升到更高的境界。

伍

春风拂柳，四月芳菲。只见桃花从一条条树枝上伸展出来，犹似女子心头的隐隐娇羞，泛起层层的柔情。见此情，黄磊仿佛看到婉约的女子，穿了桃红袄，丝绵蘸了胭脂的妩媚，于桃花香溢处向他走来……

他恋爱了。第一次见到她时，就喜欢上了她，秀气文静的脸庞嵌着一对乌黑的眼睛，长长的秀发随肩披落，加上她柔情似水，袅娜的身姿，很迷人！当她的眼睛看着他时，他面烧耳热心狂跳。一种从未有过的激动让他难以表达。他知道自己恋爱了，这是他的初恋。他开始追求她。

姑娘知道，他在向她发出追求的信号。姑娘也知道，他是散打功夫之王。他一双深邃的眼睛透着青光，天生一副皎好的面容和儒雅的

气质也让她怦然心动，他的温情让她感到很甜蜜。可是，她即将去法国留学，这份情感来得是不是时候？她很纠结。

他知道现代的女生很现实，尤其是像她这样的优秀女生要求肯定不一般。他决心并向她承诺自己一定会给她所想要的一切。姑娘不想伤害他的感情，也不想耽误自己的学业，暂时把他装在心里，等待！

有人说：生命里藏得最深且不想让人知道的就是思念。然而思念也有藏不住的时候，总在不经意间，在最没有设防的情形下跳出，触痛自己最敏感的神经。就在黄磊在拳台上进行中俄武术散打对抗赛时，他的恋人也登上了飞向法国的航班。

黄磊边带上拳套，心里边想着远去的恋人。他对她发过誓，一定拿下好成绩作为送她的礼物。他让队友将他的比赛录成视频，然后传给恋人。

飞机起航了，姑娘双手合掌，默默地祈祷，愿拳台上的爱人不要受伤，一切平平安安。

黄磊心里装着爱，自信满满地向拳台走去。"蓝带杯"中俄武术散打对抗赛在哈尔滨开战，迎战由穆斯里穆领衔的俄罗斯国家散打队。这次中俄对抗赛引起了中国武协高度重视，除了黄磊，武协还派出国内各路顶尖高手积极备战。国家体育总局武术运动管理中心主任、国际奥委会副主席、国际武术联合会主席、国家体育局局长等都亲临现场观看比赛。

黄磊将对阵俄罗斯的选手伊普拉欣莫夫·鲁斯兰。对于这场比赛，黄磊早已做好了准备，将用打好最后一场比赛的心态和拼劲与对手周旋到底。

对手伊普拉欣莫夫·鲁斯兰是此次俄罗斯阵中技术最为全面的选手之一，不仅身高马大，摔法很厉害，还深谙散打、柔道、空手道三种技法，并在这三项专业赛事中赢得过冠军，这也是黄磊面临的最大挑战。

之前，在北京散打队的训练馆，张根学总教练和单孝强教练对每一个队员轮番进行了单独指导。针对每个运动员各自对手的不同特点，两位教练采取了个性化指导的训练方法。整个训练过程，几乎涵盖了所有克制对手的招数。再说，黄磊这是第二次迎战俄罗斯选手，时隔四年后的今天，黄磊综合素质更加成熟，经验也更加丰富。不管对手是强是弱，他把每一场比赛都当做自己最后一场比赛去打，更何况，心中的恋人也在为他加油。

战鼓敲响，黄磊身穿银色盔甲走上擂台，显得格外帅气。这种着装具有豪迈、神秘传统的大将风度，现场观众一片呐喊。

俄罗斯选手鲁斯兰是个十足的"巨兽"，粗壮的身材和强大的气场令人折服，现场气氛几近凝固。大多数武迷都没忘记，曾在俄罗斯首都莫斯科的一场比赛，当时占据天时地利人和的俄罗斯队在比赛中全面占据了上风，中国五位选手全部惨败。所以这次比赛对于中方是一场复仇之战！

一开始，黄磊主动攻击，他一连串的近距离抱摔和膝盖击打将对方逼到拳绳边。突然，俄罗斯选手在裁判员未叫停的情况下，竟然不堪黄磊的猛烈攻击转过身去，用背部对着黄磊，黄磊并不客气，一记高鞭腿从后面击打鲁斯兰的头部，鲁斯兰的教练随之提出了抗议。在两人近身较量时，黄磊摁住鲁斯兰的头部，打了几记重拳，辅以几记膝击，将场上形势控制在自己手中。

第二回合，鲁斯兰在被动形势下加重了出拳的力度，意图取得突破。俄罗斯人想用一记重拳击中黄磊，不过反被黄磊抓住机会将他摔倒。之后黄磊拳打脚踢，在士气上完全占据上风。接着又是几记重拳，把对手摁倒在地，裁判随即进行了强制读秒，鲁斯兰虽然顽强地站了起来，不过黄磊较大优势，获得了第二局的胜利。

第三回合，黄磊从容不迫，势头不减。拳打脚踢让鲁斯兰无从招架，

很快便将对手踢倒在地。黄磊连续几次重拳击中鲁斯兰面部，将对手逼到绳边。随后，黄磊对着鲁斯兰的头部连续两记重拳，并以摔法击打对手，险些又把对手摔倒。不过俄罗斯选手比较顽强，希望把比赛拖入到最后。黄磊接着高腿踢中鲁斯兰面部。不久后，黄磊搂住鲁斯兰，一脚将他踢到。临近结束，鲁斯兰上身下沉，抱住了黄磊双腿，不过黄磊不给鲁斯兰机会，以完美表现收官。

张根学总教练评价到：这场战打得非常漂亮，技术全面、作风硬朗，几年来，所有的荣誉和精彩表现都属于黄磊，他的表现近乎完美。

挺然屹立傲苍穹，八千里风暴吹不倒，九千里雷霆也难轰。

此时此刻，全场人声鼎沸，观众们一遍遍欢呼"中国万岁！""黄磊英雄！""英雄万岁！""傲视苍龙好样的！"

黄磊举起拳头庆贺胜利！他绕场一周，告诉人们他的拳头代表中国人的力量！

黄磊，你为荣誉而战！你为心中女神而战！你对散打事业的爱超过爱自己的生命！这是一种崇高的境界，这是心灵的升华！

就在观众们纷纷涌上拳台与黄磊留影时，遥远异国的姑娘，捧着手机看着视频，眼泪如泉水般流下，她为心爱的人骄傲，为心爱的人担忧，为心爱的人不屈不饶的精神而感动！她为自己身边有这样一位勇士而感到满足！

"亲爱的勇士，看到你在拳台上精彩的博击，我为你感到骄傲，同时，也很为你担忧，不知你受伤没有？这是我最想知道的。因为此时此刻，我的心为你而跳！"

黄磊看到信息，高兴的心都快跳出来了，他立刻回复：我会枕着你的名字入眠！

他写给恋人的情书，一封封，一封封，漂洋过海飞向了浪漫之都……

黄磊个人战绩:

2006 年
全国锦标赛、冠军赛 85 公斤级冠军
2007 年
全国散打冠军赛 85 公斤级季军
中日散打对抗赛 85 公斤级冠军
中俄散打对抗赛 85 公斤级冠军
全国散打锦标赛 85 公斤级亚军
第二届" KIF "85 公斤级冠军
2008 年
获得中国武术散打功夫王争霸赛" 功夫王 "称号
中国武术散打功夫王争霸赛 90 公斤级冠军
全国散打冠军赛 90 公斤级冠军
2009 年
第十一届全国运动会 87.5 公斤级季军
2010 年
获得全国散打锦标赛 90 公斤级冠军
全国武术散打冠军赛 90 公斤级冠军
2011 年
蓝带杯中俄武术散打对抗赛 90 公斤级冠军
第十一届世锦赛散打 90 公斤级冠军

YIDAI
JIAOZI

一代骄子

一啸惊天气如虹，千钧撼地王者风。
与梦共舞添斗志，夺得头冠看劲松。

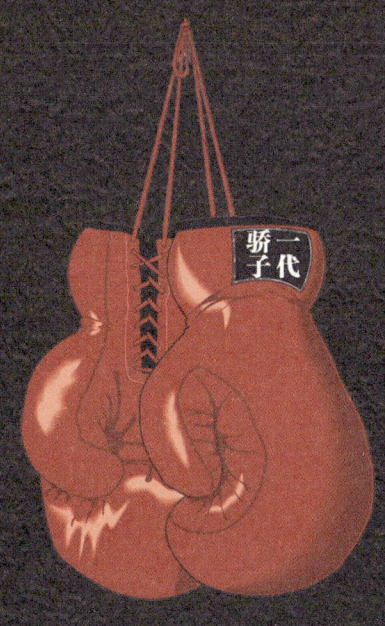

又到一年岁初始，去年和今年，昨日和今日，改变的只是时间的长度，却没有改变时间的流程。新与旧的交替，老与少的接替，在一眨眼的瞬间，完成了郑重的替代。此时，张根学总教练感慨万千：悠悠岁月，漫漫人生路，留不住岁月的脚步，却可以留住岁月的声音。虽然一些老运动员相继退役，但是岁月的留声便成了永恒。新运动员的诞生，让我们看到了中国武术散打后继有人。这些小将们在擂台上的表现，展示了生命的激情与呐喊，演奏着中华儿女顽强斗志、自强自立的生命乐章。

现在就让我们走进一代骄子的成长岁月。

驰名中外的少林寺，位于河南省登封市西北十二公里处的山坳里，背靠中岳嵩山之太室山的余脉五乳峰之阳，面对少室山之阴，周围群山环峙，众峰耸立，溪水环流，林木茂盛，景致幽雅。这里是人人都可以进去的地方，但也是人人都不敢轻易进去的，少林武术之名，威震天下，无论谁到了这里，都不免要生出敬仰之心。这里的门虽是开的，但谁也不敢妄越雷池一步。

一群少林弟子穿着红色运动服，背后写着"塔沟武术学校"的字样，在练武场上"嘿嘿哈哈"齐声阵阵，好一派少林雄风震天吼，天心地胆在嵩山。少林弟子步伐进退灵活敏捷，运气气沉丹田，拳法刚健有力，刚中有柔，朴实无华。真可谓，少林功夫甲天下，天下武功出少林！

　　一位个头不足一米六，身躯瘦小的女孩，提着行李向少林寺门外走去。走到大门前她却停住了脚步，然后，慢慢转过身来，环视着四周，心中泛起不舍之情。这里，不仅留下了她的脚印，也流下了她的汗水。这里，不仅磨练了她的意志，也练就了她的功力。今天她要离开这里了，即将开始自己新的起点，新的专业训练。

　　她叫李玥瑶，从小就喜欢练武，十六岁时，父母把她送进了少林寺塔沟武术学校接受封闭式武术散打训练。虽然在艰苦的训练和生活中她曾有过放弃的念头，但是父母的嘱托和期盼还是让她坚持了下来。这一坚持，让她技能大增，别看她的身材瘦小，但她的冲劲包含着强大的力量。几次校运会上她出色的表现，被专业队教练看好。

　　李玥瑶进了专业队后，更加的刻苦训练，找出自己技术上的不足，使自己的技能不断取得进步。在一些比赛中，她所具有爆发性的体能和潜力也被省队教练看中。短短两年的时间，便跨进了省队的行列，对李玥瑶来说，很是出乎意料，她以为进了专业队就是阶梯的最高层，没想到，还有更高层的阶梯在等着她。

　　世上无难事，只要肯登攀。李玥瑶决心去攀登。

　　她到了省队，一些老队员看她身材瘦小，根本不把她放在眼里。不管打实战还是当陪练，李玥瑶被打得很惨，除了能正常呼吸，就是浑身疼痛，这真是出乎她的意料。没想到，进了省队，就被别人打，而且打她的那些运动员都曾获得冠军。心想，原来高手都在这里呀！怪不得不把新手放在眼里，更何况自己又是那么不起眼。既然我李玥瑶来到了这里，总有一天会超越他们！有了决心，她就不顾一切地去接受挨打，甚至还主动找他们打，只有这样，自己才能练出胆量，练出自信，练出更好的抗击能力。

　　2010 年全国青少年武术散打比赛，这不仅是李玥瑶第一次参加大型比赛，而且还关系到谁留谁走的命运。李玥瑶暗自发誓，一定要打

出最精彩的自己！她碰到的对手是一个久经沙场的老队员，从对手的表情中可以断定，自己不被看好。她心想，我的技术不如你，但我的体能要超过你！不管你如何看待我，一定要让你重新认识我！李玥瑶放平心态，排除一切杂念，从容不迫，镇定自如。当对手看到李玥瑶很弱小，以为可以不费吹灰之力就能把她打倒。没想到的是，李玥瑶小小的身躯竟有如此大的力量。李玥瑶发挥正常，拳法腿法都很到位，尽管对手身高超过她一大截，使用摔法有一定的困难，但李玥瑶具有灵活的头脑、轻盈的身躯和一双犀利的眼睛，时时刻刻不放松对手的任何空隙。结果，对手被李玥瑶的一个后鞭腿击中，获得 56 公斤级的胜利！

我赢了？李玥瑶不敢相信自己竟能打败强手，原来自己也很厉害呀！

她的对手万万没想到竟会输给一个新手，教练也万万没想到十六个运动员中，就李玥瑶一个人进了下半年的决赛。真是大浪淘沙，始见真金。

从那刻起，大家对这位不起眼的姑娘刮目相看。这次比赛也决定了李玥瑶的命运，对她来说是一场意义重大的比赛，也是她梦开始的地方。

成功的目标是一种动力，它能促使自己不断前进。李玥瑶通过第一次比赛之后，对自己更加充满信心，她矫健的身影在操场上飞奔，瘦小的身躯在实战中勇猛拼搏，她以充沛的激情在擂台上奋战。她在几场青少年散打比赛中都获得了冠军，并代表郑州队在第七届城市运动会上夺冠！

然而，就在李玥瑶巅峰状态时，她的手臂骨折了，医生边看片子边对她说，手臂骨头错位，必须手术装钢板，否则你的手臂就会落下残疾。这一消息确实给她带来很大的打击，因为面临全运会的到来，这是她一直盼望的含金量最高的比赛，也是所有运动员梦想的最高层的比赛，她怎能放弃？队友们知道后对她说："玥瑶，你的手臂都这样了，怎么练呀？""你不好好治疗，怎么参加比赛？""虽然这次全运会不能参加，但下届的全运会你可以参加呀。"李玥瑶心急呀，离梦想就一步之遥了，却出现了这样严重的伤势，以后是否还能继续走下去呢？再说，教练很看好我，可我偏偏受伤了。为什么是我而不是别人呢？她觉得一些人看她的眼神都是怪怪的，都认为我李玥瑶不行了。她自言自语地说："我不会开刀的，我肯定能参加比赛的。"李玥瑶内心的矛盾使她变得敏感起来。

教练批假让她回家休息几天。当父母看到女儿受伤的手臂时很心疼，亲戚和邻居也都来劝说她。

"一个女孩子，手臂受伤了，还打啥呢？"

"万一致残了，怎么办？以后的路还长着呢。"

"胳膊残了，这可是人一辈子的事啊！"

"小孩子，不受点罪，以后哪能成才？"这时，玥瑶的父亲插话了。

"受罪，也不能让孩子致残呀！"有一亲戚听到后，瞪了玥瑶父亲一眼。

"受了点伤，就不练了，就想放弃，那以后还能做什么事？"玥瑶父亲严厉地说。

"女孩子嘛，练练身体就可以了，别不要命的去折腾。"邻居反驳了父亲的观点。

"当运动员哪有不受伤的？不要为一点小伤就退缩。起初，我和你妈妈不同意你练，可你自己非要去武校。自己选择的路自己走！"父亲仍然用严厉的口气对玥瑶说。

"唉！人生哪有一帆风顺的？人生总是磕磕碰碰，起起落落的。孩子，不要太苛求自己了，是你的就是你的，不是你的也强求不来，一切都是天意安排好的。"母亲看着女儿，心疼的叹了口气并安慰着，同时也不断地为女儿祈祷。

李玥瑶听到家人的议论和父亲语重心长的话语，还有母亲对她的爱，心里非常纠结。开刀吧，就等于放弃了最好机会。如果再等四年，自己年龄也大了，是否还能表现出好成绩呢？不开刀吧，手臂就难保住，怎么办呢？

她一个人闷闷不乐地来到了医务室，跟校医说出自己的烦恼。校医很理解运动员的内心，也很心疼每个受伤的运动员，更是敬佩运动员的顽强意志。校医安慰着李玥瑶说："根据你手臂的伤势，肯定是要手术加钢板进行固定。如果不进行手术，手臂伤势会更加严重，造成不可设想的后果。更不要说参加比赛了，就连训练你都不行了。明天就去大医院吧，别犹豫了。"李玥瑶点点头，知道自己躲不过"开刀"这一劫了，自己要跟全运会擦肩而过了。

就在李玥瑶准备离开医务室时，校医微笑的对她说："我再帮你拉拉手臂吧，但愿能拉直它。"说完，校医使劲拉了一下李玥瑶的手臂。

第二天，她去了大医院，医生要求手术前再拍一下片子。片子拍好后，医生一看，顿时愣住了，准备开刀的手臂怎么突然好了？而且手臂里的骨头对接很准，即使开刀也就是这样的效果，真是神了！看到医生惊讶的表情和疑惑的语言，李玥瑶再看着自己两张完全不一样的片子，也一时糊涂了。

"医生，我还需要手术吗？"

"你的手臂怎么突然复合了？"

"啊？复合了？哦，估计是昨天校医帮我拉了一下。"

"这一拉，把手臂给拉好了。"

"真的吗？也就是说，我可以训练了？"

"你暂时还不能训练，还得裹上绑带进行养伤。"

不用做手术这一突如其来的转变让李玥瑶转忧为喜，这或许是上帝的眷顾和妈妈的祈祷，让自己如此的幸运！

　　岁月无声，来也匆匆去也匆匆，人也在无声的时间里逐渐长大。李玥瑶披着柔媚的春光重返训练场，她要在分别多日的拳台上重新展现自己。

　　教练依然看好李玥瑶，并在技术上给予她悉心指导。由于伤势还未完全恢复，她心里还是有些顾虑和阴影。在选拔赛过程中，她连连输给对手，令教练非常不满，认为凭李玥瑶的体能和技能，不应该打出这样的成绩。要求她必须加强训练。教练一旦发现她练得不够好，或是一个动作没有到位，就会训斥她，甚至会用棍子打她屁股。李玥瑶觉得很委屈，捂着火辣辣的屁股，泪水忍不住往下流。教练继续对她说，再苦再哭，也要好好练！

　　最精的钢必须经过最炙热的火的锻造，就是在这样的严格训练中，就是在含泪忍受的疼痛下，李玥瑶走上了比赛擂台。第一场，她碰到的是实力派选手左佩佩，经过两局对抗，李玥瑶获胜！第二场，她碰到的是常胜冠军、散打明星鄂美蝶，经过三局的艰难对决，李玥瑶获胜！进入半决赛，她碰到的是锦标赛亚军章乱，经过两局的激战，李玥瑶获胜！

　　十九岁的李玥瑶没有辜负教练的期望，她终于拿下了全运会52公斤级预赛冠军！她终于含笑取得了收获！宝剑锋从磨砺出，梅花香自苦寒来！李玥瑶的名字不仅刻在了武迷们的脑海里，也被另一双慧眼发掘。

　　她真的很幸运。她做梦都想攀登的最高锋已经向她伸出召唤的手！

　　春来了，她背起行囊，迎着明媚的阳光向国家队走去……

 一代骄子

光阴荏苒，岁月如梭。深秋的古城，杏叶纷飞，随风飘散，留下一地金黄，如同金丝织成的地毯非常迷人。

一个身影披着秋天的阳光，踩着吱吱作响的银杏叶，迈着沉稳的步伐行进。突然，起风了，金黄色树叶随风而舞，她仿佛看到一种精神瑰丽的壮美。她领悟到：叶舞，是一种永恒的美！也领悟到生命的深意。在落叶的飘零中，又一圈年轮走向圆满，生命更加淡定成熟。她慢慢拾起一片黄叶夹在了书页里，印记自己生命的又一段故事。

这时，有人在喊她的名字，打断了她的思绪。回头一看，是王洁颖。她俩很长时间没见面了，今天相遇让她俩有说不完的话。

十七岁的王洁颖，是来自福建队的散打运动员。她从小就喜欢体育，每每看到电视里的体育节目，她的表情自然会流露出一种激动和兴奋，身体里也会涌出一股热流随着电视里的运动员一起汹涌澎湃。加上她性格倔强，争强好胜，父亲就把她送进了县级体校。可是幼小的洁颖哪里想到，体校的管理制度比父母的管教还要严格，不好好训练，就会受到当众训斥和批评。脾性好强的洁颖不甘落后，训练时她就像一头猛牛，一鼓作气的向前进。正是这股拼劲，让她的命运有了新的转折。

十四岁的王洁颖初中还没毕业，就被挑选到福州市体校散打队。在体校待了八个月就被选进福建省散打队。到了省队后，训练强度明显增大，王洁颖跟不上节奏，感觉不太适应。到省队的第二天，教练

让她当陪练，因为有一个老运动员马上就要参加比赛了，需要一个体能较强的队员做陪练。这是她第一次当陪练，以为就是训练时的对打，没想到，这次当陪练其实就是实战对抗训练，她没有任何准备。结果，老运动员快狠准的技击法让王洁颖无法招架，只听到自己身上"啪啪啪"声响，如鞭炮声一样炸开了。王洁颖被打得遍体鳞伤，脸上和手臂青一块紫一块，尤其是双腿的内外侧全是淤青，没有一块白的地方。她暗暗发誓，今天当陪练，自己认了，再苦再累再伤也要坚持顶下去，总有一天，自己也会超越所有人。

人生中所有的疼痛，皆是良师，不断教你完善自己，走向成功。

经过艰苦训练，王洁颖的进步非常快，动作准确，体能好，力量大，三个月后就能与男队员对抗了。省队教练非常看好她，认为王洁颖各方面的素质和气质具备一个职业散打运动员的条件，是女散打运动员中最具散打天赋的队员。

就在 2014 年全国锦标赛上，王洁颖要和一个老运动员对抗，她很紧张，心里一点底都没有，教练对她说："不要怕，你上去只要发挥正常，好好打就行了。"王洁颖上了擂台，脑子里一片空白，不知东南西北。教练在台下鼓励她，不要紧张，权当是训练和锻炼自己。王洁颖瞬间调整好心态，鼓足勇气，积极奋战。第一局，王洁颖主动出击，开始拼打，打两拳踢一个鞭腿，对方擅长摔法，她就防摔。由于缺少经验，丢分了，她也不在意。第二局，打法与第一局一样，王洁颖以拼打和防守来控制对方。王洁颖艰难的拿下了第二局。中间休息时，教练问她累不累，她说不累。教练说："你做好打三局的准备。"王洁颖明白教练的话意，以她的体能来战胜对方。第三局，王洁颖仍然保持自己的打法，她心里有个信念：拼出一切代价，奔向自己的前程！初生牛犊不怕虎。拳台上的王洁颖拳法加鞭腿，越拼越猛，结果打成平局。最终，宣判王洁颖获胜！

　　王洁颖高兴坏了，她根本就没想到自己能够取胜。进了前四名，她露出得意的笑容。

　　接下来的比赛，她状态非常好，认为自己一定会拿冠军。就是因为她太急于想拿冠军的心理，在拳台上飘飘然，瞎打乱打，造成两局两败。过后，她非常后悔，虽然拿了第三名，但她心里非常难受，怨恨自己，责怪自己。

　　而在这时，国家队总教练却看好王洁颖的拼劲，通知她到国家队集训。王洁颖似乎不敢相信自己的耳朵，当她确信无疑自己即将走进最顶级的队伍行列中时，激动的泪水在眼眶里打转。没想到在自己沮丧时，竟有如此好消息传来！怎么会选上自己？幸运总是喜欢照顾勇敢的人。从那时起，王洁颖重新找回了自信，克服骄傲自满情绪，虚心学习，积极向上，向世界进军！在国家队集训时，她认识了很多优秀运动员，并与李玥瑶成为了好姐妹，因为她们的经历很相似……

　　王洁颖接到国家队集训指令后，火速赶到了集训目的地——西安。

　　"玥瑶姐，你手臂伤怎么样了？"洁颖关心地问。

　　"痊愈了，你看，行动自如，呵呵。"玥瑶活动了下手臂说。

　　"恢复得不错啊。"洁颖笑着说。

　　"嗳，你的伤怎么样？"玥瑶也关心地问。

　　"我的腿伤应该没啥大问题。"洁颖笑着回答。

　　"那就好。到了国家队集训，强度很大，要保护好自己。"玥瑶像个大姐姐样吩咐着洁颖。

　　"嗯，我知道。但我就怕旧伤复发，这次是我第一次出国比赛，可千万别出差错。"洁颖对自己的腿伤还是有些担忧。

　　"关键时刻，谁都怕受伤。"玥瑶感同身受。

　　"嗯，是的。"洁颖回应时不禁地想起自己腿伤时的经历。

　　那是在一次训练中，由于王洁颖过多用鞭腿和高鞭，或撞击和抱摔，造成了她的腿部受伤。经医生诊断，韧带断裂，需要手术，要不就会留下后遗症。为了参加比赛，王洁颖不想做手术，队友们也劝说她暂时不要手术，一旦手术了，就要花半年时间修养，甚至一年多的时间都不能参加训练和比赛，大好时光就会白白浪费，或许机会永远离你而去。王洁颖的父母希望自己的女儿能够有个健康的身体，建议她及时治疗。纠结中，王洁颖最后作出不手术的决定，采用药物或针灸按摩等方式进行治疗。训练时加强腿部肌肉和韧带的力量练习，运动时用绑带或护套将自己的腿保护起来。尽管这样，有时腿部仍然会剧烈疼痛……

　　这次集训的目的是选拔去参加土耳其世界散打锦标赛的运动员，李玥瑶和王洁颖都做好了充分准备，同时，她们也觉得自己还很稚嫩，要学的东西很多，想通过这次出国比赛的机会，多学习别人的技术，打好每场比赛，为中国人争光，为家人争气。

　　就在李玥瑶和王洁颖有说有笑地向国家队训练基地走去时，又有一位新队员迈着矫健的步法来到了国家队训练基地。

　　他叫高陆军，江苏省散打运动员。高陆军从小就对武术有着浓厚的兴趣，每当他看到电视里武校招生广告中，画面上有习武人会爬翻墙，用拳头打碎砖头，甚至还有汽车从习武人身上压过后完好无损的镜头时，心想如果自己能练成这样该多好。在自己执意要求下，父母只好

一代骄子

把他送到武校学习，那时他才 10 岁。学武术套路一年后，觉得自己爬墙也爬不上去，翻墙也翻不过去，用拳砸砖手立马疼得不行，这一切根本不是自己想象的，觉得再练也没啥意思，于是，他决定改练散打，这一练就是四年。

有一次，一位安徽散打队的教练看到高陆军很刻苦，有股敢拼敢打的精神，就推荐他去了江苏南通体校。进了体校后，高陆军开始有了自己的梦想。尤其是看到电视里的柳海龙，让他过目不忘。他收集了很多有关柳海龙的信息和照片，作为自己的偶像，更是作为自己的动力。他多次在梦里与柳海龙对抗，因自己被打得遍体鳞伤而从梦中惊醒。他下决心，一定要向柳海龙学习，一步步向柳海龙靠近，成为像柳海龙一样的传奇人物。

那么柳海龙何许人也，让高陆军如此崇拜？

柳海龙，山东烟台人，八零后的阳光大男孩。13 岁开始习武，后

张根学总教练面授机宜

被选拔到山东散打队接受专业训练，初出茅庐就在全国散打锦标赛上战绩显赫。后来进入国家队。2000年获得全国武术散打锦标赛75公斤级冠军，同年获得全国冠军赛冠军。在第一届中国武术散打王争霸赛上夺得了75公斤级冠军并荣获"散打王"称号，年仅十九岁的柳海龙便荣登中国有史以来第一个散打王的宝座，被称为"中华第一散打人"。自古英雄出少年，这位少年在武术道路上奋勇前进，在2001年九运会暨全国武术散打锦标赛上再次获得75公斤级冠军；2002年首届散打世界杯武术散打赛80公斤级冠军；2003年世界锦标赛武术散打80公斤级冠军；2003年获得世界自由搏击IKF金腰带，两届中泰对抗赛"金腰带"，两次"超级散打王"等等。柳海龙不管是国内比赛还是对外的商业比赛中几乎战无不胜，在中美自由搏击对抗赛中击败美国选手，名声大振。

柳海龙的招牌动作是"柳腿劈挂"。劈挂腿是一种用自己的腿自上而下的垂直攻击技术，以对手的头部为攻击目标，在对手即将要做动作，还没做出来之前，用自己的脚跟进行打击。根据时机和距离，又有很多不同的使用变化。散打王柳海龙更是以擅长此技术闻名。除此，柳海龙在与强大的对手比赛中也会使用一些高难度动作，如"双飞""剪刀腿""腾空飞踢"等等。如在2003年散打王争霸赛总决赛争夺中量级"散打王"称号时，他的对手是75公斤级的实力派运动员，比赛中他使出了"剪刀腿"，把对手"剪"翻在地，动作很漂亮，赢得满堂彩。

尤其有一场比赛让高陆军记忆深刻。

2008年柳海龙因为受伤严重而选择退役。但面对日本的自由搏击高手伊贺弘治专程赴广州约战，柳海龙出人意料地选择了带伤应战。之后因为地震，最初约定的五月交锋不得不延期。北京奥运会后，伊贺弘治再次发出约战请求，柳海龙也果断接受挑战。柳海龙说："也许我的状态并不太好，也许我的拳头失去了往日的犀利，但是我要告诉伊贺弘治，在比赛场上我可以倒在你的拳头之下，但在信念和精神上，

我始终是一个强者！"

双方约战地点在武术之乡佛山。退出江湖三年有余的柳海龙将迎接日本人的挑战。赛场座无虚席，观众们都来为"中华第一散打人"助威，同时也为三年之久没有上场的"柳腿劈挂"的竞技状态而担忧。

第一回合，柳海龙就利用精湛的武艺向伊贺弘治发起了一波又一波迅猛的攻势，特别是出神入化的腿法，让伊贺弘治吃尽苦头，连续遭到重创，伊贺弘治采用贴身紧逼的战术与柳海龙周旋。但柳海龙在近距离肉搏中仍然占据了上风，然后施展组合拳，凌厉的攻势让伊贺弘治疲于招架，接着就是一个鞭腿踢倒对手，第一回合便为胜利奠定了基础。第二回合，柳海龙乘胜追击，精妙的腿法连续踢中伊贺弘治，进一步扩大优势，伊贺弘治只能在柳海龙的狂攻下节节败退。柳海龙越战越勇，一拳快过一拳，然后亮出绝招"柳腿劈挂"，让伊贺弘治毫无还手之力，局面完全落入柳海龙的掌控中。最后一个回合，柳海龙连续祭出下踢腿，命中伊贺弘治。虽然伊贺弘治勉强招架，但已无法对柳海龙构成任何威胁。最终，裁判毫无争议地判定柳海龙获胜！

观众席上顿时爆发出震天动地的欢呼声、尖叫声，这是一场大快人心的胜利！

当之无愧的"中华散打第一人！""柳腿劈挂"名副其实！

一啸惊天英雄气，千钧撼地王者风！

这样的场面让高陆军激动地从椅子上跳起，挥舞着拳头在房间里跳来跳去，为心中的偶像欢呼喝彩。他默默地下定决心，要为自己的梦想而努力奋进。

为了参加 2009 年江苏省散打王争霸赛，高陆军刻苦训练，在跑步训练中脚趾受伤，鲜血浸透了跑步鞋，操场上留下了他血迹，但他依然不顾一切，坚持完成训练。

争霸赛中，一场比一场艰难，但高陆军全力以赴，发挥自如，荣

获了56公斤级第二名。对第一次参加大赛的高陆军来说，自感满意，认为自己离冠军越来越近了。接着，准备参加选拔赛，这是意味着一个运动员命运的关键，所以，高陆军把全部的心思都放在了训练上，再苦再累也要挺住。一个人，只有在实践中运用才能知道自己的能力。选拔赛上，高陆军打好每一拳，踢好每一腿，发挥得淋漓尽致，很轻松地把两个对手KO。他的拼搏精神和实力立刻让江苏省队教练看上，他进了省队，离梦想又进了一步。

　　然而，上了一个台阶，环境和生活越来越好，但训练也越来越苦，高陆军似乎又觉得梦想离自己很遥远。每天很累很累，感觉度日如年。

中国国家武术散打队合影

为了参加全国散打锦标赛，要降体重。好不容易熬过不吃不喝和蒸桑拿降下了体重，可是肩膀脱臼了，手臂不能动，队医和队员们让他去医院及时治疗，他没有去，他不想放弃这场比赛。结果，一切不如人意，他输掉了这次比赛。高陆军心里非常难过，自己拼命刻苦的训练，体会着各种伤痛的滋味，却得不到圆满，他精神几乎崩溃。这位刚毅的男孩此时忍不住地哭了。

虽然没有得到圆满，但其他几个省队教练却看中了他，但都被他婉言拒绝了，他认为江苏省队严格的纪律和训练模式能够出人才，相信自己能从江苏队迈向更高的台阶。

家人知道他升级到了省队，都为他高兴。特别是姥爷，高兴之余就到江苏看他来了。高陆军从小就得到姥爷的宠爱，因为家里比较穷，高陆军学武的学费都是姥爷支助的。当看到高陆军训练时的场景，心疼的泪水从姥爷的脸庞上流下来。高陆军不愿姥爷看到自己训练和伤痛，可是姥爷坚持来看他。姥爷每次来都是哭着回去，每次来都塞钱给他，高陆军心存感激！就在他要参加大型比赛时，得知姥爷突然病倒了，他赶紧给姥爷打电话，可是姥爷已经说不出话来了，姥爷的哭泣声从电话里传来，高陆军心如刀绞，寝食不安，恨不得立即飞到姥爷的身边。比赛时，他尽量克制自己的情绪，但是姥爷的哭声依然在耳边响起，他的情绪不能完全集中在拳台上，高陆军输了比赛。

唯一让他牵挂的就是姥爷，他用比赛得到的奖金给姥爷买了许多营养品，如奶粉、红枣、蜂蜜、饼干等。他知道姥爷想吃这些，因为姥爷平时很节省，把好的东西都留给他和弟弟吃，所以他要买很多很多好吃的给姥爷。他跟姥爷说："姥爷，等我取得了好成绩，一定报答你！如果有一天我退役了，啥地方都不去，就待在你身边好好照顾你！"自从姥爷生病不能来看他，高陆军就自学烹饪，等有一天回去后就做好饭好菜给姥爷吃，给爸爸妈妈吃。

　　人生有梦，与梦共舞。虽然高陆军复制着每天的生活，但他却不知疲倦地朝着梦想飞舞。他在训练场上挥洒汗水，在擂台上激发热情。通过自己的努力和奋进，高陆军在各种比赛中都取得了好成绩，在三次大型比赛中获得冠军！

　　这时，国家队向他发出集训的讯号，他欣喜若狂，他拿起电话告诉姥爷，告诉父母，他终于实现了自己的梦想！散打擂台上的高陆军，以肢体的对抗和意志的较量，表现着当代中华男儿的全新形象！

　　冬去留诗意，春来绘画图。国家队再次召唤他去集训，高陆军非常高兴，自己一步步走来，就等着这一天。

肆

　　国家队散打训练馆开始训练，张根学总教练边吹口哨边喊着口令："快，快，再快点！"队员们对抗训练的喊叫声、踢靶声此起彼伏。一颗颗夹杂着泪水的汗珠，从一张张稚嫩的脸颊上滑落，掉在训练场上，又被一阵脚步踏干。实战演练中，张根学总教练一边观察每个队员的训练情况，一边对他们说："比赛对抗中应该做到攻守兼备，进攻的同时不能忘掉防守，防守的同时要积极寻找进攻的机会。不能只攻不守或只守不攻。当对手实力比我强时，在防守的同时，寻找机会突然进攻；当对方实力比我弱时，要更积极主动进攻，力求压制对方，保持攻防平衡……"张根学总教练还针对每个运动员各自对手的不同特点，采取了个性化指导的训练方法，让每个运动员对自己的对手了如指掌。

出发前，张根学总教练对所有队员说："这次出国比赛，你们是代表中国队去参赛，有没有信心？"

"有！"

"你们都是优秀的运动员，几乎都没有出国参赛的历练，这次对你们来讲，是一场考验，是一次提升，也是一个锻炼的机会。你们有没有决心？"

"有！"

"这次比赛，中国武术散打对外推广是一个重要主题，所以我们这次比赛也是互相交流和学习，多学习别人的技术和顽强的精神。你们准备好了吗？"

"准备好了！"

"好！出发！"

寒冬再冷，运动健儿的体内依然热血沸腾，斗志昂扬，他们一个个代表着国家的荣誉，装载着中华民族的期望，充满着自己的梦想，飞向蔚蓝的天空……

很快，捷报传来。中国武术散打代表队李玥瑶、王洁颖、高陆军等七名运动员都获得了男女 7 个级别的冠军，中华人民共和国的国旗飘扬在世界的顶峰！

胜利喜讯，给散打队员极大的鼓舞和信心，他们积极备战，训练时不怕苦不怕累，在张根学总教练的指导下，不断提高反应速度、爆发力、攻击力和抗击能力。在新的赛事中，每一位运动员都充满了无限的战斗激情，表现出了良好的作风和技术优势。比如，李玥瑶在赛场上不仅出色地发挥出自己的技术特色，打出了风格，打出了风采。在 2015 年全国武术散打锦标赛上，李玥瑶还巧妙地贯彻了张总教练制定的作战方案获得了女子 52 公斤级冠军！ 2016 年全国武术散打冠军赛、第九届武术散打亚洲锦标赛上，李玥瑶连续获得女子 52 公斤级冠

军！为自己和祖国赢得了荣誉！

　　名将捍卫梦想，新秀一鸣惊人！

　　绿映新妍别样红，庞舞拳台绝世惊！

　　人生有梦，与梦共舞。人生就是一部长长的舞蹈，在人生的舞台上，你们因青春而美丽，你们因梦想而绚烂，你们因努力而闪耀！

QINGCHUN

LEITAI

青春擂台

冷鑫碎骨克顽敌，凭借群豪胆气鸿。

中华儿女壮志烈，自立自强撞黄钟。

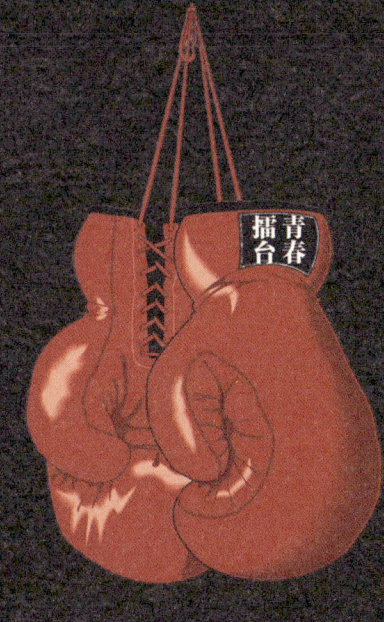

　　夏天，拥挤与喧嚣充斥着世界，而那深邃而浓重的绿色充满了幻想与追求，闪耀着生命内部的光芒。感受着那充满生命的旋律，感悟那岁月的洗礼，领悟这生命的坚强。

　　陕西省体育训练中心内一派热闹景象，一批新的运动员陆续报到，他们来自全国各地。他们散发着青春活力和激情，他们自信飞扬、朝气蓬勃，他们的执着和信念、拼搏与奋斗正踏响时代的最强音。

　　此时，从寝室里传来一阵阵欢笑声和"叽叽喳喳"的喧闹声，仿佛在多音节的曲谱里唱着十八岁的青春之歌。她们是新来报到的女子散打运动员。

　　"哈哈，大个儿，你来了太好了。"一个叫陈岩的女孩兴奋地叫喊起来。

　　"啊，你们也来了呀？太好了"一个叫大个儿的女孩也兴奋地说。

　　"啊呀，咱们三个都是沈阳的，都搁一块儿了哈。"一个叫张莹莹的开心地说。

　　"我们沈阳来了好几个呢。"陈岩又说。

　　"说明沈阳人才多呗，呵呵。"大个儿笑着说完就往床上一躺。

　　"听说，陕西省队和国家队都在一个中心里。"陈岩说。

　　"训练中心可大着呢，除了武术，还有游泳场、足球场、网球场、田径场等。"张莹莹也说到。

　　"俺争取进国家队。"大个儿说。

　　"谁都想进国家队。"张莹莹说

　　"俺就奔着这个来的。"陈岩也说。

　　正说着，门外又进来两个剃着男孩发型的假小子，也是散打新队员，一个叫陈静，一个叫杨琰珺，她俩都是西安人。很快，西安女孩和东北女孩就你一言我一语，滔滔不绝地说个没完。

　　一阵急促的口哨声打断了她们的谈话。

　　"新队员集合啦，新队员集合啦。"教练边吹口哨边叫喊着。

　　"集合了，快快快。"张莹莹对其他四个女孩说。

　　新队员们个个动作迅速地排好队列。

　　"现在开始点名。"教练说完就照着点名册开始点名。然后，教练对新队员们说："你们都是各个市体校选拔出来的优秀运动员，今天你们来到了陕西省散打队，说明你们又上了一层台阶，走上一个新的起点。挑战在等着你们，苦难在等着你们，伤痛在等着你们，更高的台阶在等着你们，世界的舞台在等着你们。从现在起，你们就要完全进入状态，明天就走进训练场地，开始你们的新生活。"

　　新队员们个个激情洋溢，活力四射，展现出团结一致，顽强奋斗的精神。

　　教练继续说："下面我来介绍一下冯玉芬教练。"说完，一位个头不高的女教练走到了新队员面前。

　　"明天开始，就由冯玉芬教练带领并指导你们训练。"话音刚落，队员们拍手鼓掌。"冯玉芬教练是一名国家队散打运动员，2003年进散打队至今已十多年，曾在世界杯、世界锦标赛等重大比赛中获得冠军。你们要好好练，向冯玉芬教练学习，成为一名世界冠军！"新队员们都用羡慕的眼光看着冯教练，为有这样的教练而热烈鼓掌。

　　冯玉芬教练与新队员们同住一个宿舍楼。集合完毕，新队员们都

聚集在她寝室里，想听她讲述自己的散打经历。冯玉芬教练微微一笑，说："也没什么好讲的，其实我也与你们一样，喜欢散打，热爱散打。"

"冯教练，你就给我们讲讲吧。"有新队员说。

"是啊，冯教练你就给我们讲讲，你是如何获得世界冠军的？"大个儿急着说。

冯玉芬迟疑了一下，看了看时间表，说："由于时间关系，我就简单地说说吧。"

记得那年我十八岁，为参加 2006 年世界杯散打比赛，我咬牙坚持艰苦的训练，肩负重任走上了擂台。作为新人，第一次参加世界杯，国家队总教练张根学问我紧张不？我回答，不紧张。这样的场面，这样的氛围让我感到热血沸腾，激情满怀。记得我在对阵越南选手阮氏碧时，也没有感到太大的压力，技术动作比较流畅，出拳进攻时感觉有股无穷的力量。当时，比赛场面非常火爆，中国队每得一分，全场观众都会发出尖叫声，此起彼伏。最终，我以 2:0 夺得开门红。全场阵阵欢呼声，张根学总教练激动地对我说："打得好！动作干净利落！"我兴奋地站在五星红旗下骄傲的举起了奖杯。

接着，第十一届世界武术锦标赛集训开始，张根学总教练告诫队员："我们宁可不要成绩，也不能在兴奋剂问题上出现任何问题，我们代表的是中国散打，必须给全世界展示正能量！"那时训练强度很大，队员们汗流如雨，张根学总教练对每个队员的拳法腿法的动作姿势、速度、力量和击打部位进行了细致地讲解和标准到位的示范。之前，我的胳膊受伤了，肿得很厉害，每次出拳都疼痛难忍，我向总教练请假，教练不批。张总教练说："训练场如战场，一个拳不行，就用另一个拳打。"我泪水往肚子里咽，咬紧牙关，忍住疼痛，在汗水与泪水的交织下，我终于拿下了第十一届世界武术锦标赛女子散打 48 公斤级的冠军。

战斗号角再次吹响，2013 年冬运会上，我各方面状态很好，实力、战术、心态都很稳定，我很轻松的拿下了第一局。可是，第二局开赛不一会儿，我旧伤突然复发，不仅我的胳膊伸不直，腰也动不了了，被对手一下钻了空子。当时，我心里很着急，关键时刻偏偏出现这样的状况。在这样的情况下，只有靠自己的毅力和拼搏精神来面对。我唯一的信念，就是决不能给中国人丢脸！于是，我不顾一切，奋力拼搏，与韩国对手周旋了三局，非常艰难的拿下了冠军！当我捧着奖杯时，觉得自己很了不起。虽然，我的腰痛已成为病根，但疼痛留给我的是骄傲！

……

新队员们听到冯玉芬教练的经历后，鼓掌并竖起敬佩的大拇指，个个决心学习冯玉芬教练的拼搏精神和顽强意志，希望自己力争早日进入国家队为祖国争光。

冯玉芬教练淡然一笑，感慨万千，汗水与泪水交织的体验才是人生真正永恒的财富。今天再忆起，它依然在生命里光彩熠熠！

贰

天色微明，一声起床号惊醒了梦乡中的少女。她们个个揉着惺忪的眼睛，伸着懒腰。张莹莹一边打着哈欠一边催促着姐妹们赶紧起床。

按年龄次序，张莹莹在她们中间排老大，她十九岁。陈岩、陈静、杨琰珺，大个儿是同龄，都是十七岁。

张莹莹面目清秀，披肩长发，说话不紧不慢，嗲嗲的声音，让人无法将她与搏击运动联系起来。问起她为何留长发？她说，从小就剪

短发，看到别的女孩子留长发挺好看的，自己也想留长发，觉得有女孩子的味道。

陈岩看上去身体比较单薄，皮肤白皙，齐耳短发，说话声音细细柔柔的，有些多愁善感，是个喜欢掉眼泪的简单女孩。

陈静和杨琰珺都有个好听的女孩名字，但她俩却有着男孩子的性格，喜欢剃上男孩发型，中性化着装，性格倔强好胜，有着敢说敢当的侠义骨气。

大个儿不仅身高粗犷，嗓门也大而粗，语速快，性格豪爽，肚子就像填不饱似的整天想着吃，是个善良的东北女孩。

第一天训练就给她们一个下马威。跑步一小时，然后接着打沙袋，练拳等基本功，中途没有休息。加上炎热的夏天，不一会儿，她们的衣服全湿透了。训练结束时，她们个个喘着气，耷拉着脑袋，谁也不说话的向寝室走去，就连平时话多的大个儿也低着脑袋。

寝室里一下变得很安静，有的闭眼休息，有的在玩手机。大个儿洗完澡躺在床上正准备休息，这时，她的手机响了，是沈阳的电话。电话是沈阳散打队的一个好姐妹打来的，互相聊了几句，就挂了电话。大个儿看似闭眼休息，可心却静不下来。她来陕西后，心里一直念着沈阳队的那些好姐妹，曾经的欢笑与泪水历历在目。此刻，她脑海里不由地翻腾起以往的故事……

大个儿，名叫王影，因为个子高，所以大家就叫她大个儿。她十三岁就进入了沈阳队练散打，练了四年，打过两场比赛，虽然没有拿到冠军，但亚军也给她带来好一阵子的喜悦。

沈阳队的纪律很严格，队员们晚上一律不许外出。由于大个儿年龄小，贪玩。有一天的深夜，她与同寝室里的一个女孩睡不着觉，很想出去玩，可是，严格的校规，怎么出校门呢？她俩突然萌生出一个大胆惊人的念头——跳楼！当时她俩认为，自己学过武功，跳楼应该没问题。

　　她俩从四楼往下看时，觉得楼层有点高，决定从二楼往下跳。生怕引起惊动，她俩脱下鞋子，赤着脚，悄悄地从四楼走向二楼。到了二楼，她俩心里有些紧张，你推我，我推你，都不敢第一个往下跳。然后，大个儿想了个主意，以三盘二胜的剪刀石头布来决定，谁输了谁就第一个冲锋陷阵。结果，那个女孩输了。女孩上了窗户便开始犹豫起来，怕跳下去会发生什么事情。就在这时，一楼男洗手间里传来咳嗽声，女孩心里一阵惊慌，不由自主地跳了下去。于是"嘭"的一声，惊吓了卫生间里的男士，他赶紧推开窗户，脑袋刚伸出去，还未来得及看清情况，一个人影从楼上跳下，男士吓得赶紧缩回了脑袋。当他回过神来往窗外一看，啥也没有。明明听到"嘭"的声音，也明明看到人影在他眼前一划而过，怎么一下子就没了呢？他赶紧跑出洗手间，向四周张望，发现两个身影在黑暗中奔跑，这才知道有队员逃跑。男士立即报告了教练。

　　大个儿和那女孩在黑夜里拼命地跑啊跑，仿佛自己就像武打片里的大侠，不仅没有受伤，手脚还特别灵活，爬得快跑得快，脑袋也特别清醒。嗨，跳楼的感觉不错嘛。她俩跑到网吧里，就像什么事没发生一样，一头载进游戏大战里。

　　教练知道后，心里那个急呀！万一出了什么意外怎么得了！

　　天亮了，大个儿和女孩赶紧跑回体校，一到寝室，两个人就把头蒙在被子里，赶紧睡觉。

　　门"吱嘎"一声，教练进来了，用棍子在她俩身上狠狠打了几下，她俩从得意的梦中吓醒。看到教练气得几乎变形的脸，知道自己肯定要被严厉处罚。教练边骂边打边说，你们怎能做出这样的举动？谁的馊主意？万一出了啥事怎么向你们父母交代？一旦发生了断腿断臂或脑袋坏了，咋办？你们说呀——啊？教练心里急得像火烧一样。这种事情确实搁谁谁都会气死急死。大个儿和女孩边哭边承认自己所犯下的错误，教练瞪着眼睛，气势汹汹地指着她俩说："让我说你们啥好呢？

你们父母把你们交给我，就等于把生命交给了我，把你们的一切交给了我，你们知道吗？"她俩胆战心惊，异口同声说："知道"。教练气急地大声说："你们知道个屁！"大个儿和女孩哭丧着脸求教练原谅她们，教练仍然气不打一处来："你们俩给我跑步，然后打沙包，唉！"教练深深地叹了口气。这叹气声里包含了教练的责任和重担，又有多少人能够真正理解他们的酸甜苦辣呢？

逃跑事件发生后，大个儿觉得自己好傻，如果那天夜里真的发生了意外，后果不堪设想。她开始理解教练的良苦用心和重大责任，于是，她把自己犯的错误统统发泄到了沙包和擂台上。然而，由于用力过猛，大个儿胳膊和膝盖受伤了，尽管打针吃药，胳膊还是会时常出现脱臼。一旦发生脱臼，她自己就把胳膊弄一弄，就算治疗了。膝盖受伤，很难消肿，被针灸戳的细细洞眼布满了整个膝盖。虽然止痛逐渐消肿，但训练时还是会碰到它，疼痛和红肿依然伴随着她。在一次训练中，她与男队员对打时，她的裆部被男队员狠狠踢了一脚，顿时她"啊"的一声蹲了下去，揪心的疼让她的眼泪只能往肚子里流，有口难言。虽然训练时戴有护裆，但发出的重击力仍然会透过护具撞击到身体部位，甚至腿的重击力也会将护具踢碎。大个儿训练结束后，发现自己整个裆部红肿，蹲便时让她疼得倒吸冷气，浑身冷汗。再坚强的女孩，这样的伤痛也会让她难以承受，她忍不住哭了，她不想再练了，她想放弃。

之后，教练找她谈心，安慰并鼓励她做任何事情都不能半途而废，要用坚强的毅力挑战自己。只有这样，才能见到光明和看到前途。大个儿咽下委屈的泪水，重新拾起信心，在散打生涯中不断迈进……

就在大个儿回忆往事时，其他几个青春少女何尝不是在成长的路上品味着她们所经历的一切呢？因为痛，所以叫青春。想要梦想成真，就必须接受逐梦的过程，包括其中的苦涩和煎熬。

　　秋天来了，天高云淡，每天的太阳照常升起，每天的生活依然照旧。

　　大个儿吃完午饭从食堂里出来，独自在校园里散步。突然，有辆车在她身旁停下，一个男士从车窗里伸出头来问她"你多大了？""97年的，十九岁。""好好练。"男士说完，车就开走了。大个儿站在原地看着车离去的背影，心想，这人谁呀？她回到寝室问姐妹们是否知道那男士是谁，姐妹们不知道她说的到底是谁，也无法回答。大个儿就去找冯玉芬教练，把刚才遇到的事情说了一遍。冯玉芬教练不假思索地告诉她，那男士就是国家散打队总教练，陕西省体育中心院长张根学。

　　大个儿一听，惊讶的嘴张得大大的，啊？他就是院长呀？他就是散打总教头呀？冯教练你能确定？冯玉芬教练肯定地说："我能确定！"大个儿兴奋地几乎跳了起来，俺总算见到他了，俺太崇拜他了！冯玉芬教练鼓励她要好好练。大个儿乐呵呵的嘴都快合不拢了，我当然要好好练，一定好好练！

　　大个儿一进寝室，就高呼起来："你们猜，俺刚才碰到的那人是谁？"

　　"谁呀？"大家都看着她。

　　"你们肯定猜不出来。"大个儿一脸的兴奋加神秘。

　　"快说吧，别卖关子了。"张莹莹催着。

　　"他就是院长，国家队总教练张根学老师。"大个儿语速就像机关枪似的嘎嘎嘎。

　　"啊？真的？"陈岩也感到惊讶。

　　"真的！俺就是奔着张根学来的。"大个儿牛哄哄地说。

　　"我们也都是奔着他来的。"陈静不甘落后地说。

　　"他长啥样？"陈岩好奇的问。

　　"嘿，可帅啦，特别是一双眼睛，犀利的能看穿一个人的心。"大个儿神秘兮兮的说。

"要不，咋是他选人才呢？就是他的眼睛厉害呗。"张莹莹应和着。

"就是嘛，要不，咋就看上俺的呢？"大个儿得意洋洋的劲儿。

"看你美的，哈哈……"大家都乐了。

虽然四个姐们没有见过国家散打队张总教头，但大个儿的"巧遇"却让她们看到了希望。

多姿的秋天，被枫叶的鲜红、胡杨的金黄打扮得美丽非凡。它们经历了风雨浸润，显得更有风度；它们经历了霜露锤炼，显得更有内蕴。

此时，国家队训练馆灯火通明，从阵阵喊声里能读出他们的侠骨，也能读出他们的柔情，更能读出他们的灵魂！

这时，国家队训练馆的窗外拥挤了一个个脑袋，她们的眼睛随着馆里的场景溜溜直转，时不时发出"哇"的惊叹声。大个儿突然发现了什么，一声惊呼让拥挤的脑袋碰撞在了一起。

"你们看，那个穿蓝底配黄色背心的就是张总教练。"姐妹们的目光一起投向了令人敬畏的散打总教练。她们目不转睛，看得出神，不禁地赞叹起来："总教练的动作好漂亮，好威武。他的目光如电，出拳如风，好潇洒。一招制敌的技术，太有杀伤力了。""张总教练所有动作反应机敏，一个躲闪近身摔就将对手摔倒在地，使对手失去反抗能力，太厉害了。"姐妹们的赞叹声，也引起了张莹莹的共鸣，她看得很认真，从心底里佩服这位有名望的总教练，虽然听不到他对运动员说些什么，但从他的示范动作上看，好像在说，出拳的力量就

是腰部、手臂以及脚下的合力，这样不但力量大，速度也快。怪不得自己的力量和速度总是跟不上，原来技巧都在这里呀！张莹莹感叹地认为。

训练馆里传来的"啪啪啪"声，让她们再一次目光集中，全神贯注。只见国家队运动员们30秒快速踢打沙包，10秒快推杠铃的大强度训练，以及实战对抗演练的队员，直拳、摆拳、勾拳、鞭腿、蹬腿、旋腿的动作让她们一声声惊呼，真是太漂亮了！她们简直看呆了。总教练不愧是名牌教练呀！他的训练方法就是棒！她们佩服的五体投地！

夜深了，她们依然没有睡意，在月光下，几个少女窃窃私语，看

2015年国家散打基地训练组

到国家队的那些队员，再看看自己，真的太渺小了。尤其是看到散打总教头，不禁产生一种敬仰之情。她们想，想要尽快地与张总教练零距离接触，唯一的办法只有一个，就是一定要虚心好学，刻苦训练，加强自己的体能和技能，不管是在训练场上，还是在比赛场上，都要发扬顽强的毅力和拼搏精神，这样才能把张总教练犀利的目光吸引到这边来。张莹莹说："姐妹们，让我们互相鼓励，一起加油吧！"说完，她伸出手臂，大家也都伸出了手臂，五个青春少女的手握在一起，齐声说："加油！"，少女们的心漾起了一股暖流，充满了追梦的力量。

　　早春二月，暖风轻袭。姑娘们享受着早春独特的气息，与开放的迎春花和轻飘的细雪同舞，舞出多姿多彩的春之歌。

　　训练场内，清脆悦耳的阵阵喊声一展英姿，显示出巾帼不让须眉的豪情。她们仰卧起坐，将杠铃扛在肩上，然后下蹲到大腿后侧接触小腿后再站起至上身直立。接着举推杠铃，技击沙包，实战演练就在这样高强度的训练中，她们展现出青春的力量，爆发出青春的火焰。

　　就在这时，张莹莹的腿伤复发了，她微微皱起眉，心里怨恨自己的腿不争气，她没告诉任何人，尤其是教练。她要咬紧牙关挺过去。

　　也就在此时，大个儿的胳膊脱臼了，她也不想告诉任何人，她忍着疼痛，自己一边轻轻发出"嘘"声，一边处理着那只脱臼的胳膊。

　　尽管张莹莹和大个儿没有吭一声，却还是没有逃过冯玉芬教练的眼睛，看到她们忍痛的情景，她看在眼里，疼在心上。曾经，自己也有同样的的经历和磨难，能体会她们的苦楚和坚强。之所以没有让她们停止训练，是因为这是对她们的一种考验，让她们学会如何去战胜苦难，如何去挑战自己的毅力。

　　训练结束了，冯玉芬教练吹起了口哨，队员们很快集中在一起，听冯玉芬教练作训练小结："今天，大家的表现很不错，把自己潜在的能量都发挥了出来。不仅没有偷懒现象，而且大家都发扬了拼搏精神，体现出我们中华武术精神和阳刚之气。青运会和锦标赛就在眼前，你们要好好训练，不怕苦不怕累，向老运动员们学习，学习他们顽强的意志力和勇往直前的拼搏精神。比如散打运动员冷鑫，在2011年中俄武术散打对抗赛上，以极为顽强的精神，忍住剧痛，骨碎克敌。他出色的战术和顽强的意志赢得全场观众疯狂叫好。希望你们向那些在擂台上受伤流血而坚持到最后胜利的勇士学习。希望你们练好技能，打出好成绩，为祖国争光！"冯玉芬教练的话不仅激励着大家，还引起了大个儿的好奇心，便问："冯教练，你能具体说说冷鑫碎骨克敌的故事吗？"这一话题立刻引起大家的兴趣。冯教练见队员们热情高涨，很是高兴，她也想利用这样的机会将散打运动员的一些感人故事告诉大家，以此来激励新队员的志气和动力。

绰号"西北少侠"的冷鑫，16岁时就在中泰对抗赛中击败泰拳手获得冠军，此后他开始在国内散打比赛中崭露头角。在与泰拳的对抗中，冷鑫曾两次击败泰拳王泰肯猜，后又对阵泰国拳手伊卡鹏—昂沙姆—安，并完胜对手。在出征中俄对抗赛时，冷鑫是中国散打队唯一的陕西选手，自然备受三秦父老的关注，能将俄罗斯悍将别勒托夫斩落马下，他付出了右小臂粉碎性骨折的代价。比赛第一回合，冷鑫的一记重拳砸向俄罗斯选手头部，但是俄罗斯选手的一个躲闪，让冷鑫的右臂直接打在了对方身上，由于当时拳头受力的角度已经错位，冷鑫的右臂当时一阵疼痛。局间休息时，冷鑫告诉张根学总教练，自己的右小臂好像出现了问题。有着丰富经验的张总教练估计冷鑫的胳膊骨折了。为了坚持这场比赛，张总教练告诫冷鑫，你不仅要坚持下去，还不能让对方从你的表情上看出你的痛苦，否则，他很有可能抓住你的软肋KO取胜。比赛继续进行，忍受着巨痛的冷鑫表情坚毅，虽然减少了拳法进攻，但更多的腿法技术蒙骗了对手。当然对手的攻势猛烈，拳打脚踢将冷鑫逼到绳边，险些将冷鑫摔倒。冷鑫站稳后，抓住对方松懈机会，不顾受伤的疼痛，一个反击将对手抱摔在地。对手站起发

狠地连续三拳击中冷鑫面部，冷鑫的牙套被打掉了，但他不屑一顾依然继续拼打，打得极为顽强。冯教练讲到这里，稍微停顿片刻，只见队员们全神贯注地在听她讲述。

第三回合，对手攻势仍然猛烈，冷鑫两次被逼到角落里。俄罗斯选手连续转身踹腿没有成功，冷鑫瞄准机会，一个抱摔将对手摔倒在地。最终冷鑫凭借顽强的意志和出色的战术赢得了点数上的优势。其实，大家都看到冷鑫在胳膊行动不方便的恶劣情况下，他一直是咬着牙，使出未受伤的左手臂的全部力量，加上受伤的右手臂仅有的微薄力量战胜了对手……"

"他是英雄！"大个儿大声呐喊。

"他是英雄！"大家也齐声呐喊。

"是的，擂台就是英雄之地，所有站在场上为国家的荣誉去拼搏的队员都是英雄！"冯玉芬教练也被自己讲述的真实事迹感动着。

冯玉芬教练接着说："生命的意义不仅在于奋斗，更在于创造和挑战！我们都要向这些勇士们学习，学习他们为了祖国的荣誉而不屈不饶的战斗精神。你们要超越自我，战胜自我，把潜力和动力以及战斗力全部挖掘出来，展现中国人的威力和魅力！"

冬去春来，春来羊起舞，雪化马归山。

寝室里传来百听不厌的《春天的故事》，在优美的旋律中，青春勇士们都在整理行装，即将迎接一个又一个青春擂台。尽管前方布满

荆棘，但是他们渐渐学会坚定信念，即使有泪水悄悄从眼角滑落，他们还是选择擦干眼泪，鼓起勇气，在春天的故事里矫健迈步，勇于攀登，用中华民族自尊、自立、自强的气概，昂首阔步走向世界，踏着前辈的足迹，继续抒写中华武术的荣耀与传奇，在万紫千红的春天里唱响青春之歌！

　　胜利的征服者，永远属于敢于攀登的人！

　　生命就像一颗小树，它从地底聚集起许多生力，在冰雪下诞生，在早春润湿的泥土中，勇敢快乐地破壳而出。她们，十七八岁的青春少女通过自己的努力和勇敢迈上了新的台阶。

尾声

尾声

　　每一个人，都是历史事件的经历者与见证者；每一个生命，都或轻或重地承载着某一段历史。忆往昔，峥嵘岁月难忘记。血雨腥风的追忆，早已留给了历史。看今朝，百花争艳，风景宜人。他们踏着时代的节拍，再一次扬起梦想的风帆，奋发进取，彩绘出一幅幅壮丽的人生画卷！

——题记

壹

　　勿忘昨天的苦难与辉煌，无愧今天的责任与使命，不负明天的梦想与追求。以我当代军人之豪情，谱写盛世中华之风采。

　　郜普庆从小有两个志愿，一是当一名运动员，二是做一名军人。他的愿望实现了，如今，他在常州市公安局新北分局特警大队担任教官，全面负责大队特警队员的各项训练。

　　自从他退役后，按照现在的行情，拿过一些名次的选手在参加商业比赛时，仅出场费就高达数万，再加上比赛奖金，如果打到 35 岁，收益极为可观。面对一边是短时间内集聚物质财富，另一边是相对来说收入并不高却深植心中的警察梦想，对于不少人来说恐怕是个两难的选择，而邰普庆却丝毫没有犹豫，从容的选择了当一名警察。

当警察以来，邰普庆带队执行过三次任务，其中一次是配合基层派出所抓赌。在抓捕行动中，邰普庆在队员们面前展现了冠军的风范，整个行动中他一人按倒了四名嫌疑人，按倒一个，后面跟上的队员接手控制住，他再往前追，按倒了后面接上，追上第四个嫌疑人时，这个当过兵特能跑的嫌疑人双腿已经软了，倒在地上跑不动了，看到邰普庆跑过来他说认栽了。在这次追捕中，邰普庆跑的路程超过八公里。邰普庆告诉他的队员："遇到拿砍刀的不要慌，近身后就能制服；遇到拿匕首的，一定要小心，防刺背心和手套要备齐。我自己是练武术的，我知道空手夺白刃这种事基本上只存在于武侠小说里。"

邰普庆还说："作为特警教官，除了训练年轻队员们的体能外，更多的是把自己多年比赛实战中获得的格斗经验和技巧传授给大家，比如有犯罪嫌疑人拿匕首冲过来，队员只要拿根警棍敲击手腕处，就能让他失去威胁，然后再俯身敲击胫骨，就能让犯罪分子跪倒，之后就可顺势制服歹徒。"

这位前世界冠军在新岗位上给自己的目标是：让犯罪分子看到我就产生恐惧！

2013—2015 年，邰普庆被评为优秀共产党员！

2015 年，邰普庆成立了"常州市普庆训练基地"，是常州市首家专业的搏击散打训练基地。邰普庆说，训练基地的成立，不仅给对搏击散打有兴趣的市民提供了交流学习的机会，还给一些爱好散打、搏击的孩子提供了实现梦想的平台。

尾声

贰

马云有句名言：这个世界不是因为你能做什么，而是你该做什么。

陈龙退役后，并未走向商业比赛的擂台，而是传承着恩师的事业。他要学习恩师张根学总教练对中华武术事业的奉献精神，继承和发扬光大中国武术，用行动诠释中华武术精神。于是，他决定组建一个武术队伍，成立了"陕西省奥体青少年体育俱乐部"。

"陕西省奥体青少年俱乐部"是目前陕西唯——家集各种专业体育项目为一体的体育训练俱乐部，也是目前国内规模最大，项目最全，设施以及场馆最顶尖、最规范的体育场所之一。为了让更多体育爱好者能够接触到专业、系统、科学的体育训练，接受专业领域内顶级教练员的专业指导，让普通体育爱好者实现专业梦想，让专业运动员更快的实现冠军梦想，奥体俱乐部的专业训练课程全部由曾获得世界冠军、全国冠军及优异名次的运动员担任教练，并推出了一对一教学和上门教学服务。"陕西省奥体青少年俱乐部"开办多年来，他们为武术散打、套路、跆拳道、拳击等多个专业队培训及推荐人才，并多次在各项比赛中获得优异的成绩，同时俱乐部也多次举办全国及省市级比赛。

2015 年 5 月陈龙来到家乡安康中学和小学，指导学生进行散打练习。陈龙说："我从小一直跟着恩师学习武术散打，从恩师身上看到了一种奉献精神和武德精神。恩师一直以来所做的一切都是为发展和弘扬中华武术文化，这种精神可敬可佩，并深深感染着我。同时，使

我在传承中国传统文化基础上，清楚地认识到武术搏击文化是与众多的中国传统文化有着血脉联系的一个分支。奥体俱乐部以传承"尚武精神"为己任，将中华武术的精髓发扬光大，通过实践和传播武术精神，来完成弘扬我国悠久文化的历史使命。

另外要提到的是，陈龙与初恋爱人已建立了幸福美满的家庭，也有了一个可爱的宝宝。他们彼此深深关爱着对方，温暖而浪漫。

叁

不为掌声的诠释，不为刻意的征服，只为艰辛的汗水化作追求的脚步，和心中那份坚定的信念。

散打一姐鄂美蝶，中国共产党党员，硕士学位。退役后任吉林体校大学老师兼教练，吉林体育学院武术系中级讲师。她不仅用自己丰富的技击经验授课于学员，还经常活跃在国内外顶级赛事的擂台上。鄂美蝶继"昆仑决"获胜尽显女拳王风范后，在 2015 年再登国内外顶级赛事的舞台，再度热血奋战，多次获胜！在 2015 年中日拳王争霸赛上 KO 日本选手，再次展现"散打一姐"的搏击巅峰实力，她以标志性的多变侧踹腿和令人惊羡的控制距离感将对手置于股掌之中。2015年鄂美蝶在"昆仑决·长沙战"上对决俄罗斯选手，取得胜利！她以散打和搏击相结合的技能，完美展现了"散打一姐"的顶级水平。紧接着，鄂美蝶以精准犀利的侧踹连击获得第七届世界散打冠军，被国家体育总局授予"体育运动荣誉奖章"，"散打一姐"的称号足以说明鄂美蝶的赛场统治力。

作为大学老师,鄂美蝶给学生做出了优秀榜样,深受学生们的喜爱。鄂美蝶说:"我每次在'昆仑决'的比赛学生都会看,他们非常支持我。我觉得教学不仅是教给学生技术和理论知识,老师的一言一行都要做学生的榜样,我希望通过在比赛中的表现,让学生更加理解搏击运动。"她还说:"很多人觉得,我现在已经有了大学老师这样一个稳定的职业,没有必要再上擂台拼打。但比赛对我来说并不是为了生存,而是为了挑战自己,我还想继续战斗下去,自由搏击对我是个全新的挑战,我也希望用行动给学生做出表率,一个运动员必须不断地挑战自我,突破自我。"

鄂美蝶不仅是个"散打一姐",她还是个娇柔女子,她生活在甜密的爱情里。

脚下沉重的步法,你用行动叙说着一个不变的真理——坚持!

巴特尔退役后,在西安体院当老师。他正直憨厚,平易近人,学员和队友都喜欢他。

巴特尔向来无所畏惧,即使面对泰国泰拳界的天王人物也临危不乱,巴特尔曾与雅桑克莱、考克莱等泰拳顶级高手交战,因此对泰拳打法十分熟悉,这充分体现在"拳赛之都"第一届"中泰 K-O 争霸赛"与潇杀狂的大战中。在比赛中,泰国"猎手"潇杀狂利用刁钻的前手拳与扫腿多次击中巴特尔,而巴特尔也不甘示弱,用自己威力强大的摆拳回击,并利用转身鞭拳击中潇杀狂。巴特尔不但没有给对手"猎杀"

自己的机会，反而将对手牢牢控制，不断使出重拳击打潇杀狂，而潇杀狂的攻击频频哑火，三回合过后裁判一致判定巴特尔取得胜利！失败的潇杀狂非常不服，赛后表示希望可以再战一场，巴特尔欣然接受，表示任何时间任何地点都可以接受挑战。泰方官员已表示下次将会带更强的金腰带级别的泰拳战队出战，毫无疑问，中方也定会派出顶级的散打天团迎战。巴特尔说：中国人战无不胜！

　　2014CKF 中国功夫争霸赛上，"草原苍狼"更是以高超的技术过关斩将，顺利晋级，最终一举夺魁。笑傲赛场多年的巴特尔，再一次用实力证明了他的强大！ 2015 年 1 月 CKF 中国功夫争霸赛上，37 岁老将塔伊尔与散打名将"草原苍狼"敖特根—巴特尔上演火星撞地球的较量。巴特尔开场阶段较为谨慎，老将塔伊尔则频繁出拳，不过塔伊尔效果一般，倒是巴特尔出拳精准度更胜一筹，牢牢控制住比赛。第二回合，塔伊尔两次失去重心摔倒在地，由于在站立位置占不到便宜，所以两次出击抱摔没有成功，但巴特尔在塔伊尔倒地后并没有乘胜追击。第三回合，塔伊尔又两次倒地，巴特尔抓住机会不断踢对手的臀部和大腿。进入站立位置后，巴特尔完全掌控比赛，重拳、后蹬和抱摔几项技术运用得当，最终，三位裁判一致判巴特尔取胜。

　　巴特尔感慨地说："散打事业是我的最爱，是它给了我一条路，给了我生命里大部分的东西，包括我的精神力量。现在打比赛，我希望能给这个项目一个回报，别的我也没什么，只要我还能打比赛，这就是我对于这个项目的回报。"

伍

　　壮硕的身躯与结实的臂膀,将力量凝聚在一点,搏出的不止是拳头,还有深切的希冀。

　　吴松录,中国共产党党员,硕士学位。中华人民共和国散打一级裁判员。退役后,在政府单位工作,任教练员,并与朋友合作组建了"华威国际搏击俱乐部",主要为安徽散打二线队伍培养队员,以及培养青少年散打选手。俱乐部刚成立4个月,吴松录便带队参加一次泰拳比赛并获得总冠军!

　　吴松录在培养青少年散打队员的同时,自己不断刻苦训练,积极备战,准备复出。他认为:武术散打作为中华武术的重要组成部分,在青少年群体中开展散打运动是继承和发扬中华传统文化的需要,是弘扬、培育民族精神和构建和谐社会、促进精神文明建设的需要。因此,研究和实践武术散打在青少年群体中推广普及的路径和方法,具有重要的现实意义。青少年是祖国的未来和希望,武术散打必须在青少年群体中推广普及,武术散打在青少年群体中推广普及最可行最必要的途径就是进入学校体育课堂。

　　除此,吴松录勇于进取,规划着自己未来的事业。

陆

力量来自呼吸，呼吸来自生命，生命的真谛注释力量的永恒。

姜春鹏退役后并未退出拳台，他经常活跃在拳台上展现自己，出彩自己。2014 年 10 月打了十场比赛获得了八场胜利，其中五场 KO 对手。这十场比赛中他分别跟泰国、英国、加拿大、荷兰、越南选手进行了较量，2015 年初，他加入广东金甲搏击俱乐部，开始从散打转型到泰拳搏击。在 2015 年 6 月首届全国泰拳锦标赛上，他表现非常出色，最终把 75 公斤级别冠军收入囊中。赛事组委会理事评价：姜春鹏不仅在散打上成绩出色，转型后在泰拳搏击上表现也毫不逊色，综合型的选手在中国并不多见，但姜春鹏做到了！

最让姜春鹏记忆深刻的是全国泰拳锦标赛，作为一个散打运动员，参加这次比赛，姜春鹏有很多不适应的地方，但他渴望拿到这项比赛的冠军，这是他的目标。所以姜春鹏为参加这次比赛，训练非常刻苦，压力很大，为之付出了很多很多，比赛时也打得非常辛苦，在拿到冠军的那一刻，他感到好累好累……

姜春鹏非常喜欢武术搏击，他说："我是为搏击事业而生！我现在正在努力，希望有机会能与世界高手切磋武艺，这是我的梦想！"他还说："我练习搏击十多年，以后我也会让我的后代练习搏击，一定会，绝对会！并且我也正在筹备组建俱乐部，相信也能培养出像自己一样为国争光的冠军！"

姜春鹏的梦想实现了！ 2015 年姜春鹏建成了"广州雄狮拳馆"，

它不仅是一所集武术散打、自由搏击、泰拳、MMA 综合格斗、跆拳道、武术套路、拳击、击剑等项目教学的综合性拳馆，还拥有专业的团队，先进的管理以及完善的设施。每位教练均有丰富的授课经验，能为不同需求的搏击爱好者制订对应的科学的训练方式。姜春鹏说：搏击不单单是肢体语言，而是一种自信、积极向上的态度，是一种健康的正能量，更是责任和担当，是梦想和未来！

柒

群雄乍起，英雄属谁？洒过泪，流过汗，坚韧铸造王者风度，敢拼搏，不服输，霸气早成，成功我属！

黄磊退役后也在擂台上复出，2010 年 8 月 8 日在陕西省宝鸡市举行的全国武术散打冠军赛上，"功夫王"黄磊获得 90 公斤级冠军，并在决赛中 10 秒钟 KO 对手。2012 年第六届世界杯武术散打比赛，黄磊夺得男子 90 公斤级冠军。黄磊认为，胜败不重要，重要的是热爱。十余年的习武生涯，武术已经成了他生命的一部分，而赛场就是他的舞台，很享受在赛场上发挥自己潜能的感觉。

2010 年他在北京创立了"国武功夫会馆"，拥有近 4700 平米场地，集当今国内顶级专业功夫团队、现代流行培训运营模式、内外兼修文武并重的"尚武崇德"精神于一体，力将中华武术之精髓普及于万千国人。不为星光交映，只求披肝沥胆，传递中国功夫，给予当代人不可思议的力量。2011 年黄磊代表中国在马尔代夫举行的南亚国家领导人峰会上表演武术文化演出，并受到原马尔代夫总统纳希德的接见。

2012 年 8 月在北京朝阳区成功举办"国武功夫会馆杯"全国武术慈善大赛，并得到了当地政府及北京电视台的大力支持。2013 年与海峡两岸交流，黄磊的团队得到北京体育大学及中央电视台体育频道、北京电视台体育频道等各大媒体的支持。2014 年 6 月北京市对外友协带领着十二个国家的武术爱好者莅临国武馆学习交流，得到了北京对外友协领导的高度评价。2015 年国武馆被北京市朝阳区体育局评为少儿武术人才重点培训基地。

"由于热爱，我要把中华武术的精神传递给更多的人！"这是黄磊的肺腑之言。

捌

英雄勇将，呼之欲出；状态满血，精彩博弈。

张坤，国家散打队运动员，获得 2015 年全国武术锦标赛 75 公斤级亚军、2015 年全国武术散打冠军赛、中国散打争霸赛 75 公斤级冠军。2015 年第十三届世界武术锦标赛，悍将张坤第一次登上世锦赛的赛场。在比赛争夺八强席位时，他的脚受伤了，鲜血直流。在简单处理后，他继续上场坚持打完比赛，昂首挺进八强。决赛时，张坤面对俄罗斯名将上届冠军，对方力量明显强大，但张坤还是凭着技术和体力优势，从第二局起全场追打，早早让对手丢分失去了取胜的信心，张坤终于将份量最重的这枚世锦赛金牌拿到手中，这也是张坤的首枚世锦赛金牌。2015 年荣获国家体育局颁发的体育运动荣誉奖章。2015 年、2016 年张坤在中国武术散打职业联赛中再次获胜！

张坤表示："我退役后会当一名教练，会在陕西省三线队或者一线队当教练。三线队我会去各个市、县体校选苗子，为陕西省队招收更多的后备人才，不让中间出现断层。一线队带着有一定基础的运动员再次提高他们的技术和能力，参加比赛时取得更好的成绩！"

玖

驰骋拳台，铿锵玫瑰。巾帼岂能须眉让，今有女将战拳台。

刘玲玲，国际健将，现任国家散打队队长。2015 年 4 月全国武术散打锦标赛 56 公斤级冠军。2015 年第十三届世锦赛武术散打比赛女子 56 公斤级冠军。2015 年荣获国家体育局颁发的体育运动荣誉奖章。2015 年、2016 年在中国武术散打职业联赛中再次夺冠！

王聪，国家散打队队员，国际健将。2015 年全国武术散打锦标赛上再次大显身手，突飞猛进，胜进八强。2015 年中国 60 公斤级女子散打统治者王聪在自己的"昆仑决"首秀中，便出人意料地终结了昆仑决现役女子 60 公斤级巅峰王者乌克兰天才女将舍甫琴科·瓦伦蒂娜的不败神话，充满散打味道的独特技术风格，为这座王者云集的国际级高端擂台再度添上一抹独特的亮色。

孟欣，退役后依然活跃在大型比赛场上，同时，孟欣也创办了武馆，用自己的行动大力宣扬和传递中华武术精神。在此值得一提的是，孟欣的弟弟自从走进陕西散打队后，经过不懈努力，加强训练，大大增强了体质，现在不仅是一名正式的散打运动员，还是一个英俊帅气的小伙子。

李玥瑶，国家散打队队员，2015年全国武术散打冠军赛52公斤级亚军，2015年全国武术散打锦标赛52公斤级冠军！

王洁颖，国家散打队集训队员，一直活跃在国内武术散打的擂台。

她们不仅是拳台上的巾帼英雄，也是生活中的娇羞女生。她们在台上强悍冷峻，在台下却柔情似水。她们是拳台上盛开的铿锵玫瑰，她们是生活中娇艳的莲花。

英姿飒爽，展我雄风，敢闯敢拼，花开不败！

拾

挑战巅峰，为荣誉而战，进攻中爆发着终极豪气。

王鹤松在退役后，从散打转型为搏击运动。作为一名有着深厚跆拳道功底的高水平选手，他的腿法在强手如林的中国散打国家队中一直享有盛誉。而今的王鹤松在2015年3月至7月一直活跃在"昆仑决"与中国真功夫等大型赛事的拳台上，挑战自我，火力拼杀，巅峰决战，尤其在"昆仑决·北京站"赛事上，王鹤松以自己精湛的技术完胜俄罗斯搏击冠军温尼克，闪耀燕京江湖。接下来王鹤松要面对的是"泰拳杀手"噜奔，这位泰国选手精湛犀利的武技给王鹤松留下了很深的印象，此次选择与这位泰拳杀手交战，显示出王鹤松对于自身实力的强大自信。

高陆军，国家散打队队员。在2015年全国武术散打锦标赛男子60公斤级取得了较好的成绩，他刻苦训练，积极备战，为以后武术散打争夺赛而努力奋斗。

他们在激烈残酷的拳台上，展现出武术的快速勇猛，激烈奔腾，强劲有力，雄伟彪悍，体现了中华武术人的顽强拼搏精神。

拾壹

面对漫漫征途，你们没有畏惧和退缩，依然奋力追赶，在青春舞台上实现"中国梦"！

冯玉芬教练依然带领着她的队员们驰骋在训练场上，全神贯注于枯燥单调的训练工作中。她不仅传授队员技术和战术的专业训练，还引导他们学习领悟武术精神，教育他们做一个自强自立，坚持不懈，不屈不饶的武术人。

这些青春少女们在百米跑道上飞奔，在训练场上摸爬滚打，任汗水湿透衣衫，任疲惫爬满全身，勇敢的向明天的希望冲刺。功夫不负有心人，她们已在重要的比赛中崭露头角。这是青春生命的绽放，是青春生命的律动。

一位名人曾经说过："风采来源于精神。"这种精神就是拼搏精神，不断超越自我的精神，是勇攀高峰的精神，更是人类挑战极限的精神。一个"武"字，再现了中华民族自强不息的精神；一个"武"字，体现了习武之人厚德载物的胸襟。这个强有力的"武"字，根植于华夏大地的每一寸沃土，是中华民族无比强大的象征，构筑起伟大祖国坚不可摧的钢铁长城！

结束语

　　国家主席习近平在出席索契冬奥会开幕式时对中国体育代表团说："成绩不仅仅在于能否拿到或拿到多少块奖牌，更在于体现奥林匹克精神，自强不息，战胜自我、超越自我。我们成功举办了北京奥运会，实现了全国人民的百年奥运梦。现在，我们比以往任何时候都接近实现中华民族伟大复兴的目标。我们每个人的梦想、体育强国梦都与中国梦紧密相连。"

　　习近平主席在视察中国人民武装警察部队特种警察学院时，除了观看战士们极限搏击和散打实战对抗赛等训练演习外，还津津有味地谈论起当下我国武术散打、搏击等赛事的状况，对于"中国真功夫"等国内知名武术赛事信手拈来。这让我们深刻感受到总书记对武术散打运动的关爱和支持。

　　中国梦的实现离不开体育，而体育也是中国梦的重要组成部分。习近平主席的讲话将体育强国建设纳入到中国梦的体系当中，从而将体育提到了一个更高的位置。体育不仅事关人民的体质和为国争光，更是为了中国国民身心素质的全面提高和精神激励。因此，体育强国梦是中国梦不可分割和不可缺少的有机组成部分。

★部分资料和图片来自网络

图书在版编目（CIP）数据

散打英雄筑国魂 / 香菊著.—西安：西北大学出
版社，2016.11
ISBN 978-7-5604-3964-8

Ⅰ.①散… Ⅱ.①香… Ⅲ.①纪实文学—作品集—中
国—当代 Ⅳ.①I25

中国版本图书馆CIP数据核字(2016)第253294号

散打英雄筑国魂

作 者: 香菊
出版发行: 西北大学出版社
地 址: 西安市太白北路229号
邮 编: 710069
电 话: 029-88303059
经 销: 全国新华书店
印 装: 西安奇良海德印刷有限公司
开 本: 787mm×1092mm 1/16
印 张: 22.75
字 数: 187千字
版 次: 2016年11月第1版 2016年11月第1次印刷
书 号: ISBN 978-7-5604-3964-8
定 价: 68.00元

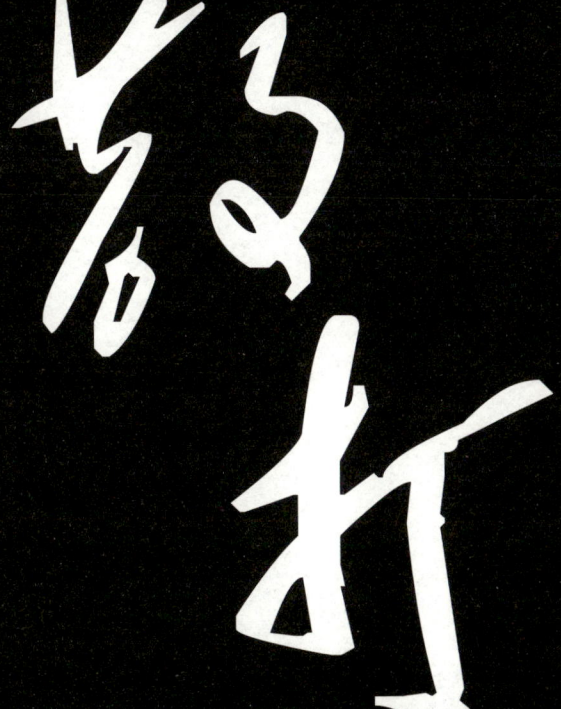